Johannes K. Soyener

Toteissee

Für meine Heidi, die mich bei allen Recherchen begleitet und für die pünktliche Fertigstellung dieses Buches so manche Nacht auf mich verzichtet hat …

Johannes K. Soyener

Toteissee

Kriminalroman

rosenheimerkrimi

Die Handlung dieses Romans ist frei erfunden. Eventuelle Ähnlichkeiten der Romanfiguren mit lebenden oder toten Personen sind nicht beabsichtigt, ebenso wenig eine Beschreibung der Verhältnisse in tatsächlich existierenden Institutionen, Organisationen oder Vereinigungen.

Besuchen Sie uns im Internet:
www.rosenheimer.com

Lektorat und Satz: Dr. Helmut Neuberger, Ostermünchen
Titelfoto: © Peter Oberpriller, Soyen
Druck und Bindung: Finidr, s. r. o.
Printed in Czech Republic

ISBN 978-3-475-54581-8

Prolog

Zerrissene Wolkenbänke ziehen rasch nach Osten über einen mondhellen Himmel, der dem Soyensee ein wundervoll glitzerndes Aussehen verleiht. In dem Moment erkenne ich durch mein Nachtglas, wie sich drüben am Ostufer eine dunkle Gestalt löst und mit einem Surfbrett auf mich zuhält.

Bill Traser liegt mir seit Tagen wie ein schmerzendes Unbehagen im Magen. Ein junger Engländer, aus Manchester, sagt er. Er kam mir schon am ersten Tag seiner Ankunft, drüben am Campingplatz, verdächtig vor, als er mich am Badestrand über den alten Feldflughafen der Amis ausfragte. Das war bei einem gemeinsamen Bier in seinem Wohnmobil. Ich war gewarnt. Bill reiste an diesen stillen Ort, um mein Revier zu beanspruchen. Warum? Das ist mir kein Rätsel. Dafür ist sein Wissen über das, was da unten auf dem Grund ruht, zu genau. Kann ich zulassen, dass ausgerechnet ein Engländer sich daran vergreift? Niemals!

Angesichts der unendlichen Möglichkeiten der menschlichen Lebenswege ist es sehr unwahrscheinlich, dass sich zwei Lebensbahnen berühren. Und doch gibt es Kräfte, die diesen Kurs überraschend ändern können. In unserem Fall ist es eine gewaltige Kraft. Wir schießen aufeinander zu wie zwei Projektile, geradlinig, Kollision unvermeidlich!

Noch stört Bill nur meine Kreise, aber taucht er auch heute Nacht wieder im See, lasse ich ihn daraus nicht mehr entkommen. Vielleicht hat er einen anderen Fahrplan, aber seine Endstation heißt Seegrund. Bill ist ein Mensch, den hier niemand kennt. Deshalb wird auch niemand intensiv nach ihm suchen – was mir gut gefällt, denn dann kann ich im See weiter Beute machen. Tauchen ist so alt wie die Menschheit. Fisch unter Fischen sein: ein schönes Hobby, obwohl wir für das Element Wasser nicht geschaffen sind.

Es ist so weit. Jetzt ist nur noch meine mentale Stärke gefragt. Ich muss mich auf das konzentrieren, was ich vorhabe. Das satte Schmatzen, mit dem der Spannungshaken für den Pfeil in den Schlitten meiner Harpune einrastet, ist für mich die reinste Beruhigung. Ich gleite in den See, tauche unter, atme Pressluft. Die Muskeln meiner Oberschenkel geben Druck auf die Flossen. Das Unterwasserareal ist in meinem Kopf kartografiert, das helle Weiß von Bills Tauchlampe ein nicht zu verfehlender Zielpunkt. Ich habe drei Dinge auf die Reihe gebracht: die fabelhafte Chance genutzt, eine ideale Schussposition eingenommen und die Sekunde seines Todes wird allein von mir bestimmt. Ich schalte meine Stirnlampe ein. Bill nimmt mich wahr, blickt erschrocken in meine Richtung. Ich schwebe zwei Meter über seinem Kopf und schieße meinen Pfeil ab. Innerhalb einer Nanosekunde hat Bill sein Leben verwirkt. Seine Tauchlampe verlischt noch schneller als Atemfunktion und Puls. Dass er jemals wieder auftauchen wird, ist so unwahrscheinlich wie eine Auferstehung.

Im Lichtkegel meiner Stirnlampe erfasse ich Bill erneut. Er starrt mich aus einem feinen Blutnebel an mit Augen, die an zwei schwarzverspiegelte Linsen erinnern, flach und leblos. Seine Taucherbrille ist dort angeheftet, wo der Harpunenpfeil sein Stirnbein durchschlagen hat. Mein Herz beginnt zu rasen wie ein Metronom auf Speed. Das innere Notaggregat springt an. Der Horror lässt mich in Panik aus dem See flüchten.

Wenig später reift eine Erkenntnis in mir: Jeder Mensch kann töten, aber nicht jeder hat die Nerven, es auch zu tun.

1

München, Dienstag, 30. September 2014

Als Maximilian Fangeisen am Tag seiner Pensionierung morgens noch einmal sein Büro betritt, findet er eine handgeschriebene Karte mit einem Zitat von Friedrich Schiller darauf: »Der Abschied von einer langen und wichtigen Arbeit ist immer mehr traurig als erfreulich.«

Wie wahr, denkt er, manch einer empfindet diesen Moment, als würde man ihn häuten. Andere verabschieden sich in dem Gefühl, ausgemustert zu sein, abdanken zu müssen. Klar, es gibt Fälle von Freude und Erleichterung, doch die letzten Stunden sind meist von Wehmut und Erinnerungen gesättigt. Lass es also über dich ergehen. Es ist nur eine Formalität. Alles irgendwo Scheiße!

Er nimmt die Karte und legt sie auf den Tragekorb direkt auf das gerahmte Bild mit den chinesischen Schriftsymbolen »Leben und Tod«. Fangeisen ist nicht frei von Seelenqualen. Diese haben jedoch nichts mit seinem Abschied aus der Abteilung OFA, Operativen Fallanalyse, zu tun. Ihn quält eine ganz andere Art von Schmerz: Wer klärt nun die ungelösten Morde auf? Die Antwort hat er sich zwar längst selbst gegeben, aber das Kreisen dieser unaufhörlichen Frage in seinen Gehirnwindungen lässt sich nicht stoppen. Er wird die Frage also noch einmal stellen, öffentlich, hier und jetzt.

Maximilian misst 1,84 Meter, ist schlank, sieht aus wie ein in die Jahre gekommener Hippie mit Pilzkopf, der dem Anderssein heute noch durch das Tragen langer Haare Ausdruck verleihen möchte. Die sind zwar noch dicht, aber grauweiß: Mittelscheitel, die Strähnen fallen über beide Ohren und verdecken teilweise seine Stirn, deren Falten an die Riffelung eines Kühlergrills erinnern. Ohne Föhnfrisur verlässt er ungern das Haus. Über seiner Oberlippe prangt ein gepflegter Walrossbart. Auch ohne umgeschnallten Geigenkasten wäre er als Musiklehrer glaubhaft. Individualität und Unangepasstheit sind ihm wichtig. Sein Blick ist skeptisch, etwas melancholisch. Er verrät ihn als einen, der zu wissen scheint, dass es draußen nicht gut aussieht, und seine Augen enthüllen, dass sie viel zu oft in menschliche Abgründe geblickt haben. Oft bedeutet: Konfrontation mit mehr als tausend Tötungsdelikten während seiner langjährigen Dienstzeit.

Anschließend wird er von seinem Vorgesetzten Rupert Knecht, dem Chefermittler der Münchener Mordkommission, und dem Innenminister aus seinem Büro abgeholt. Währenddessen drängen immer mehr Mitarbeiter und Kollegen der Mordkommission K11, wie die Abteilung intern genannt wird, in den großen Besprechungsraum, um Fangeisen, der heute aus dem Dienst scheiden wird, die Ehre zu erweisen. Eine Cateringfirma hat den Raum mit Bistrotischen bestückt, Gläser und Getränke bereitgestellt und längs der Fensterseite ein Fingerfood-Büfett aufgebaut.

Gemeinsam betreten Knecht und Fangeisen den Raum zum Stehempfang. Es wird still darin.

Max lächelt fröhlich, als er seine Lebensgefährtin Michaela Dunst, er nennt sie meistens nur Micha, in der ersten Reihe entdeckt. Gleich geht es ihm besser. Sie lebt in Rimsting, ist eine erfolgreiche, freiberuflich arbeitende Journalistin, mit ihrem verwitweten Max seit gut einem Jahr liiert und knapp zwanzig Jahre jünger als er. Nun wird er bald von München weg- und bei ihr in Rimsting einziehen. Sie hat gerade den begehrten *Guardian-Price* in der Kategorie »Investigative Recherche« für die Aufdeckung krimineller Machenschaften von Schleuserbanden samt Hintermännern im Grenzbezirk Oberbayern bekommen. Er ist dotiert mit 20000 Euro. Michaela ist etwas hyperaktiv und lebt ihren Ehrgeiz im Beruf aus, wobei sie darauf achtet, davon innerlich nicht aufgefressen zu werden. Dennoch fühlt sie sich durch Abgabetermine bisweilen stranguliert. Doch heute, da eine entscheidende Weiche im Leben ihres Geliebten gestellt wird, will sie an seiner Seite sein. Sie lächelt zurück.

»Die strahlt ihn ja an wie eine Tausend-Watt-Birne«, raunt einer in der dritten Reihe. Er ist nicht der Einzige, der die unglaubliche Präsenz dieser Frau im Raum spürt.

Ein anderer zischelt süffisant: »Leicht krisengefährdet, der gute Max. Alter, Ruhestand und eine jüngere Frau?«

»Ach was, von Schutzmaßnahmen hat der doch eine Menge Ahnung …«, erwidert sein Nebenmann.

Die Blicke der meisten Männer hinter Michaela ruhen auf ihrem pinkfarbenen Blazer mit femininer Silhouette, der ihr dichtes, rabenschwarzes Haar hervorhebt. Eine schwarze Stretchhose ohne auftragende Taschen betont ihre schlanken, langen Beine. Was niemand sieht: Ohne regelmäßiges Fitnesstraining und Disziplin beim Essen wäre diese Figur in ihrem Alter undenkbar.

»Ich hab sie kürzlich kennengelernt. Attraktivität und ein ausgeprägter Riecher begünstigen ihre außerordentlich erfolgreichen Recherchen – das behaupten jedenfalls ihre Journalistenkollegen.«

»Außerdem soll sie ihre eiserne Hand in einem Seidenhandschuh verstecken«, flüstert der Nebenmann zurück.

Der andere nickt zustimmend.

Chefermittler Rupert Knecht geht an das Rednerpult. Das letzte Gemurmel verstummt. Knecht ist kein Mann großer Worte, dafür ist sein Sarkasmus gefürchtet. Ohne ausschweifende Wortgirlanden kommt er auf den Punkt. »Herr Innenminister, lieber Kollege Fangeisen, lieber Max, deine Stunde des Abschiednehmens ist gekommen …« Knecht zeigt ein schiefes Lächeln, »… zumindest was unsere Abteilung K11, vorsätzliche Tötungsdelikte, anbelangt.«

Angesichts der Zweideutigkeit dieses Satzes geht ein Raunen durch die Reihen.

Knecht fährt fort. »Was wird nun kommen, wie wird dein Leben jetzt weitergehen, wenn du dieses Gebäude für immer verlassen haben wirst? Was wird dich interessieren? Wie wird sich der Ruhestand für dich anfühlen? Nie zuvor konnte man so viel über einen Einzelnen in Medien und sozialen Netzwerken in Erfahrung bringen wie heutzutage. Nur die Zukunft ist schwer zu ergründen. Mir ist es aber in einem der letzten Gespräche mit dir gelungen, Hinweise über deinen zukünftigen Weg zu bekommen. Ich komme darauf zurück. Konzentrieren wir uns also auf das, was wir von dir wissen. Daher sei ein kleiner Rückblick gestattet. Du bist 1949 in Soyen geboren und hast dein Abitur in Gars am Inn gemacht. Statt Wehrdienst gehst du zur Bereitschaftspolizei und wirst danach nahtlos in den Polizeidienst übernommen. Ein Kriminalistik-Dozent weckt dein Interesse an der Verbrechensaufklärung, sodass du dann vehement den

Einsatz bei der Kriminalpolizei anstrebst. Es folgt die klassische Ausbildung in Traunstein und Rosenheim, du lieferst glänzende Ergebnisse ab, und so kommt es, dass sich ab 1970 in deinem Beruf nahezu alles um Mord und Totschlag, Opfer und Täter dreht. Dazwischen büffelst du und legst rasch alle erforderlichen Prüfungen ab. Mit Beginn des Jahres 1975 arbeitest du im Kommissariat für Todesermittlungen in München. Als Kommissar bist du dann so weit, dass du deinen Kollegen etwas beibringen kannst, und wirst mit gerade einmal 33 Jahren zum Leiter der Mordkommission und stellvertretenden Leiter im Kommissariat für Gewaltverbrechen befördert. Bis 1999 führst du Ermittlungen in mehr als 1000 Tötungsdelikten durch. Wegen deiner hervorragenden Aufklärungsquote hast du dir in unserer Abteilung den Ruf ›Max-100-Prozent‹ redlich verdient.«

Beifall brandet auf.

Knecht wartet ab, bis wieder Stille eingekehrt ist. »2000 gibst du noch einmal richtig Gas. Unser Erfolg basiert ja auf der Innovationsfreudigkeit unserer Beamten. Du bist darin ein echtes Vorbild. Ob Operative Fallanalyse, Profiling, genetischer Fingerabdruck – egal, was die Wissenschaft an neuen Methoden für uns Kriminaler hervorbrachte, du gehörtest immer zu den Ersten, die sie einsetzten. Nicht von ungefähr hast du bis heute die Dienststelle für Operative Fallanalyse der bayerischen Polizei geleitet, eine äußerst erfolgreiche Abteilung, die unsere Soko-Leiter bei ihren Ermittlungen unterstützt. Und wie wir alle mitbekommen, ist die OFA kaum entbehrlich, wenn das Puzzle zur Rekonstruktion eines Verbrechens zusammengefügt werden muss. Mit deiner Hilfe konnte eine Reihe von Serienmorden, vor allem in Verbindung mit Sexualdelikten, aufgeklärt werden. Dein schwierigster, aber auch größter Erfolg war die Aufklärung der »Park-Mörder-Serie«, die weit über Deutschlands Grenzen hinweg in allen Medien Aufsehen erregte und selbst unter den Kollegen in Europa und sogar in den USA große Anerkennung fand. Man kann dein Leben wahrlich nicht als eine Kette von Pleiten erklären, obwohl die, so glaube ich, das Berufsleben eher vermenschlichen. Und wer von uns erinnert sich schon an die Einsamkeit seiner Triumphe? Ich stelle fest, du trägst einen dicken Rucksack an Erfolgen mit dir herum. In meinen Augen ist das mehr als genug für einen Fallanalytiker wie dich – sicher auch in den Augen vieler Kollegen. Doch ich befürchte, die Faszination und das Unerklärbare des Verbrechens, die Abgründe des menschlichen Verhaltens im Verbund mit der Suche nach der Wahrheit bleiben für dich offenkundig auch jetzt noch ein gewaltiger Antrieb. Ich vermute daher, dass du nicht vollständig loslassen wirst.«

Im Raum wird getuschelt, viele sind erstaunt, manche schütteln ihre Köpfe.

»Wie das?«

»Macht er irgendwie weiter?«

»Sondereinsätze oder was?«

Knecht gibt seinem Assistenten ein Zeichen. Dieser reicht ihm eine pralle rostfarbene Akte, darin die Kopie eines alten Falles. Fangeisen weiß, was ihn erwartet. Schließlich ist er konfliktfreudig und provokant, daher handelt Knecht in diesem Punkt auf seinen ausdrücklichen Wunsch.

»Rost« steht für »ungeklärt«.

Knecht wendet sich wieder an Fangeisen. »Eine Pleite gibt es allerdings in deiner Karriere, denn jeder, so sagt man, hat seine Leiche im Keller. Ich habe recherchiert, mein lieber Max, auch du – zwar nicht im Keller, dafür in einem See. Juni 1970 wurde aus dem Soyensee eine der schönsten Wachsleichen Oberbayerns geborgen. Ein bislang unbekannter englischer Camper wurde Mitte Juni 1968 als vermisst gemeldet. Erst zwei Jahre später, 1970, wurde er am Grund des lauschigen Gewässers, einem Toteissee, gefunden, offensichtlich bei einem ominösen Tauchgang ermordet. Deine Heimat, Max, dein erster Mordfall, deine erste Niederlage!« Knecht lächelt süffisant. »Schande, der Fall ist seit 46 Jahren ungelöst. Das Schicksal des Opfers versank langsam im Staub der Akten. Ich bin mir sicher, das wurmt dich bis heute und ist vielleicht ein starkes Motiv, im wahrsten Sinne des Wortes, dem Toteissee noch einmal auf den Grund zu gehen. Danach wirst du hoffentlich von Mord und Totschlag endlich lassen können. Somit ist dein Abschied gleichzeitig die Geburt der Erinnerung.«

Der Chefermittler überreicht Fangeisen feierlich die Akte »Soyen-Toteissee«, als wäre sie ein Verdienstorden.

Der Fall und die Akte »Soyen-Toteissee« wurden nach dem Ursprung des Soyensees benannt, denn nach der Risseiszeit füllte sich eines der schönen Becken durch das Abschmelzen eines »Toteisblockes« mit Wasser.

Diesmal ist der Beifall mäßig, das Gemurmel dafür umso lauter. Wortfetzen sind zu vernehmen.

»Die Akte ist ja der Hammer! Das darf doch nicht wahr sein!«

»Total daneben!«

»Das sieht Knecht ähnlich!«

Inzwischen ist der Innenminister an das Stehpult getreten, greift sich die Ehrenurkunde der Bayerischen Regierung und überreicht sie Fangeisen feierlich mit Worten wie in Blei gegossen. Zugleich werden Blumensträuße, ein offizielles Präsent des BLKA und eines der Kollegen hereingetragen und auf einem Seitentisch sichtbar platziert. Einer der engsten Mitarbeiter Fangeisens hält noch eine kurzweilige und witzige Rede, in der er den Alltag eines Kriminalbeamten pointiert zusammenfasst: Die Arbeitstage: lang. Die Wochenenden: keine. Die Frau: fremd. Die Entscheidungen: tough …

Danach deutet Chefermittler Knecht mit einer Geste an, dass nun Fangeisen das Wort hat. Maximilian tritt zum Rednerpult hin. Loslassen? Was denn eigentlich? Ich will auf der Suche bleiben, ich will nirgends loslassen, sagt er stumm zu sich.

»Sehr geehrter Herr Minister, meine liebe Michaela, lieber Rupert, liebe Kolleginnen und Kollegen, Freunde und Feinde.« Fangeisen spricht langsam und bedächtig. »Unser Chef bestätigt nur eine alte Erkenntnis, aber auch die entscheidende Lehre aus den Dekaden meiner Arbeit als Mordermittler und Fallanalytiker: Ich bin nur so gut wie meine Aufklärungsquote.« Fangeisen hebt die Akte hoch. »Mit der Klärung dieses Falles werde ich sie eventuell noch bessern. Das war der erste Fall meiner Laufbahn, und es ist der einzige ungeklärte – eine Tatsache, die mich wirklich wurmt, denn die erste Leiche vergisst man nie. Natürlich habe ich Hypothesen zum Tathergang und Motiv entwickelt. Auch nach all den Jahren frustriert mich dieser *Cold Case* noch immer; regelmäßig kehren meine Gedanken an den See zurück, und ich suche nach neuen Erklärungsansätzen. Und gestehen wir es uns ein: Vielen von uns geht es doch ähnlich. Dabei spiegelt der Blick in die Vergangenheit uns manchmal den Weg in die Zukunft. Wie ihr alle wisst, liebe ich es, komplexe Sachverhalte zu entwirren und neue Lösungsansätze zu finden. Soll jetzt damit so Knall auf Fall Schluss sein? Jetzt, wo ich endlich den lang ersehnten Luxus genießen darf, meine Freiräume nutzen und völlig unabhängig bei der Bewertung meiner Recherchen sein zu können? Das kann es noch nicht gewesen sein! Und der Fall von damals erzählt nicht die Geschichte eines menschlichen Irrtums, eines Mangels an Pflichtgefühl oder eine Geschichte über fehlende Fähigkeiten seitens der Ermittler. Nein, der Fall erzählt die Geschichte eines systematischen Scheiterns. Auch wenn sich mir beim Fall ›Soyen-Toteissee‹ die Umstände bis heute noch nicht in ihrer Gänze erschlossen haben, ab heute habe ich endlich die Zeit, dies mit allen modernen Mitteln zu korrigieren. Es ist dies mein erster Mord, den ich als privater Ermittler akribisch nachuntersuchen werde.«

Einzelne Freunde und Mitarbeiter von Fangeisen klatschen, aber die Mehrheit rührt keinen Finger. Micha erstarrt bei seinem letzten Satz. Das hat sie nicht erwartet. 23 Wochenenden war er im letzten Jahr außer Haus. Die Statistik stammt von ihr selbst. Niemand bemerkt ihre tiefe Enttäuschung, denn dass er weitermachen will, hat er ihr gegenüber mit keinem Wort erwähnt. Gemeinsames Bergwandern, lange Kaminabende, gemeinsames Kochen, das war angesagt. Der Satz »Liebling, es ist etwas dazwischengekommen«, so glaubte sie, wäre mit dem Tag seines Abschieds endgültig Vergangenheit.

Fangeisen fährt fort. »Zum Schluss noch eine Antwort auf die häufig gestellte Frage, welche Methoden zu meiner hohen Aufklärungsquote geführt haben. Abgesehen davon, dass wir ein gutes Team waren, gründet sich meine Leistung nicht auf eine einzige überragende Fähigkeit, sondern ist eher bedingt durch die Gesamtheit spezieller Kompetenzen. Aus diesen ergibt sich mein riesiger Erfahrungsschatz. Und am Ende gestatten Sie mir noch einen Appell an alle: Denken Sie daran: Bei Mord gibt es keinen geschlossenen Aktenschrank. Wer klärt also die Altfälle von Morden auf, die sich darin stapeln? Wer bringt diese Mörder, die draußen immer noch frei herumlaufen, hinter Gitter? Ich jedenfalls empfinde es als meine gesellschaftliche und moralische Pflicht, auch im Ruhestand alles dafür zu tun, dass solche *Cold Cases* irgendwann gelöst werden. Morgen fange ich an, das verspreche ich.«

Seine Worte lassen die Versammlung verstummen. Daraufhin deutet er auf Benedikt Gassner und Thomas Reiter, die in der dritten Reihe stehen, der eine pensioniert, der andere noch im aktiven Dienst und beide erfolgreiche Kollegen aus seiner Dienstzeit in Traunstein und Rosenheim. Sie sind zu seiner Verabschiedung eigens nach München angereist. Ferner weist er auf Johann Förstl, einen lieben alten Kumpel, der in frühen Jahren ein schweres Schicksal hat ertragen müssen, das ihn letztendlich seine Stellung im Polizeidienst gekostet hat. »Liebe Freunde, ich werde euch brauchen. Auf eure Erfahrung, fachliche Kompetenz und eure kriminalistischen Fähigkeiten möchte ich in Zukunft ungern verzichten. Ich weiß heute schon die gute Kommunikation und kurzen Wege zu schätzen. Allen anderen hier im Saal wünsche ich viel Erfolg bei ihren Ermittlungen. Bringt die richtigen Mörder zur Strecke!« Das Wort »richtig« irritiert einige Kollegen im Raum. Fangeisen zeigt ein todernstes Gesicht. »... und holt die Unschuldigen aus den Gefängnissen.«

Am Ende seiner Abschiedsrede drückt Fangeisen seinem ehemaligen Vorgesetzten die Dienstmarke in die Hand, ohne ein weiteres Wort zu verlieren – eine symbolische Handlung, wenn jemand den Dienst quittiert. Beide drücken sich kräftig die Hände und umarmen sich schließlich freundschaftlich.

Die meisten klatschen zu Ehren Maximilians, manch einer auch aus Erleichterung, dass er endlich seinen Hut nimmt.

Micha geht zu ihrem Max und umarmt ihn liebevoll.

»Es ist vollbracht«, summt er ihr ins Ohr.

»Ja, an diesem Ort …«, meint sie doppeldeutig.

Knechts Assistent ruft in die Menge: »Das Büfett ist eröffnet!«

Die vorderen Bistrotische sind für die höheren Ränge und den »Pensionär« Fangeisen mit seinem Anhang reserviert. Man stößt mit Prosecco an, spricht über die Episoden der Vergangenheit und viel über Max' Zukunftspläne. Michaela an seiner Seite vermeidet es, ihn auf seinen altneuen Fall anzusprechen. Bei nächster Gelegenheit wird sie es aber tun.

Als sich das »Social-Event« auflöst, alle Hände gedrückt und Glückwünsche für die Zukunft entgegengenommen sind, nimmt Max seine Micha bei der Hand. Sie gibt ihm einen Kuss.

Beim Hinausgehen drängt sich Johann an Maximilians Seite. Förstl, ein ehemaliger Kriminalinspektor, ist seit ungefähr dreißig Jahren alkoholkrank. Das Trauma seines Lebens ist der Tod seines kleinen Sohnes, den er alkoholisiert fallen ließ, woraufhin der Säugling verstarb. Ein Jahr später verunglückte obendrein seine Frau tödlich mit ihrem

Auto. Johann litt fortan unter Alkoholhalluzinationen. Mehrmals sprachen seine Vorgesetzten die Empfehlung aus, ihn in den vorzeitigen Ruhestand zu versetzen. Als er dann die Stimme seiner verstorbenen Frau aus einer Steckdose oder aus seiner Dusche zu hören glaubte, wurde er für dienstuntauglich erklärt. Inmitten seiner Trugwahrnehmungen entwickelte Förstl aber zur Überraschung aller eine besondere, einzigartige Fähigkeit. Maximilian bemerkte als enger Freund Johanns als Erster die Besonderheit seiner Begabung. Johann begann, Straftaten durch Visualisieren zu verstehen und konnte sich außergewöhnlich stark in die Psyche von Tätern hineindenken. Seine »außerdienstliche« Hilfe hatte Fangeisen in der Vergangenheit bereits wiederholt genutzt.

»Was gibt's, Johann?«, fragt Max seinen Freund.

Dessen Stimme klingt leise, aber klar. »Ich habe zum Mord im Toteissee neue Hinweise ausgegraben …«

2

Steinhöring, Donnerstag, 13. Januar 1945

Elisabeth Mittermeier, 19 Jahre jung, Krankenschwester, geboren in Teufelsbruck, war während des Zweiten Weltkriegs Untergauführerin »Glaube und Schönheit« des Bundes Deutscher Mädchen (BDM). Eine große, blonde, türkisäugige Frau mit nationalsozialistischer Überzeugung, entsprach sie vollkommen dem Idealbild der germanischen Maid entsprechend der Rassenlehre des Großdeutschen Reiches. Die Mädels beneideten sie, und die Burschen himmelten sie an. Sie war äußerst aktiv, sehr kontaktfreudig, eine geborene Anführerin, keinesfalls zickig, eher unternehmungslustig und mitreißend, aber zugleich fähig, über sich selbst zu lachen, und bereit, Fehler zuzugeben.

Knapp drei Monate vor der Geburt ihres Kindes, als sie ihren dicken Bauch nicht mehr verheimlichen konnte, wurde sie in einer schwarzen Limousine der SS zur Entbindung in das Lebensborn-Heim Steinhöring kutschiert. Elisabeth war ungewollt schwanger. Ihre Eltern, Rosalie und Georg, beide tief katholisch, hätten sie trotz ihrer Meriten als BDM-Untergauführerin wegen ihres Fehltritts aus dem Elternhaus geworfen. Das »Grüß Gott« war im Hause Mittermeier nie durch »Heil Hitler« ersetzt worden, und für Vater Georg war »BDM« nur eine Abkürzung für »Bund deutscher Matratzen«. Auch im Fall seiner Tochter beugte er sich dem Zeitgeist nur bedingt. Für Elisabeth bedeutete die harte Haltung ihres Vaters: Sie war jung, ledig und in Not. Keine akzeptable Situation für sie!

Das »Lebensborn«-Heim in Steinhöring war keine geheime Einrichtung der SS, aber doch geheimnisumwittert, diente es doch den hochrangigen SS- und NS-Parteiführern dazu, ihre schwangeren Geliebten zur Entbindung dorthin abzuschieben, sodass die eigenen Ehefrauen nichts mitbekamen. Schwangerschaft und Geburt wurden so geheim gehalten und in eigenen »Lebensborn«-Standesämtern attestiert. Das war ein großes Glück für Elisabeth – zunächst jedenfalls. Der Preis: Sie war zum Schweigen verdammt.

Was geschieht mit mir? Und was wird aus meinem Kind? Diese Fragen wurden in Lebensborn-Heimen oft gestellt.

Die schicksalhafte Begegnung Elisabeths mit SS-Obersturmbannführer Ortwin Ritter von Hohenstein, dem Vater ihres ungeborenen Kindes, hatte im Reservelazarett Bad Reichenhall stattgefunden, genauer: im Sanatorium der Barmherzigen Brüder. Das Datum würde sie nie vergessen: Es war der 20. April, Hitlers 55. Geburtstag, und Anlass zu zahlreichen Festivitäten, nicht nur in Bad Reichenhall, sondern im ganzen Reich. Schon am Vorabend waren Jungen und Mädchen angetreten, um in die große Gemeinschaft der Hitlerjugend aufgenommen zu werden. Die Zehnjährigen standen mit leuchtenden Augen in Reih und Glied, bereit sich dem Führer zum Geburtstag zu schenken – eine unselige Verbindung von Macht und Unschuld, eine Allegorie, die für die Jugend der NS-Diktatur stand, die in eine vermeintlich glorreiche Zukunft hineinzuwachsen glaubte.

Hohenstein war mit einer Entourage von zwanzig Mann angereist, alles hochrangige SS-Offiziere aus München und

Salzburg, die Elite des schwarzen Nazi-Ordens, waren darunter. Der Krankenbesuch von SS-Kameraden gehörte an Führers Geburtstag einfach zum Ritual.

Natürlich war auch das Reservelazarett für die Nazi-Größen eine wichtige Adresse, und das schon am frühen Vormittag. Der Schnee lag dick auf den Bergen, und die meisten Bäume waren noch kahl, aber die Sonne schien.

Im Kasino kam es dann zur ersten Begegnung. Der Obersturmbannführer hatte sofort ein Auge auf Elisabeth geworfen. Vielleicht lag es an ihrem »Ehrenkleid«, der Uniform der BDM-Untergauführerin »Glaube und Schönheit«, die sie für diesen Anlass ausgewählt hatte.

Das Motto dieser nationalsozialistischen Jugendorganisation lautete: Durch die harmonische Ausbildung aller körperlichen, geistigen und seelischen Anlagen wird ein ideales Frauengeschlecht geformt, das allen Anforderungen in Haus und Beruf gewachsen ist. Gesundheit, Anmut, Schönheit und Lebensfreude tragen die Mädel aus den Gymnastik-Arbeitsgemeinschaften des BDM-Werkes »Glaube und Schönheit« in ihren Alltag …

Das war schon eine kernigere Ideologie als die Botschaft einer blassen Schwesterntracht. Elisabeth hatte ihre sandfarbene Uniformjacke auf Taille getrimmt, Schulterpolster eingenäht, die Knopfleiste mit goldenen Zierknöpfen versehen, zwei von vier aufgesetzten Brusttaschen entfernt, dem linken Ärmel neue Rang- und Dienststellungsabzeichen verpasst, eine nagelneue, kunstvoll geflochtene schwarzrote Führerinnenschnur angelegt und den passenden schwarzen Rock enger genäht.

Das lockte den Ritter an ihre Seite. Mit Blick auf ihr Rangabzeichen und ihre sehr ansprechenden Rundungen, schleimte er: »Ich glaube tief und fest an die Schönheit unserer Frauen, an die Ihre ganz besonders.«

Elisabeth reagierte meist recht schlagfertig, doch in diesem Moment rang sie um ihre Fassung. Fast schüchtern erwiderte sie: »Danke.«

Obersturmbannführer von Hohenstein, hochgewachsen, athletisch, mit einem Respekt einflößenden Auftreten, verkörperte perfekt die Attribute nordischer Männlichkeit. Er zeigte ein gewinnendes Lächeln und baute sich als der große Beschützer neben ihr auf. Nachdem der Kreisleiter seine Rede vom bevorstehenden Endsieg über die Zuhörer ausgegossen hatte, wurden Häppchen und Rotwein gereicht. Als am Ende das Horst-Wessel-Lied geschmettert wurde, schien es dem Ritter an der Zeit, den Kontakt mit Elisabeth zu vertiefen. »Kennen Sie Salzburg?«

»Ja, ich war einmal kurz da«, erwiderte Elisabeth.

»Na, dann haben wir ja ein wunderschönes Ziel. Das Juwel an der Salzach, meine liebe Untergauführerin, verdient es, genauer betrachtet zu werden.«

Ortwin von Hohenstein war Elisabeths Einschätzung nach ungefähr doppelt so alt wie sie, doch die Mischung aus Respektsperson und Vaterfigur, dazu die elegante Offiziersuniform, die seine Männlichkeit markant unterstrich, verlieh ihm Autorität und eine kapitale Aura von Macht. Auf diese adelige Führerfigur des Ordens unter dem Totenkopf projizierte Elisabeth schon nach den ersten Sätzen unbefangen ihre Sehnsüchte und Ideale. So wurde in ihrer Vorstellung Obersturmbannführer Ortwin Ritter von Hohenstein für sie der ideale Mann.

»Mein Chauffeur wird Sie zu Hause abholen. Wann passt es Ihnen?«

Ihr Instinkt mahnte sie zur Zurückhaltung, doch das triebhafte Glücksgefühl verdrängte jede Vernunft. Sie konnte ihren Honigmond kaum fassen. Ohne auch nur einen Augenblick nachzudenken erwiderte sie prompt: »Nächstes Wochenende. Am Samstag. Da hab' ich frei.«

»Schön, mein Fräulein. Um zehn Uhr wird Sie Franz der Rosenheimer abholen.« Der Ritter salutierte, machte auf dem Absatz eine Kehrtwendung und gab seinen Männern das Zeichen zum Aufbruch.

Unter den strahlenden Sternen im Universum ihrer männlichen Verehrer schien Ortwin von Hohenstein die Supernova. Erst war sie heillos verknallt, danach bedingungslos verliebt. Ihr Obersturmbannführer wurde seinem Rang mehr als gerecht: Sturmzeit, Sturmlauf, sturmreif, Sturmnacht, Sturmfluten. Er war einfach ihr Stürmerstar.

In den ersten Wochen und Monaten ihrer erotischen Verbindung erschien es ihr, als verkürze Ortwin die Abstände in Raum und Zeit. Telefon, Fernschreiber, Funksprüche und schnelle Dienstwagen dienten dazu, ihre Treffen zu beschleunigen. Von Ortwins Familienhintergrund und seinen zahllosen Weibergeschichten hatte sie in jenen Tagen noch keinen blassen Schimmer, von seinen mörderischen Aufgaben im berüchtigten Polizeigefangenenhaus Salzburg, das als Drehscheibe für Transporte in die Konzentrationslager fungierte, ebensowenig. Nach jeder Salzburger Frühsommernacht am südlichen Abhang des Mönchberges wurde im Liebesnest der Villa Warsberg, des Ritters »Schloss«, meist all dies von einer aufgehenden Sonne überstrahlt.

Das änderte sich jedoch schlagartig, als Elisabeth Gewissheit gewann, dass eine Frucht in ihrem Leib heranwuchs. Als sie ihrem Ritter die frohe Botschaft verkündete, traf sie das Metallische seines Wesens mit voller Wucht. Ihr Liebhaber nahm die Nachricht auf, als handle es sich um einen beherrschbaren Sturmschaden. Als sie ihn vorsichtig auf Schwangerschaft und Ehe ansprach, eröffnete er ihr barsch und ohne Umschweife, dass er schon verheiratet sei, zwei Kinder habe und eine Scheidung für ihn keinesfalls infrage käme.

Für Elisabeth platzten alle Träume wie Seifenblasen, und sie blickte stattdessen in einen tiefen, hässlichen Abgrund mit Namen »ungesicherte Zukunft«. Was nun?

Wenigstens in puncto Versorgung und Bleibe zeigte ihr Ortwin Charakter. Nach monatelangem Bangen und Unmengen vergossener Tränen hatte der Obersturmbannführer eine für Elisabeth akzeptable Lösung parat.

Das Zauberwort, das über seine Lippen kroch, hieß »Lebensborn«. Stolz verkündete er: »Ich habe alles veranlasst. Du gehst in das Heim Hochland nach Steinhöring. Es ist das Lebensborn-Entbindungsheim der SS. Vor Jahren war es das erste seiner Art. Wir, die Partei, kümmern uns um unsere Kinder, besonders um die unehelichen. Es wird dir und dem Kind an nichts mangeln. Ich werde die Vaterschaft anerkennen. Deine Familie wird nichts mitbekommen, falls du es wünschst.«

Wenn schon keine gemeinsame Zukunft mit Ortwin, dann wenigstens eine gesicherte für das Kind. Verschwiegenheit, Fürsorge und eine »saubere« Identität für ihren Nachwuchs schienen ihr damit gesichert.

Was sie nicht ahnte: Ihre Vorstellungen und Wünsche entsprachen genau der Lebensborn-Philosophie. Die Organisation machte Frauen in schwierigen Lebenssituationen

Hilfsangebote, verfolgte aber klar das Ziel, die »arische Rasse« zu vermehren, um eine neue Elite zu schaffen, die die Welt beherrschen sollte. Bloß keine Föten abtreiben, deren Eltern den rassischen Idealvorstellungen der NSDAP entsprachen! Zudem waren der SS-Organisation jene Kinder besonders willkommen, die von ihren Vätern anerkannt wurden und für die mit Unterhaltszahlungen gerechnet werden konnte, was keinesfalls selbstverständlich war.

Am Tag der Geburt, man schrieb den 5. April 1945, umrundete Elisabeth morgens in Begleitung einer Schwester wie gewohnt See und Park. An der übergroßen steinernen Mutter-und-Kind-Skulptur platzte plötzlich ihre Fruchtblase.

»Na, das Kind hat's ja plötzlich eilig. Will wohl den Endsieg unseres Führers nicht verpassen!«, rief die begleitende Schwester begeistert. Zwei Stunden später war Elisabeth ein gesunder Sohn geboren. Als am gleichen Abend dann der Vater des Kindes aus Salzburg in Steinhöring eintraf, war das kleine Glück am Ende des Tages nahezu perfekt. Gab es doch noch Chancen für eine gemeinsame Zukunft?

Drei Tage später fand unter der Regie des Leiters des Lebensbornheimes, Dr. Gregor Ebner, das feierliche »SS-Taufzeremoniell« in der großen Halle unter Führerbüste, Hakenkreuzfahnen, immergrünen Pflanzen und Kerzen statt. Ritter Ortwin von Hohenstein hatte aus Gründen der Geheimhaltung auf seine Entourage verzichtet.

Die Zeremonie war eine Mischung aus nationalsozialistischen und germanischen Riten. Der Zeremonienmeister stellte ähnlich einem Priester Fragen an Mutter und Vater. Elisabeth blieben nur zwei davon im Gedächtnis. »Deutsche Mutter, verpflichtest du dich, dein Kind getreulich im Geiste der nationalsozialistischen Weltanschauung zu erziehen?«

Elisabeth gab unterstützend mit einem Handschlag ihr Jawort.

Die zweite Frage richtete er an den Obersturmbannführer. »Bist du bereit, seine Erziehung im Sinne des Sippengedankens unserer Schutzstaffel stets zu überwachen?«

Wieder ein Handschlag, diesmal ohne Worte.

Der Zeremonienmeister hielt den SS-Dolch über das Kind, berührte es damit und sprach: »Ich nehme dich hiermit in den Schutz unserer Sippengemeinschaft auf und gebe dir den Namen Ortwin. Trage diesen Namen in Ehren.«

In Elisabeth wuchs eine Abneigung gegen diesen Namen. Er stand für Verrat und Demütigung. Ihr Sohn aber war unschuldig. Sie hätte ihm gern den Vornamen »Udo« gegeben. Die Szene mit dem SS-Ehrendolch würde sie nie mehr vergessen.

Ein weiterer Schock traf sie am nächsten Tag, als der Vater des Kindes ihr während des Frühstücks eröffnete, dass er an die Ostfront abkommandiert worden sei.

»Wann?«, fragte sie völlig irritiert.

»Übermorgen!«

Elisabeth beobachtete zum ersten Mal eine Unsicherheit an ihm. Hastig stand er auf, beugte sich über sie und gab ihr einen Kuss auf die Stirn. »Einen Moment, ich hab was für dich.« Er ging zu seinem Dienstwagen und kam mit einem kleinen Lederkoffer zurück. »Hier, für dich und unseren Sohn. Ihr werdet es brauchen.«

Überrascht nahm sie den Koffer in Empfang.

»Pass gut darauf auf. Du kannst hier bleiben, solange du willst. Ich habe mit Dr. Ebner alles geregelt.«

Elisabeth sah ihn zum letzten Mal, als er in seinen Wagen stieg und vom Parkplatz fuhr. Als sie auf ihrem Zimmer den ominösen Koffer öffnete, verschlug es ihr schier den Atem. Er war randvoll mit goldenen Uhren und glänzendem Schmuck. Nur Ortwin und der Teufel wussten, woher die Preziosen stammten.

Nur wenige Tage später erhielt sie die Nachricht, dass Ortwin von Hohenstein im heldenhaften Kampf für Volk und Vaterland gefallen sei. Elisabeth sah glasklar, dass sie von nun an in vollem Maße vom »Heim« und der vermeintlichen Fürsorge der Partei abhängig sein würde.

Schon seit Monaten waren immer mehr Mütter mit ihren Kindern aus anderen Lebensborn-Müttergemeinschaften im Reich evakuiert und in das Heim Hochland verlegt worden. Jeder wusste, dass der Krieg längst verloren war, doch kein Wort wurde darüber gesprochen. Zu groß war die Angst vor Dr. Gregor Ebners Repressalien und einem möglichen Rauswurf – von einem Prozess wegen Wehrkraftzersetzung ganz zu schweigen. Das Ende rückte unaufhaltsam näher. Es begann mit Feuer und Rauch. Aktenbestände des Hauses wurden vernichtet. Mütter verließen in Scharen das Heim, die meisten Kinder blieben zurück.

Ende April 1945 näherten sich von Ebersberg kommend Truppen des amerikanischen 47. Panzerbataillons der 14. Division Steinhöring. Elisabeth hatte sich ein Fahrrad mit einem Kinderkorb besorgt, der am Lenker festgemacht werden konnte. Ihre Habseligkeiten und Dokumente passten in einen weiteren kleinen Koffer, den sie zusammen mit dem Schatzkoffer auf dem Gepäckträger festband.

Ihren Weg hatte sie längst gewählt. Die einzigen Menschen, bei denen sie hoffte, sichere Zuflucht zu finden, waren ihre Schwester Jutta und deren Mann, der Landwirt Gustl Heinlein, in Rieden.

Am Samstag, dem 28. April, nach gut fünf Stunden Fahrt mit Rad und Kind, klopfte sie an die Tür des Bauernhauses ihres Schwagers und ihrer Schwester.

Jutta öffnete. Überrascht, verdutzt, perplex blickte sie in die türkisen Augen ihrer Schwester und auf das Gesicht eines schreienden Säuglings.

Elisabeth flehte: »Bitte, Schwester, hilf mir …«

3

Ainring, Soyen, Montag, 25. Juni 1945

Colonel Jack Fraser, amerikanischer Kampfpilot, Fliegerass mit elf Luftsiegen und Geschwaderkommodore, geboren in Vandenberg, Kalifornien, USA, befand sich an diesem Montagnachmittag, bei idealem Flugwetter mit seinem Jagdbomber P-47D-25-RE aus Ainring bei Freilassing kommend, im Anflug auf den Feldflughafen Soyen. Der Flugplatz Ainring hatte NS- und Technikgeschichte geschrieben. 1939, wenige Tage vor Beginn des Zweiten Weltkriegs, war Außenminister Joachim von Ribbentrop von Ainring aus zur Unterzeichnung des »Nichtangriffspaktes« zwischen Hitler und Stalin nach Moskau geflogen, und bevor die Amerikaner ihn in Besitz genommen hatten, waren auf dem Flugfeld und in den Hangars Neuentwicklungen getestet worden.

Im Juni 1940 war die nach dem legendären Fliegerhelden des Ersten Weltkriegs, Ernst Udet, benannte »Deutsche Forschungsstelle für Segelflug« dorthin gezogen und hatte den damals noch antriebslosen ersten Düsenjäger He 280, den Höhenaufklärer DFS 228, Prototypen der V-1 und diverse Raketenjäger getestet. Ein Windkanal, Triebwerkteststände und physikalische Laboratorien standen zur Verfügung. Lastenabwürfe, Vereisungsforschungen, Huckepackverfahren, Personenabwurfbehälter, Stratosphärenflüge, revolutionäre neue Verfahren für Autopiloten und Fernseh-Blindlandeverfahren wurden damals schon dort erprobt. Und bis zur Kapitulation hatten Hitler und Göring den Flugplatz häufig für ihre Besuche auf dem »Berghof«, Hitlers Landhaus auf dem Obersalzberg, genutzt.

Colonel Jack Fraser war Leader, das heißt, er flog die Führungsmaschine nach Soyen. Sein Wingman, Bob Pepper, flog in einer weiteren Thunderbolt hinter ihm. Der Anflug erfolgte von Süden. Als Orientierung diente ihnen der gut sichtbare, schlanke Nordturm der Kirchreiter Kirche. Fraser befand sich als Erster über dem Soyensee und warf seinen Zusatztank präzise in der Mitte des Sees ab.

Das Verfahren gehörte zur Flugroutine, da Gewicht und Umfang des Tanks bei diesem Flugzeugtyp ein Risiko für eine sichere Landung darstellten. Daher wurde der Abwurf vor dem Aufsetzen von jedem Kampfpiloten der USAAF immer wieder geübt. Diesmal aber war der Tank nicht mit Flugbenzin, sondern mit handlichen Jutesäcken beladen, in denen sich fette Kriegsbeute befand. Sie stammte aus dem NS-Goldschatz, hauptsächlich italienische Feingoldmünzen, die in Kisten und Jutesäcken auf dem Hinterbernbauergut von Ortsbauernführer Alois Ziller in Lämmerbach, Hintersee, Salzburger Land, am 29. April 1945 von den Nazis auf dessen Hof im Erdreich zwischengelagert worden waren. Ausgegraben und abgeholt wurde der Schatz jedoch von den Amerikanern. Die »Goldgräber« waren Colonel Frasers Kameraden, die in der 3rd US-Infanterie Division in Salzburg ihren Dienst versahen. Am 17. Juni hatten sie das Edelmetall wieder aus der Erde gebuddelt: 81 Säcke, die zusammen 4,3 Tonnen wogen. Den Hinweis auf diesen Schatz hatten die Amerikaner von Herbert

Herzog bekommen, einem ehemaligen KZ-Häftling, der die Information wiederum von Bernd Gottfriesen erhalten hatte, einem NS-Diplomaten, der sich ihm Ende des Krieges anvertraut hatte. Gottfriesen gehörte zum persönlichen Stab von Reichsaußenminister Joachim von Ribbentrop, und seine Aufgabe war es, den Gold- und Devisenfonds des Auswärtigen Amtes während der Nazi-Zeit zu verwalten. Gemeinsam hatten sie die Amerikaner zum Versteck geführt.

Gottfriesen und Herzog waren mit zwei Offizieren, darunter der CIC-Agent James Devan, vom Counter Intelligence Corps der 3rd US-Infanterie Division nach Lämmerbach gefahren. Ohne Verzögerung war der gewaltige Goldmünzenschatz vom Hinterbernbauergut geborgen, auf US Armee-Lastwagen verladen und nach Salzburg gebracht worden.

Ein beträchtlicher Teil von den Feingoldmünzen freilich verschwand rasch aus dem Depot der »Alten Residenz« in Salzburg, da einige Spezialisten des amerikanischen Militärs nur auf eine Gelegenheit gewartet hatten, sich endlich persönlich etwas von der lukrativen Kriegsbeute unter den Nagel zu reißen. Der korrupte CIC-Agent James Devan hatte die Idee dazu gehabt.

Fraser hatte nicht die geringste Ahnung von diesen Vorgängen. Dass Devan mit dem Finance Officer, ebenfalls von der 3rd US-Infanterie Division, Lt. Colonel Grimes, der die Kontrolle über die eingelagerten Goldmünzen in der Residenz hatte, unter einer Decke steckte, lag außerhalb seiner Vorstellungskraft. Devan, der sich mit Fraser angefreundet hatte, wurde in jenen Wochen häufig mit ihm in Ainring und Salzburg in einschlägigen GIs-Bars gesehen, und als

Kampfpilot war er Devan und Grimes beim Abtransport und Verstecken der Beute extrem nützlich. Als CIC-Agent war es für Devan zudem ein Leichtes zu veranlassen, dass die nötigen Befehle für den »Routineflug« nach Soyen ausgestellt wurden.

Devan hatte kein Wort darüber verloren, was er seinem Freund unter den Rumpf seines Jagdbombers hatte hängen lassen, und Fraser hatte keine Fragen gestellt. Nur das relativ hohe Startgewicht hatte ihn irritiert. Außerdem hätte es für den kurzen Flug keines Zusatztanks bedurft. Aber Jack hatte gelernt zu funktionieren. Schließlich waren Fliegen und Töten sein Beruf, nicht seine Berufung. Lediglich Devans Wink, bei präzisem Abwurf über dem Soyensee könne eine zusätzliche Anerkennung winken, sollte ihm als Motivation zur exakten Ausführung der Befehle dienen. Bob Pepper, sein Wingman, ahnte ebenso wenig, was er auf dem kurzen Flug transportierte. Ein Tank, vollgestopft mit Jutesäcken voller Goldmünzen? Darauf wäre auch er nie gekommen. Dementsprechend fand auch er die Zusatztanks auf der kurzen Strecke als völlig überflüssig. Er vertraute aber Fraser, hatte er sich doch das Fliegerass zum Vorbild auserkoren. Dabei hätte ein Blick Peppers auf die Gedenktafeln seines Geschwaders genügt, um ihn davon zu überzeugen, dass die sogenannten Asse kaum weniger oft in den Verlustlisten auftauchten als die »gewöhnlichen« Piloten.

Nachdem er den Turm der Kirchreiter Kirche passiert hatte, setzte Fraser zum Sinkflug an. Kurz bevor er die Position »Seemitte« erreichte, betätigte er den Hebel, mit dem der Zusatztank ausgeklinkt wurde. Der Tank unter dem Bauch des Jagdbombers konnte bei der Landung auf einer unebenen Bahn wie der Soyener Holzbohlenpiste äußerst gefährlich werden. Der Jagdbomber, vom Gewicht befreit, machte einen Satz nach oben, als die edle Fracht in den See plumpste und darin verschwand. Fraser pflegte seinen Kameraden zu erzählen, er spüre die Präzision eines Abwurfs in den Pobacken. Niemand begriff, wie er das meinte. Die Landung kurz darauf war reine Routine.

Als Pepper seine Position »Seemitte« erreichte, betätigte auch er den Hebel, doch der Mechanismus versagte. Bob drehte mit seiner Maschine noch einmal eine Ehrenrunde, überflog Soyen und Kirchreit, bevor er erneut über dem See versuchte, seine »Gold-Zecke« loszuwerden. Der Abwurf klappte wieder nicht, abermals versagte die Mechanik. Pepper übermittelte Fraser über Funk, er habe Schwierigkeit mit dem Abwurf.

»*Satanic mechanic!*«, hörte Jack seinen Wingman lauthals fluchen.

»Scheiß drauf! Lande mit dem Ding.«

»Das geht in die Hosen«, versuchte Pepper das Unheil abzuwenden.

»Sag ich doch. Aufsetzen und stehen! Danach den Arsch wischen«, befahl ihm sein Führungsoffizier über Funk die Landung.

Die Landebahn, mit Eichenbohlen verstärkt, war mit knapp 400 Metern zwar ausreichend lang, aber der knappe Freiraum zwischen Piste und Zusatztank machte eine solche Landung zu einem unkalkulierbaren Risiko für Mensch und Maschine. Doch Pepper hatte keine Wahl. Befehl war Befehl. Er musste die Landung trotz des enormen Gewichts unter seinem Rumpf wagen. Aufsetzen und stehen! Bob hatte ein mulmiges Gefühl im Magen. Die drei Worte gingen ihm noch mehrmals durch den Kopf, bevor er die Thunderbolt aufsetzte. Kampfpiloten kennen oft ihr Schicksal, und möglicherweise kannte Pepper es auch.

Bobs Landung endete in einem Desaster. Die Maschine setzte zu hart auf, der Zusatztank wurde aufgerissen, das rechte Fahrwerk knickte ab, damit touchierte die Tragfläche die Bohlen der Landebahn, Benzin lief aus, der Jagdbomber fing Feuer und explodierte. Pepper verschmorte in seiner Pilotenkanzel.

Fraser sprintete zur Unglücksstelle. Was er sah, peitschte seinen Blutdruck nach oben, und sein Puls begann zu rasen. Auslöser war eine weitere kleine Explosion in der Pilotenkanzel. Dann sah er, wie die Leiche langsam die Hände hochnahm, als stünde ein Boxkampf bevor. Er hatte so etwas in Frankreich schon einmal bei einem Bomberpiloten erlebt, der wegen eines Feuers an Bord hatte notlanden müssen und sich nicht mehr rechtzeitig aus dem brennenden Wrack hatte befreien können. Der Truppenarzt erklärte dazu bei einem Drink an der Bar: »Im Feuer kommt es zu Muskelkontraktionen, die Sehnen der Beine und Arme verkürzen sich, die Gliedmaßen werden zusammengezogen. Es wirkt auf dich, als würde sich die brennende Leiche noch bewegen. Außerdem birst in solcher Hitze dann häufig der Schädel. Das Ganze wirkt wie bei einem verschlossenen Behälter voller Flüssigkeit, wie bei einem Schnellkochtopf. Die Zunahme des Drucks lässt ihn irgendwann explodieren.«

Piloten wie Hilfspersonal des Soyener Feldflughafens konnten nicht viel ausrichten. Das Wichtigste für sie war die Schonung der Landebahn. Rasch befestigte man ein Stahlseil am Spornrad und zog das brennende Wrack von der Piste. Dabei verteilte sich der restliche Inhalt des aufgerissen Zusatztanks auf der Piste. Angesengte Jutesäcke, aus denen Goldmünzen quollen, lagen verstreut zwischen Flugzeugtrümmern, Eichenbohlen, Gras und Acker.

Fraser war der Erste, der die Situation erfasste. Während sich seine Kameraden um die Löschung der Reste des Jagdbombers kümmerten, folgte Fraser der Spur der Goldmünzen. Ihm war mit einem Male klar, was er und Pepper nach Soyen transportiert hatten.

Als sich ein Pilot seiner Staffel näherte, blaffte er ihn geistesgegenwärtig an: »Verschwinde hier. Wir waren in geheimer Mission unterwegs. Befehl vom CIC. Ich brauche zwei Männer, die das Gelände hier absperren und sofort einen Jeep mit zwei leeren Kisten. Beeilung!« Als ranghöchster Offizier hatte Fraser auf der Basis das Kommando.

Die Neugier seiner Kameraden war zwar kaum zu bremsen, aber Frasers Autorität war in der Staffel unstrittig und auch gefürchtet. Bis zum Einbruch der Nacht hatte er bis zur Erschöpfung eigenhändig fast alle Münzen eingesammelt. Fast.

Drei Zivilpersonen aus Soyen, die Handlangerdienste für die Staffel leisteten, wurden für die Bergung der Überreste von Peppers Leiche verpflichtet, darunter Sepp Hofreiter, Gustl Heinlein, Schwager von Elisabeth Mittermeier, und Alois Dachsberger. Sepp und Gustl betrieben kleine Landwirtschaftsbetriebe in Hundsham und Rieden. Dachsberger gehörte der Soyensee, an dessen Ostufer er die äußerst beliebte Seegaststätte »Zur Forelle« führte. Allesamt waren sie fleißige Männer, die während des Krieges ihre Höfe und die Gaststätte weitestgehend allein hatten führen müssen und daher vom Kriegsdienst befreit gewesen waren. Die

Bergung der verkohlten Leiche war für Sepp, Gustl und Alois der reinste Horror.

Frasers Münzsicherstellung gelang nicht vollständig. Sepp Hofreiter fand während der Säuberung der Piste, die sich bis zur Dämmerung hinzog, auf und zwischen den Eichenplanken mehr als ein Dutzend Münzen. Es waren alte italienische Goldmünzen. Ohne dass es jemand bemerkte, gelang es ihm, sie in seinen Stiefelschäften verschwinden zu lassen. Die, die im Acker steckten und nicht sofort eingesammelt werden konnten, drückte er mit der Sohle in die Erde. Die Abdrücke sollten gleichzeitig als Markierung dienen, um die Münzen am nächsten Morgen ausgraben zu können.

»Der gerechte Ausgleich für die ganze Scheißarbeit bei den Amis«, murmelte er zufrieden vor sich hin, als er die Stätte des Grauens verließ. Sepp war schlau. Er hatte den Anflug der beiden Thunderbolts beobachtet und durchblickte die Sache mit Frasers erstem gelungenem Abwurf über dem See. Noch in der gleichen Nacht vertraute er sein Geheimnis seiner jungen Frau Franziska an. Eine »goldene« Zukunft, wie es schien, wartete auf die junge Familie. Ihrem einzigen Sohn Franz, im April hatten sie seinen ersten Geburtstag gefeiert, würde es an nichts mangeln. Sepp selbst grübelte über den Schatz und malte sich eine sorgenfreie Zukunft aus. Zwischen Freude und Bangen bekam er kein Auge zu. Am nächsten Morgen wollte er den Rest der Münzen aus dem Acker wühlen. Die Gier hatte ihn gepackt, der Tod würde ihn dann etwas später ereilen.

Am östlichen Horizont lag schon der blasse rote Streifen der aufgehenden Sonne, als Fraser in aller Frühe einen Kontrollgang entlang der Piste machte, wobei er dank der zahlreichen Schuhabdrücke weitere Münzen im Acker entdeckte. Er konnte eins und eins zusammenzählen, zumal ihm die glatten Sohlenabdrücke verrieten, dass sich jemand von den Zivilisten bereichert haben musste. Also legte er sich mit einem Karabiner auf die Lauer. Als Sepp Hofreiter im Morgendunst seine Schuhabdrücke suchte und verräterisch in der Erde wühlte, hatte er sein Leben verwirkt. Fraser zielte und schoss. Für sein Tun durfte es keinen einzigen Zeugen geben, schon gar keinen »Nazi«.

Sepp Hofreiters Leiche wurde in ein leeres Benzinfass gesteckt, mit Sprit übergossen und verbrannt. Der fette Qualm aus dem Fass war nichts Ungewöhnliches, da man mit Ölfeuern oftmals die Start- und Landebahn markiert hatte und Piloten wie Bodenpersonal auf diese Weise schon häufig ein wärmendes Feuer entfacht hatten. Fraser verlor seinen Kameraden gegenüber kein Wort, welches Motiv ihn zu dem Mord getrieben hatte.

»Befehl vom CIC!« Damit waren alle offenen Fragen geklärt. Die Staffel hielt eisern zusammen. Im Krieg galt ein Menschenleben nicht viel. Ein »Nazi« mehr oder weniger? Darauf kam es in diesen Tagen nicht an. Sepp war ihnen nicht einmal ein Wort des Beileids wert.

Ein Unglücksfall beim Reinigungsversuch eines halbvollen Benzinfasses, hieß es. Pech gehabt. Gott sei seiner Seele gnädig. Amen! Seine sterblichen Überreste wurden der jungen Witwe in einem Eimer übergeben.

4

Soyen, Sonntag, 8. Juli 1945

In jenem Jahr mangelte es an allem. Not und Chancen aber haben sich schon immer vertragen. Elisabeth Mittermeier hatte das Startkapital von ihrem »Ritter« bekommen, nutzte damit konsequent ihre Möglichkeiten und startete gleich in den ersten zwei Monaten nach der Kapitulation eine steile Schwarzmarktkarriere rund um Wasserburg. Das war auch nötig. In Rieden, auf dem kleinen Bauernhof ihrer Schwester und des Schwagers, gab es in jener Zeit Kühe, Hühner, Mist, Odel, aber kaum Geld und schon gar keine Freizeit. Stattdessen packte jeder mit an. Eine zähe Sache ohne echte Perspektive! Das war aber nichts für Lisa, jedenfalls nicht auf Dauer.

Fachbegriffe wie »Profitmaximierung« oder gar »Synergismen« wurden zwar erst in ferner Zukunft eingeführt, doch lagen diese Prinzipien schon damals der erfolgreichen Beziehung zwischen Uhren, Schmuck, Butter, Eiern, Fleisch und Ami-Zigaretten samt Dollarscheinen zugrunde, und Elisabeth bewies außerordentliches Talent in diesem nicht sehr legalen »Markt«.

Langbeinig, dabei athletisch wie eine Turnerin, unternehmungslustig und selbstbewusst knüpfte sie ihre Kontakte bis in die lukrative »American-Sea-Alm«, die unweit der Landepiste und des Soyener Dorfkerns von den Amerikanern zur lockeren Freizeitgestaltung errichtet worden war, ein robustes Blockhaus mit Grill und Bar, in der nicht nur die Piloten abhängen konnten – natürlich, wenn's ging, mit knackigen »German-Country-Frolleins«. Und es ging immer was! Elisabeth bekam problemlos Zutritt zur »Alm«, da sie gut Englisch sprach und in ihrem Sommerkleid, das sie sich aus Fallschirmseide hatte nähen lassen, enorm anziehend auf die GIs wirkte. Sie spielte das Beisammensein bis zu einem bestimmten Punkt mit, ohne auch nur einen Moment ihr Ziel, Profit zu machen, darüber zu vergessen. Amerikaner und Engländer kauften am liebsten Uhren und Schmuck, das war eine bekannte Tatsache, und der Schmuckkoffer ihres Kindsvaters brachte ihr so reichlich Dollars ein.

Über die »Schwarze Börse«, wie die Alm von der Bevölkerung auch genannt wurde, liefen ihre Tauschgeschäfte immer prächtiger, flossen die Gewinne üppiger. Schwester und Schwager waren höchst dankbar für die finanzielle Unterstützung und die verbesserte Verpflegungssituation. Das Gleiche galt für ihren Vater Georg und ihre Mutter Rosalie in Teufelsbruck. Ihr Vater profitierte allerdings nicht mehr viel vom Ende des Mangels, denn der Herztod ereilte ihn bei der Gartenarbeit. Von seinem Enkelsohn hatte er, trotz der geringen Distanz, nie etwas erfahren. Die kränkelnde Mutter wurde immer vergesslicher. Als Tochter Elisabeth eines Tages die Existenz ihres »Lebensbornkindes« gestand, schien es, als hätte sie es am nächsten Tage schon wieder vergessen.

In diesen Monaten kümmerte sich ihre Schwester Jutta rührend um den kleinen »Nazibengel« Hubert, den sie bald nur noch »Hubi« nannten. Der SS-Taufname Ortwin war gelöscht worden, genauso wie der adelige Name seines leiblichen Vaters. Unterdessen mauserte sich Lisas Schwager zum perfekten Papa.

Elisabeths Schlüsselerlebnis auf der »Alm« ließ nicht lange auf sich warten. An einem Sonntagabend im Juli lernte sie in der »American-Sea-Alm« Colonel Jack Fraser kennen. Sein Auftreten wirkte betont jugendlich, Zigarette im Mundwinkel, Baseballmütze flott ins Genick geschoben, Hawaiihemd locker über der Hose, deren Beine in zwei goldbrokatverzierten Cowboystiefeln steckten.

Ein Typ wie Nitroglyzerin, ging es Lisa durch den Kopf, als er an ihr vorbeiging. Jack schenkte ihr ein Lächeln. Was ihr aber sofort auffiel, waren seine feinen Gesichtszüge. Nur sein Geruchscocktail aus Zigarettendunst und Rasierwasser störte sie. Jack orderte zwei Bourbon, kehrte zurück, drückte eines der Gläser Lisa unaufgefordert in ihre Hand, stellte sich kurz vor und richtete sofort die üblichen männlichen Orientierungsfragen an sie. So erfuhr sie schnell, dass Colonel Fraser der »Platzhirsch« außerhalb und in der Alm war, dazu ein Offizier, der gewünschte Waren liefern konnte. Daher beantwortete sie seine Fragen ausweichend vorsichtig charmant.

Was sie aus seinem Gesicht ablas, waren Eigenschaften wie Listigkeit, räuberische Intelligenz und ein egozentrisches Überlegenheitsgefühl, alles Eigenheiten, die mehr Distanz als Nähe signalisierten, wäre da nicht sein versonnenes, sympathisches Lächeln gewesen, das sich hie und da über sein ganzes Gesicht ausbreitete. Dabei war ein gewisses Funkeln in seinen Augen nicht zu übersehen, besonders dann, wenn sich seine Blicke ab und an auf ihre pralle Oberweite senkten.

Lisa nippte an ihrem Whiskey, zog eine angebotene Lucky Strike aus der gereichten Packung und fragte den Colonel: »Wie fühlen Sie sich, wenn Sie so über das schöne Oberbayern donnern?«

Ohne zu zögern kam die Antwort. »Meist angespannt, denn über meinen Flügen schwebt das Damoklesschwert meiner Abhängigkeit von der Laune der Wettergötter und meiner Feinde.«

»Gibt es Letztere überhaupt noch?«

»Und ob! Japaner! Zuhauf!«

»Weit, weit weg von Soyen, soviel ich weiß.«

»Sehr, sehr nah, wenn ich meine mögliche Abkommandierung in Betracht ziehe.«

»Nicht wirklich, oder?«

»Der Krieg im Fernen Osten tobt weiter. Jeder Tag kann hier mein letzter sein.«

Letzter Tag hier? Für Lisa das ideale Stichwort. »Dann sollten Sie das Leben hier bei uns genießen, solange es die Armee zulässt.«

Fraser zeigte wieder sein versonnenes Lächeln. »Gute Idee, meine liebe Liz. Ich glaube, Sie könnten jede Menge dazu beitragen. Zeigen Sie mir doch einfach ein paar unvergessliche Schönheiten Ihrer Heimat.«

Das prickelnde Duell zwischen Mann und Frau, Geist und Hormonen, Anziehung und Vorsicht, Plan und Zufall, endete in einer Verabredung zu einem gemeinsamen Ausflug mit dem Jeep.

5

Rieden, Samstag, 9. März 1946

Das völlig Unbekannte, Geheimnisvolle konzentrierte sich ab jenem Samstag für Liz, wie Jack sie nur noch nannte, nicht im Fernen Osten, sondern Tausende Kilometer westlich von Europa, Richtung USA, eine Verheißung, wie sie meist nur in Träumen vorkam. Elisabeth packte endgültig ihre Sachen.

In den vergangenen acht Monaten hatten Jack und sie nicht nur äußerst erfolgreich Schwarzhandel betrieben, Dollars verdient und Werte angehäuft, sondern sich auch unsterblich ineinander verliebt. Ihre leidenschaftlichen Monate in Soyen vergingen wie im Flug.

Der 2. Weltkrieg war definitiv beendet, Japan kein Thema mehr. Stattdessen wurde Jack Frasers Staffel in die Staaten zurückbeordert. Er eröffnete Liz, dass er sie um jeden Preis über den Atlantik nach Kalifornien mitnehmen wolle. Ihre Hochzeit planten sie in Palmdale, nahe der Edwards Air Force Base im Antelope Valley nahe Lancaster in Kalifornien, rund 100 Kilometer nördlich von Los Angeles, wo Jack demnächst eine neue und anspruchsvolle Aufgabe als Testpilot übernehmen sollte.

Trotz der strahlenden Zukunft gab es dennoch einige rabenschwarze Punkte in beider Leben, die, jeder für sich allein, dem Partner gegenüber konsequent verheimlichte.

Während Liz nur eine »Leiche im Keller« hatte, waren es bei Jack gleich drei, und das durchaus im wörtlichen Sinn. Sie verschwieg ihm lediglich ihr »Lebensbornkind« Hubert, um ihre glänzende Zukunft und ihre Liebe nicht zu gefährden, Jack aber die vorsätzliche Tötung von Sepp Hofreiter und einen weiteren Mord an CIC-Agent James Devan, den er während einer ausgelassenen Motorbootfahrt auf dem Soyensee begangen hatte, dazu die »Gold-Zecke« auf dem Grund des Sees.

Elisabeth ließ ihren Sohn bei Schwester und Schwager zurück mit dem Versprechen, ihn so bald wie möglich in die Staaten nachzuholen. Sie tat es jedoch nie, sondern schickte stattdessen Dollars. Eine unbelastete Ehe mit Jack war ihr von Beginn an wichtiger. Und da Schwester Juttas Ehe mit Gustl kinderlos blieb, hatten sie Hubert, im Einvernehmen mit Elisabeths Dollarsegen, noch in den Wirren der Nachkriegszeit als eigenen Sohn ausgegeben und ihn als solchen registrieren und taufen lassen.

Jack konnte im August des Jahres 1945 zwar das brisante Geheimnis im See noch einmal schützen, aber um den Preis eines weiteren Menschenlebens. Er transportierte auf James Devans Befehl einen Großteil der eingesammelten Goldmünzen aus dem Tank von Peppers Maschine nach Salzburg und übergab sie ihm. Erst während eines Barbesuches klärte James seinen Freund darüber auf, dass seine Vorgesetzten, die die Sache eingefädelt hatten, in den letzten Kriegsmonaten nach Okinawa abkommandiert worden waren. Er wüsste nicht, ob sie jemals zurückkehren würden. Die perfekte Konstellation also, um sich die Beute im See zu teilen, meinte er. Den anderen Teil der Story, woher der Goldsegen stammte, ließ er unerwähnt.

Jack ging zunächst darauf ein. Was blieb ihm auch anderes übrig? Devans Plan, die Münzen aus dem Soyensee zu bergen, bestand im Wesentlichen aus vier Punkten: kein gemeinsames Auftreten mit Fraser vor Ort, Lokalisierung des Tanks durch Jacks Berechnungen, Markierung der Stelle durch eine Unterwasserboje, Bergung mit Tauchgerät und Winde in den frühen Morgenstunden. Devon besorgte zur Ausführung ein robustes, schnelles Wehrmachtsboot vom Chiemsee, mit dem die GIs zum Vergnügen in den sommerlichen Abendstunden erstmals Runden auf dem Soyensee drehen durften. Er selbst gab sich nicht zu erkennen und mied, wie vereinbart, die Nähe zu Fraser. Natürlich war die Motorboot-Gaudi auf dem See reine Taktik, die der Ablenkung diente und keine Fragen provozierte.

Als Devan nebenher seinem »Tauchsport« nachging, um an der Abwurfstelle unter Wasser besagte Markierungsboje zu platzieren, drehten Jack und einige andere Piloten unterdessen mit dem Boot unverfängliche, vergnügte Runden auf dem See. Whiskeyflaschen kreisten, im Boot stieg die Stimmung. Jack übernahm irgendwann das Steuer. Niemand außer ihm bemerkte, dass Devan wieder aufgetaucht war. Der See glitzerte in der untergehenden Sonne. Jack hielt mit Vollgas auf einen dunklen Punkt im See zu, James' Kopf …

Ein folgenreicher Unfall! Niemand konnte offensichtlich etwas dafür. Wer konnte schon ahnen, dass mitten im See plötzlich ein Mensch auftauchen würde, gerade dann, wenn ein Boot mit Speed daherkommt? Verdammt! So ein Blödmann, so ein Pech auch! James Devans Kopf wurde von Bug und Schraube völlig zertrümmert.

Die Leiche mit dem destruierten Schädel wurde von den Männern geborgen und der US Militär-Polizei übergeben.

Offenbar handelte es sich um einen GI. Jack fühlte sich wie befreit. Niemand aber konnte die Frage beantworten, wer der entseelte, gesichtslose Leichnam war.

Immerhin sang der Kirchenchor von Soyen dem unbekannten Toten am Sonntag ein Requiem.

6

Rimsting, Dienstag, 30. September 2014

Michaela Dunst, verliebt in Maximilian, erwartet eine Erklärung und am liebsten eine Kehrtwendung um 180 Grad. Kein einziges Wort hat Max vor seiner Verabschiedung aus dem aktiven Dienst als OFA-Leiter bei der Mordkommission München über seine wahren Zukunftspläne verloren. Sie hat voll darauf gesetzt, dass die Zeiten der Trennungen und der unregelmäßigen Tagesabläufe ein Ende haben würden. Sie hat erwartet, von nun an einen Partner zu haben, der nicht nur Liebhaber, Vertrauter, Ratgeber, Gesprächspartner und Lebensinhalt ist, sondern einen, mit dem sie viel Zeit verbringen, gemeinsame Lebensziele verfolgen und idealerweise auch die gleichen Projekte teilen kann. Nun ist sie enttäuscht über seine Wachsleichen-Ambition, die er auch noch öffentlich gemacht hat. Ihre Sehnsucht, die verschiedenen Ebenen und Facetten des zwischenmenschlichen Miteinanders gemeinsam zu realisieren, um damit die Beziehung zu intensivieren, droht nun zu scheitern. Den ganzen Nachmittag über fühlt sie sich verwundet. Das harmonische Wunschkonzert mit Max ist damit wohl vorerst abgeblasen.

Noch am gleichen Abend, nach ihrer Rückkehr aus München, geht sie ihn an. »Mord scheint nun auch nach deiner Pensionierung das Lebenselixier zu werden.«

Max ist völlig überrascht. »Nein, ganz sicher nicht.«

»Du musst doch bis in die Poren gesättigt sein mit Mordfällen. Warum quälst du dich obendrein noch mit einer alten Wasserleiche herum?«

Max versucht, darauf locker zu reagieren. »Ganz einfach, es ist schlicht das beste intellektuelle Spätprogramm für mich.«

Michaela reagiert aufgebracht. »Wie bitte?«

»Sorry, ich will nicht den postmodernen Schwafelphilosophen mimen, aber der Fall ist und bleibt eine Herausforderung für mich. Kannst du das nicht verstehen?«

»Verstehen? Ich möchte, dass du versuchst, mich zu verstehen.«

Max überlegt und zeigt sich einsichtig. »Ich weiß, du ärgerst dich über das, was ich bei meiner Verabschiedung verkündet habe.«

»Soll das eine Entschuldigung sein, oder willst du dein Gewissen erleichtern?«

»Ich will nur, dass du meine Gründe verstehst.«

Michaela legt an Stimmstärke zu. »Deine Gründe sind mir egal! Völlig egal! Es gibt keinen einzigen Grund dafür, deine Ambitionen nicht vorher mit mir zu besprechen, und schon gar keinen einzigen dafür, mich vor vollendete Tatsachen zu stellen. Es ist unsere Zeit, unser Zusammenleben, das du damit infrage stellst.«

Tränen treten in ihre Augen.

»Du bist Journalistin, viel unterwegs, und auch meine Lebensgefährtin. Wo ist da der Unterschied?«

»Das ist nicht die wahre Reihenfolge. Ich bin zuerst deine Lebensgefährtin, und danach kommt mein Beruf! Bei dir ist es offenbar umgekehrt.«

Max wird plötzlich klar, dass dies kein lauer Konflikt ist, der mit einem wohlmeinenden Gespräch zu befrieden ist. Mit verschrobenen Rechtfertigungen würde er bei Micha außerdem nichts bewirken. Er versucht eine versöhnliche Geste, will sie umarmen. Aber Micha entzieht sich ihm.

Max nimmt nach gut einer Minute des Schweigens einen neuen Anlauf. Dabei legt er seinen Arm behutsam um Michaelas Schulter. »Wir sollten die große Chance unserer Liebe nicht wegwerfen«, flüstert er nah an ihrem Ohr. »Was soll ich deiner Meinung nach ändern?«

Sie dreht sich um und schlingt ihre Arme um seinen Hals. »Es ist nicht viel. Schließe deinen letzten Fall von mir aus ab, aber beginne bitte keinen neuen. Ansonsten freue ich mich auf jedes freie Wochenende mit dir. Ich gehe mit dir in die Berge wandern, und du gehst mit mir an die See. Ich möchte gerne mal wieder auf Sylt sein und dir die Schönheiten der Insel zeigen. Nebenher entspannen wir und machen eine Schlemmertour von List über Kampen bis Hörnum. Einverstanden?«

Max fällt ein Stein vom Herzen. »Einverstanden, meine Maus!«

7

Rimsting, Sonntag, 5. Oktober 2014

Fangeisen wählt nach dem Frühstück auf seinem Smartphone die Nummer seines Kumpels Johann Förstl.

»Max hier. Du wolltest mir brisante Fotos zeigen, die im Jahr 68 von Campern am Ostufer des Soyensees gemacht wurden. Wann?«

»Wann immer du Zeit hast.«

»Dann komm auf einen Kaffee vorbei.«

»Gern.«

»Morgen, 16.00 Uhr?«

»Passt.«

»Super. Bis dann.«

Max schaltet sein Telefon aus, zieht die rostrote Akte aus dem Ablagefach und wirft einen Blick darauf, während er auf seinen Schreibtisch zusteuert. »*Cold Case*«, murmelt er in einem Ton vor sich hin, den manch einer als Ausdruck von Resignation missverstanden hätte. Weit gefehlt, denn nach so langer Zeit will sich Maximilian ein neues, besseres und vertieftes Fallverständnis zu seinem ersten Mordfall im Jahre 1970 erarbeiten. »Wenn es mir gelingt, neue Fakten auszugraben, um sie mit den vorhandenen zu vereinen – dann würde das Puzzle ein Ganzes ergeben«, murmelt er.

Auch wenn Max die Akte nach einer gefühlten Ewigkeit wieder einmal durchgeht, er kennt die Vorgeschichte von A bis Z, obwohl er 1968 in den Fall noch nicht involviert war. Die Sachverhalte zur damaligen Vermisstenanzeige kann er abspulen:

- Seit Mitte Juni 1968 wird ein männlicher Camper am Soyensee vermisst. Sein mutmaßlicher Name lautet Bill Traser.
- Der Vermisste verbrachte offenbar mit einem angemieteten Campingbus aus Rosenheim einen Urlaub am See.
- Alois Dachsberger, Wirt des Gasthauses »Zur Forelle«, Bedienungen, Bäcker und andere Camper (alle namentlich erfasst) erinnern sich gut an den jungen Gast mit dem englischen Akzent.
- Der Campingbus wirkt nach zwei Tagen plötzlich verlassen. Anderen Campern kommt das seltsam vor, da »Billy«, wie der Vermisste von den Zeugen genannt wird, immer nach einem geregelten Tagesablauf lebte.
- Am dritten Tag verständigt der Campingplatzbetreiber Alois Dachsberger die Polizei, die den Campingbus öffnen lässt.
- Bargeld, eine Uhr, ein Ring und einige andere Wertsachen werden darin gefunden. Es fehlen jedoch alle persönlichen Papiere wie Ausweis, Führerschein, Flugtickets, die zur nachweislichen Aufklärung der Identität des Urlaubers hätten führen können.
- Die Durchschläge des Campingbus-Mietvertrages zeigen, dass der Vermisste die eingeforderten Angaben zu seiner Person nur unvollständig eingetragen hat. Als Wohnort und Ausstellungsbehörde des Führerscheins wurde lediglich die Stadt Manchester angegeben.
- Traser versicherte das Fahrzeug Vollkasko und zahlte bar.

- Trotz der fehlenden Papiere deutet alles auf ein Unglück im See hin. Tod durch Ertrinken wird vermutet.
- Eine groß angelegte Suchaktion rund um den See bleibt ebenso ergebnislos wie ein dreitägiger Einsatz von Polizeitauchern. »Billy« bleibt verschollen.
- Zeugen, die möglicherweise etwas Verdächtiges registriert haben könnten? Fehlanzeige.

Am Seitenrand liest Max die verblasste Bleistiftnotiz eines Kollegen aus Rosenheim: »Der Campingbus-Vermieter kümmert sich nicht sonderlich um den Papierkram, solange er sein Geld bekommt.«

Niemand hat in jenen Wochen und Monaten ein Verbrechen vermutet, schon gar nicht die Bürger in der Gemeinde selbst. Dennoch hat es vor Ort genügend wilde Spekulationen gegeben. Das Fallbeil des Schicksals ist am 20. Juni 1970 gefallen, als Hobbytaucher der Tauchschule »Chiemgaublue« glaubten, im schwachen Lichtkegel ihrer Taucherlampen den Torso eines Menschen, also ohne Kopf, Hände und Beine, in einem Taucheranzug am Grund des Sees gesehen zu haben. Das Blatt schien sich zu wenden.

Max schließt für einen Moment die Augen. Erinnerungen von damals kehren zurück. Deutschlands Fußballer haben drei Tage zuvor in Mexiko in einem äußerst dramatischen Halbfinalspiel gegen Italien 3:4 nach Verlängerung verloren und nun an jenem Tag gegen Uruguay um den dritten Platz gespielt. Maximilians Interesse am Ausgang der WM ist nach dem Scheitern der Nationalmannschaft erloschen. Daher hat er sich auch nicht geärgert, als er anno dazumal dienstlich beauftragt worden ist, gemeinsam mit Johann Förstl zur Aufklärung eines Verbrechens an den Soyensee zu fahren.

Es war ein sonniger, windstiller, warmer Junisamstag, ein Freiluft- und Badetag, wie man sich ihn nur wünschen konnte – allerdings mit erheblichen Einschränkungen für die Anwohner. Das Seeufer wurde für Camper und Badegäste mit dem üblichen rot-weißen Flatterband mit dem Aufdruck »Polizeiabsperrung« gesperrt. An zwei Pfählen gebunden hing es im Wind und war kaum mehr als ein symbolisches Hindernis. Dahinter leuchtete im Halbschatten der Bäume ein weißes, unschuldig wirkendes Zelt der »SpuSi«, der Spurensicherung, worin der geborgene wächserne Torso einer ersten Untersuchung unterzogen wurde. Max fragte sich, was ihn in dem Zelt erwarten würde? Er parkte seinen Dienstwagen vor der Absperrung. Umgehend stiegen beide aus dem Wagen und näherten sich dem Zelt.

Zwei Tage vor der Bergung waren die beiden Hobbytaucher von der Wasserwacht mit einem Boot noch einmal zur Fundstelle gebracht worden. Ziel der Fahrt und des Tauchgangs war das Setzen einer schwimmenden Positions- und einer Leuchtboje in der Tiefe. Letztere sollte die Fundstelle der Wasserleiche am Grund des Sees in rund 14 Metern Tiefe markieren. Die Bergung derselben würde dann eine gemeinsame Aktion von Polizeitauchern, der Bereitschaftspolizei und der Wasserwacht werden.

Bis dahin galt die Sache immer noch als ein möglicher Tauchunfall mit Todesfolge.

Bei jenem zweiten Tauchgang kamen zum ersten Mal neuartige und leistungsfähigere Tauchlampen mit Akkutechnik zum Einsatz. Zwei Taucher in Trockenanzügen wurden zuvor eingewiesen und mit einem Leichensack in die Tiefe geschickt. Dank der Leuchtbojen wurde der Torso in dem 4 °C kalten Wasser schnell gefunden. Nachdem dieser geborgen war, wurde nach Kopf, Fuß, Armknochen und Pressluftflaschen getaucht. Flaschen und Atemgerät fand man im Schlick, etwas versetzt zum Fundort der Leiche. Ansonsten war durch den aufgewühlten Schlamm kaum noch etwas zu erkennen.

Der Tauchgang stand kurz vor dem Abbruch, als unweit des Fundortes im Lichtkegel der Lampe im trüben Wasser plötzlich ein Metallstab am Boden schimmerte. Einer der Polizeitaucher zog daran. Der Stab erwies sich als der hintere Teil eines Harpunenpfeils, der im skelettierten Schädel eines Menschen steckte, der seinen Entdecker aus leeren Augenhöhlen anstarrte.

Das Blatt hatte sich gewendet. Doch ein Mord? Jedenfalls ist eine Harpune im Schädel kein Zufall.

In seinem Berufsleben hatte Maximilian Leichen in allen erdenklichen Verwesungszuständen gesehen, und am Ende seiner Berufslaufbahn wusste sein Riechorgan um die Penetranz und die verschiedenen Stufen der Verwesungsgerüche. Ob verbrannt, mumifiziert oder lediglich noch aus suppigem Schleim bestehend, keiner dieser Anblicke und Gerüche waren tauglich, um sich daran gewöhnen zu können. So nahm er oftmals Skelette, Mumien oder den madigen Rest von verwesendem Fleisch, das noch an den Knochen hing, mit in seine Träume hinein.

Die Leiche vom Soyensee war darüber hinaus etwas Besonderes, in der Erinnerung sehr zählebig, kaum zu verbannen oder gar zu vergessen. Eine Wachsleiche war in der Tat etwas sehr Außergewöhnliches.

Um das Zelt herum herrschte Betriebsamkeit. Die Beamten trugen damals noch keine hellgrauen Einmal-Overalls mit Kapuzen, die heutzutage partikeldicht, antistatisch, atmungsaktiv, abriebfest und fusselfrei sind, einen doppelläufigen Reißverschluss mit Abdeckleiste haben und mit dem Aufdruck »Polizei« Eindruck machen, um Leichen und Fundorte nicht mit fremden DNA-Spuren zu verunreinigen. Sie trugen stinknormale Dienst- oder Straßenkleidung. Das mit den Overalls und der DNA-Analyse, dem »genetischen Fingerabdruck«, wurde auch für Maximilian erst rund 22 Jahre später Wirklichkeit.

Zusammen mit Johann betrat er das Zelt. Um einen Edelstahl-Rollwagen herum, der als Leichen- und Seziertisch Verwendung fand, standen vier Männer mit umgebundenen Schürzen und mit übergezogenen Latexhandschuhen. Max war neu und musste sich damals noch als Ermittler mit den Beamten des Erkennungsdienstes, einem Kriminaltechniker und einem ortskundigen Beamten der zuständigen Polizeiinspektion Wasserburg, bekannt machen.

Im Zelt stand die Luft. Sie roch nach der Wachsleiche: ranzig-erdig. Der typisch penetrante Gestank der Fäulnis würde sich nicht mehr entwickeln, da die Lipidbildung offensichtlich vollständig war. Bedingt durch niedrige Temperaturen am Grund des Sees und die Isolation des Torsos durch den Tauchanzug hatten sich offenbar kaum Fäulnisgase gebildet, die den Verwesungsprozess hätten vorantreiben können. Außerdem hatten die Gewichte am Tauchgürtel verhindert, dass die Leiche an die Oberfläche kam. Die Leichenlipidbildung war aber vorrangig begünstigt worden durch den knie- und oberarmlangen Tauchanzug, der einen ungehinderten Gasaustausch, der den Zerfall der Leiche rasch herbeigeführt hätte, wirksam unterbunden hatte.

Herren mit stark erhitzten und verschwitzten Gesichtern nickten höflich und tranken durstig aus mitgebrachten Wasserflaschen. Die Gesichter, denen Max dort begegnete, waren allesamt ausdruckslos und kühl taxierend zugleich. Fangeisen stellte Förstl als Kollegen und Sachbearbeiter vor. Auch Johanns warmes Lächeln erwiderten die Herren mit undurchdringlichen Blicken. Max war sich nicht sicher, ob das ihre natürliche Zurückhaltung widerspiegelte, oder ob es nur ihre Bemühungen waren, professionell zu wirken. Vielleicht waren die Herren aber auch durch die jahrelange Beschäftigung mit der dunklen Seite des Lebens so verbittert, dass sie keinen Blick mehr für dessen heitere Seiten hatten.

»Hab mich schon gefragt, wann Sie auftauchen, Herr Fangeisen«, sagte der Herr vom Erkennungsdienst mürrisch, der sich mit Namen Jäger vorgestellt hatte.

»Wir sind gleich nach Ihrem Anruf losgefahren, Herr Jäger«, erwiderte Max freundlich, aber bestimmt.

Jäger war klein und wirkte hager und ausgemergelt wie ein Marathonläufer. Das schwarze Haar trug er kurz geschoren, und sein Adamsapfel stand weit hervor, tanzte beim Schlucken auf und ab, als wollte ein Küken sich durch die Haut in die Freiheit picken. Schließlich deutete Jäger teilnahmslos mit dem Kinn in Richtung Leiche. Ein Blick darauf genügte, und es war klar, dass es sich dabei um einen durch Fettwachsbildung konservierten menschlichen Torso handelte, der in einem schwarzen Tauchanzug steckte und teilweise mit einem Algenrasen bedeckt war. Um den Torso, in der Höhe der Taille gebunden, befand sich der übliche Gürtel mit Bleigewichten. Der Kopf hatte sich offensichtlich vom Rumpf gelöst, vom Oberschenkel sah man dort, wo sich das Knie befand, die inneren und äußeren Gelenkknochen, Teile von beiden Armen waren durch die Fettwachsbildung in ihrer anatomischen Form bis zur Länge der Ärmel noch sehr gut erhalten. Ebenfalls waren Stücke der verbliebenen Halswirbelsäule ab C4 oder C5 in dem umgebenden Fettwachs auszumachen. Rund um den Torso hatte jemand Eiswürfel geschüttet.

»Kann ich den Schädel sehen?«, fragte Fangeisen.

Jäger zeigte hinter sich auf eine große Kühlbox. »Dort drin.«

Jäger hob den Deckel an, Fangeisen und Förstl gingen in die Knie. Für einen kurzen Moment zuckten beide zurück. Der Anblick war grauenvoll. Jägers Schmunzeln entging beiden.

Der Pfeil hatte von schräg oben, genau in der Mitte das Stirnbein durchbohrt und war am Hinterhauptsbein wieder ausgetreten. Blattschuss, fiel Max prompt dazu ein. Mit diesem Treffer waren sowohl die Taucherhaube als auch die Taucherbrille quasi am Schädel festgenagelt worden. Der Unterkiefer, sicher eine Besonderheit, war noch am Schädel dran. Über den Schädel war ein Algenrasen gewachsen. Wenigstens gibt das einen kompletten Zahnstatus, schoss es ihm durch den Kopf.

»Wir sind hier, vor Ort, mit unserem Latein am Ende«, riss Jäger Maximilian aus seinen Überlegungen. »Die sterblichen Überreste müssen zur weiteren Untersuchung so schnell wie möglich nach München in die Rechtsmedizin.«

»Okay. Veranlassen Sie das bitte.« Max blickte sich noch einmal im Zelt um und darauf in Jägers kleine, graue Augen. »Wo befinden sich die beiden Pressluftflaschen und der Atemregler?«

»In einer Wanne draußen im Wagen. Wir werden das Tauchgerät einer genauen technischen Spurenanalyse unterziehen«, antwortete der Kriminaltechniker.

»Okay. Ich warte auf Ihren Bericht, will aber gleich noch einen Blick in die Wanne im Wagen werfen«, antwortete Maximilian. Und an Jäger gerichtet: »Was haben Sie inzwischen feststellen können, was verrät uns der Torso?«

Jäger zog seine Notizen aus dem Leichenbefundbericht zurate. Darauf befanden sich situationsbedingt noch wenige Angaben. »Die Leiche: Männlich, zirka 1,85 Meter groß, stark übergewichtig, daher reichlich Ausgangsmaterial für die Fettwachsbildung. Ideal hierzu natürlich der Taucheranzug, da sich darunter Adipocire, also Fettwachs, besonders gut ausbildet.« Jäger zeigte ein breites Grinsen. »So besehen haben wir aus dem See ein Prachtexemplar einer Fettwachsleiche gefischt.«

»Sonstige Auffälligkeiten?«

»Aufgrund der längeren Wasserliegezeit, der Fettwachsbildung und des isolierenden Taucheranzugs muss zur sicheren Erkenntnisgewinnung ein Rechtsmediziner den Torso aus der Hülle befreien, um den Körper weiter untersuchen zu können. Anders der Kopf. Die genaue Art und Besonderheit der Verletzungen müssen wir ebenfalls der Rechtsmedizin überlassen. Danach wird man sehen.«

»Werde mit dem Staatsanwalt Rücksprache nehmen«, war Max' knappe Antwort.

»Ach ja, nach den fehlenden Knochen der Extremitäten werden wir noch einmal tauchen müssen«, ergänzte Jäger.

»Danke!«

Max und Johann verließen das Zelt und begutachteten noch die Pressluftflaschen und das dazugehörige Atemgerät.

Die Flaschen hatte der Tote wohl gemietet, das dazugehörige Reglerteil war offensichtlich in Frankreich hergestellt worden, da auf dem Mundstück mit dem Aquastop-Ventil der Name der Herstellerfirma eingraviert war: La Spirotechnique/Aqualung. Darunter stand noch eine Art Seriennummer.

»Warten wir auf das kriminaltechnische Gutachten«, sagte Max zu Johann.

Max kommt es vor, als sei es gestern gewesen. Er erinnert sich noch an die kleine Episode mit Johann, als sie sich auf den Weg gemacht haben, um den See zu umrunden. Max hat sich das gewünscht. Schließlich hat er seine Heimatgemeinde gut ein Jahrzehnt nicht mehr besucht. Vor einem Wohnwagen auf dem angrenzenden Campingplatz haben Urlauber mit Würfeln Kniffel gespielt, das Klackern der Würfel und das Knallen der gestürzten Becher auf dem Tisch in immer wiederkehrendem stakkatohaftem Rhythmus zum Gläserklirren.

Plötzlich hat Johann Max in die Seite gestoßen. »Ich sehe deutlich ein Bild vor mir!«

»Erzähl …«

»Der Schädel, die Harpune: Der Tote muss seinem Mörder in der Tiefe unmittelbar vor dem Schuss genau in die Augen geblickt haben.«

Max hat keine Zweifel. Der Fundort muss nicht zwangsläufig der Tatort gewesen sein. Der Tathergang liegt ohnehin im Dunkeln, umgeben von Spekulationen.

Während des Mittagessens fragt Michaela ihren Max, der auf sie völlig abwesend wirkt, wie er mit seinem Fall vorankomme. »Die Wachsleiche scheint dich ja intensiv zu beschäftigen. Neue Erkenntnisse?«

»Vielleicht. Morgen kommt Johann zum Kaffee. Er bringt Fotos mit, die 1968 am Campingplatz Soyensee gemacht worden sind. Bin selbst gespannt, ob uns das weiterbringt.«

Micha hebt das Glas Wein. »Stoßen wir darauf an, dass sich bald alles zu einem Gesamtbild zusammenfügt und du den Fall doch noch lösen kannst.«

»Gute Idee. Momentan passt da überhaupt nichts zusammen, der Täter bleibt unauffindbar.« Als sie die Gläser abstellen, kommt Max eine Idee. »Darf ich dich um einen Gefallen bitten?«

»Kommt drauf an …«

»Wenn der Mörder noch lebt, ist er von seiner Tat noch nicht erlöst. Du kannst sicher sein, die Bilder quälen ihn. Deshalb möchte ich ihn aufscheuchen, will Unruhe stiften. Dazu benötige ich einen Zehnzeiler in der Tagespresse.«

»Und was soll gedruckt werden?«

»Hau auf den Putz: Berühmter pensionierter Fallanalytiker will den Mordfall im Soyensee endlich aufklären. Oder: Mord im Soyensee neu aufgerollt. Oder: Taucherleiche im Soyensee. Mord verjährt nie. In die Richtung sollte sich die Überschrift bewegen. Dazu ein Bild von mir und darunter in zwei Sätzen, dass ich endlich viel, viel Zeit habe, mich der Sache anzunehmen.«

»Wann soll das erscheinen?«

»Am besten gleich am Montag in der Regionalausgabe.«

Michaela grübelt einen Moment. Dann zückt sie ihr Smartphone. »Gut, ich spreche mit dem Redakteur.«

»Du bist ein Schatz!«

8

Rimsting, Montag, 6. Oktober 2014

In den frühen Morgenstunden, nach einem gemeinsamen Frühstück mit Michaela, hat sich Maximilian in die rostrote Akte vergraben. Seine Erkenntnis ist ernüchternd. Von den drei benötigten Informationsquellen zu Aufklärung des Mordes, wie Tatort, Verletzungen am Opfer und Opferinformation, ist eine am Ende völlig versiegt: die Opferinformation.

Abgesehen von Geschlecht, Alter, Gewicht und Größe ist alles Weitere unbestimmt. Nationalität, Name und Herkunft sind unbestätigt, Motive unentdeckt und der Mörder unbekannt geblieben. Die bittere Feststellung: Am Ermittlungsstand des Falles »Taucherleiche im Soyen Toteissee« hat sich demnach seit 1970 nichts Wesentliches verändert.

»Gottverdamm...« Max schließt die Akte und will als Reaktion gerade einen Fluch gegen das geschehene Unrecht schleudern, als Michaela das Arbeitszimmer betritt, um sich zu verabschieden.

Ihr Blick fällt auf die Akte. »Darauf liegt offenbar wirklich ein Fluch.«

»Das war damals definitiv ein *Task-force-breakdown*.«

»Ein was?«

»Der totale Zusammenbruch aller Bemühungen einer Mordkommission.«

Micha muss lächeln. »Du gehst aber hart mit dir ins Gericht.«

Max nimmt Micha in die Arme, blickt ihr verliebt in die Augen und erwidert schmunzelnd. »Harsche und unerbittliche Selbstkritik und das Vermeiden jeglicher Nachsicht mit den eigenen Schwächen haben mir schon immer Minderwertigkeitsgefühle, Depressionen und Angst garantiert. Davon kann ich nie genug bekommen.«

»Davon hab ich leider bis heute nicht das Mindeste mitbekommen.«

»Ja, ja, meine dunkle Seite …«

»Da steh ich mehr auf Darth Vader.« Michaela löst sich sanft. »Ich muss mich sputen. Hoffentlich ist die Autobahn bis Salzburg frei.«

»Ruf an, ich schick dir Han Solo samt Millennium Falken …«

»Spaßvogel! Übrigens, habe gerade eine WhatsApp-Nachricht von meinem Redakteur bekommen. Der Zehnzeiler erscheint heute.«

Max strahlt. »Super! Danke.«

»Frage: Was habt ihr euch für heute vorgenommen?«

»Wir werden wie immer als Erstes eine Bestandsaufnahme der vorliegenden Informationen vornehmen. Fakten, Wahrnehmungen und Hypothesen von damals. Auch über Fehler, die wir gemacht haben, muss geredet werden. Vielleicht können wir aus Hypothesen ja bald Fakten machen?«

»Ihr schafft das«, sagt Micha aufmunternd.

»Übrigens bin ich übermorgen in München in der Forensik bei meinem Freund Professor Feist.«

»Was zieht dich denn dort hin?«

»Ich habe noch ein paar Fragen zum Torso der Wachsleiche.«

Micha muss schmunzeln. »Na, das wird dann das Highlight der Woche sein. Da geht's ja mächtig voran. Grüß Johann und Professor Feist von mir. Ich wünsche euch neue, durchschlagende Erkenntnisse. Tschüss, liebe dich!«

Nachmittags nach dem Kaffee wechseln Johann und Max von der Terrasse ins Arbeitszimmer. Johann, einen Kopf kleiner als Max, sportliches Aussehen, wirkt konzentriert und angespannt. »Ich habe die Dunkelheit gesehen«, hat er einmal vor vielen Jahren zu Max gesagt, »Schicksalsschläge, die das Leben bringen kann. Und ich habe gesehen, dass man gewinnen kann, wenn man kämpft. Dass man sein Leben selbst in der Hand hat. Heute bin ich furchtlos.«

Zu Zeiten seiner Alkoholabhängigkeit hat man Johann nur im schäbigen Schlabberlook auf den Straßen gesehen, heute legt er Wert auf gehobene Freizeitkleidung, das heißt sehr gute, dunkle Jeans mit Hemd und Jackett. Johann ist im Grunde genommen ein Erzkonservativer mit der Feinsinnigkeit eines Poeten. Damals, als ihn der Alkohol zu vernichten drohte, konnte man mit ihm sprunghafte Stimmungswandel erleben. Spröde sei er gewesen, höflich - manchmal, schmeichelnd, schleimig, extrem aufmerksam und selten beherrscht. Für verlogen, undurchschaubar, bösartig hat man ihn gehalten.

Max hat sich in dieser Phase intensiv um ihn gekümmert, ihn dazu gebracht, ins »Trockendock« zu gehen und eine Traumatherapie zu beginnen. Behandlung und Betreuung waren von Erfolg gekrönt. Alkoholexzesse, Traumabilder, Albträume, Grübelgedanken und Flashbacks gehören seitdem weitestgehend der Vergangenheit an. Nur seine

Denkpausen muss man ertragen, so wie man einen Schmerz aushält. Nur keine Panik!

Beide legen sich die Kopien der Akte »Soyen-Toteissee« vor und beginnen zu rekapitulieren, ein Ritual, wie sie es in der Vergangenheit zur Gewinnung eines besseren Fallverständnisses schon oft erfolgreich erprobt haben – und das ohne Rücksicht auf persönliche Empfindlichkeiten.

Maximilians Aufforderung erfolgt prompt. »Her mit den Fotos!«

Johann zieht aus seiner Aktentasche rund zwanzig gewellte Farbfotos, die mit zwei Gummibändern bandagiert sind.

Max blickt seinen Kumpel stumm an.

Johann hält den Packen hoch. »68er Fotos! Sind vom Zeugen Karl Mooshammer und seiner damaligen Freundin.« Dabei zieht er das oberste Foto vom Stapel und reicht es Max. »Der Campingbus in der Mitte ist von unserem Opfer. Der graue Campingwagen gleich dahinter ist der von Mooshammer und der kleinere im Vordergrund vom Zeugen Wimmer und dessen damaliger Frau. Beide leider schon verstorben.«

Max' Augen beginnen zu strahlen. »Wo hast du denn die aufgestöbert?« Wie Johann dergleichen anstellt, hat Maximilian nie verstanden, und bisweilen erscheint ihm seine Fähigkeit, Informationen ans Licht zu holen, wie ein Wunder.

»Mooshammers Adresse steht auf den Vernehmungsprotokollen. Er lebt immer noch in Landshut. Hat jetzt Familie und führt das Elektrogeschäft seines Vaters fort. Da hab ich einfach mal telefoniert und gezielt nachgefragt. Hat funktioniert, und ich bin hingefahren. In seinem Keller hatte er die alten Fotos in einem Kisterl gewissermaßen eingesargt. Liegt wohl an seinen wilden Zeiten und an der Eifersucht seiner Frau, wie er mir gestand. Er erinnert sich noch lebhaft an die Tage von damals und freut sich, dass er uns mit den Fotos helfen kann.« Johann reicht ihm drei weitere Fotos.

Drei indiskrete Aufnahmen sind es, offenbar mit Teleobjektiv gemacht, die Mooshammers damalige Freundin mit schmucken Brüsten beim Wechsel ihres Bikinis zeigen. Die Fotos hat er vom Ufer des Sees aus gemacht. Sie zeigen offenbar auch Bill Traser, wie er sich vor seinem Campingbus in Boxershorts in einem bequemen Klappstuhl lümmelt, die blaue Schirmkappe bis zur Nase über die Stirn gezogen, sodass kaum Gesichtskonturen erkennbar sind – bis auf eine zwei Zentimeter lange Narbe auf der linken Wange. Auch sein rundes Gesicht, die scharf geschnittene Nase, sein kräftiges Kinn und natürlich die Dickleibigkeit fallen ins Auge.

Max fordert mit einer Handbewegung die restlichen Fotos: »Gib sie mir!«

Es dauert eine Weile, bis er sie alle betrachtet hat. Einige zeigen die Terrasse des Gasthauses »Zur Forelle« mit lachenden Männern und reserviert dreinblickenden Frauen. Zwei Bilder sind unscharf und zeigen im Hintergrund die Soyener Kirche, andere wiederum Mooshammers Freundin in einem hellen Kleid beim Grillen unter dem Sonnendach des Campingwagens. Es ist zu erkennen, dass sie mit Traser spricht. Maximilian fällt auf, dass Traser auf allen Fotos, die ihn zeigen, mit dem Rücken zur Kamera abgelichtet wurde oder seine Kappe tief über das Gesicht gezogen ist. Zudem hat er Augen, Nase und Mund teilweise sogar mit der Hand verdeckt. Max klopft mit dem Finger auf den Packen. »Er hat es mit Erfolg vermieden, sein Gesicht zu zeigen. Nicht einmal im Halbprofil hat er sich fotografieren lassen. Wie alt mag er gewesen sein?«

»Schwer zu sagen. Nach der Figur können wir nicht gehen. 20 bis 25 Jahre vielleicht?«

Maximilian sieht sich die alten Fotos noch eine Weile an, als studiere er die fremden Gesichter darauf. »Pressluftflaschen sind nirgendwo zu sehen.«

»Es konnte sich auch keiner der Zeugen von damals an so was erinnern.«

Max steift seinen Rücken, hebt den Blick. »Das gibt's doch gar nicht!«

»Was?»

»Hier, schau dir mal den Campingbus genauer an. Was fällt dir auf?«

Gleichzeitig blättert Max hastig in der Akte, bis er die Beweisfotos des Reisemobils gefunden hat. Eines der Bilder legt er Johann vor. Dieser vergleicht angestrengt beide Fotos und schlägt sich unerwartet mit der flachen Hand auf die Stirn.

»Das schwarze Surfbrett fehlt auf dem Foto in der Akte. Mist! Warum haben wir damals nicht nach Urlaubsfotos gefragt?«

»Frag ich mich auch. Von einem schwarzen Surfbrett weiß ich bis heute nichts. Aber er hatte eindeutig eines auf dem Dach seines Campingbusses verzurrt. Und überhaupt: Warum wurde es schwarz gestrichen? Surfbretter sind meist hell und farbig. Kontaktiere den Mooshammer, der wird sich sicher daran erinnern. Frag ihn, ob Bill irgendwann einmal mit dem schwarzen Surfbrett auf dem

See unterwegs war und ob er etwas über den Verbleib des Sportgeräts weiß.«

Johann kratzt sich am Kopf. »Kannst du dir Bill, diesen Specki, auf einem Surfbrett vorstellen?«

Max muss in sich hinein grinsen. »Bitte Johann, Pietät! Das steht unserem Opfer immer noch zu.« Einige Sekunden lang breitet sich Schweigen aus, bis Max lachen muss. »Ich sehe den Bill auch nicht surfen. Aber man kann sich ja auch drauflegen oder draufsetzen und einfach lospaddeln. «

»Man kann ...«

»Wo aber ist das Brett abgeblieben?«

Johann macht sich Notizen und lässt sich mit der Antwort Zeit. »Versuchen wir es herauszufinden. Nichts ist unmöglich.« Seine visuelle Wahrnehmung ist schlagartig geschärft. Er vergleicht die Fotos der Camperparzellen. »Bills Wohnmobil ist das Einzige, das parallel zum Seeufer parkt, also mit der Einstiegstür und dem Sonnendach zur Wetterseite hin. Alle anderen parken mit dem Heck zum See und haben ihre Vorzelte nach Süden hin ausgerichtet.«

»Und?«

»Wenn ich die beiden seitlichen Zeltbahnen von Bills Sonnendach zumache, kann niemand sehen, ob ich dahinter sitze ...«

»... und wenn es dunkel wurde, konnte niemand sehen, wenn Bill sich hinaus auf den See wagte«, ergänzt Maximilian Johanns Feststellung.

»Genau so ...«

Johann notiert sich alle neuen Erkenntnisse, während Max die alten unbeantworteten Fragen anspricht. »Johann, was genau ist passiert? Warum ist es passiert, und wer ist dafür verantwortlich?«

Johann blickt Max offen in die Augen. »Wir wissen nichts über die Entwicklung des Geschehens. Es ist damals auch nie richtig beleuchtet worden. Dafür gab es Hypothesen ohne Ende. Lediglich das konkrete Endergebnis wurde zwei Jahre später aus dem See gezogen. Die Harpune im Schädel erhärtet den Mordverdacht. Da wurde unselig geschlampt.«

Max verzieht unmerklich das Gesicht. »Danke auch. Ich tue mal so, als hätte ich das überhört«, entgegnet er emotionslos. An einem freundlichen Plausch ist schließlich beiden nicht gelegen. »Ich werde übermorgen um den See wandern und ein paar Interviews mit einigen Personen durchziehen. Da ich keine offiziellen Vernehmungen mehr vornehmen darf, muss ich mir wohl auf eine andere Art eine Vorstellung von der Verhaltensweise des Täters erarbeiten.« Max streicht sich gedankenverloren über seinen Schnauzer, eine Gewohnheit, wenn ihm ein Durchbruch in einer Sache fraglich erscheint. »Warum? Warum? Was war bloß das Motiv?«

Johann überlegt. »Das Opfer muss etwas am Grund des Sees gesucht haben, und der Täter wusste davon.«

»Etwas, das in den Augen des Täters sogar einen Mord rechtfertigt?«

»In der Richtung!«, nickt Johann. »Da unten muss sich etwas Besonderes befinden, etwas, das dem Opfer wichtig und wertvoll war. Warum tauche ich unerkannt in einem fremden See herum und werde schließlich währenddessen darin ermordet?«

Max nickt zustimmend. »Also müssen wir eine umfangreiche Recherche über die Geschehnisse in der Vergangenheit rund um den See durchziehen.«

Jetzt nickt Johann. »Unerlässlich, würd ich sagen. Vielleicht bewachte der Täter irgendwas. Für mich muss er sein Opfer lange und präzise observiert haben. In der Tiefe des Sees zur richtigen Zeit an der richtigen Stelle zu töten. Das ist kein Zufall und schon gar kein Zufallsmord.«

»Observiert? Von nebenan? Aus der Distanz?«

»Beides ist denkbar. Für mich jedenfalls exakt geplant.«

Max hakt nach. »Und damit unbedingt ortskundig?«

»Ohne Zweifel.«

Max schnippt mit dem Finger. »Halt das fest, denn das gehört schon zur Rekonstruktion des Geschehens und Beleuchtung der Entwicklung.« Dann fährt er fort. »Was ist, wenn der Mörder sein Opfer außerhalb des Sees getötet und ihn darin nur versenkt hat?«

»Dagegen spricht für mich der Schädel mit Haube und Taucherbrille. Das Opfer war im Wasser. Der Mord geschah in der Tiefe.«

»Schade, dass nach der langen Liegezeit im Wasser und nach Ausbildung der Wachsleiche nicht mehr festzustellen ist, ob sich der Mord im See ereignet hat. Aber okay, Johann«, stimmt Max lächelnd zu.

Spannend sind für Max stets jene Fälle, bei denen erst große Hindernisse zu überwinden sind, bevor sie sich klären lassen. »Soyen-Toteissee« ist für ihn ein Edelexemplar dieser Art. »Trotzdem Johann, wir müssen beide Hypothesen in Betracht ziehen.«

Johann nickt.

»Wissen wir etwas über die Art der Harpune und des Harpunenspeers?«

»Art der Harpune: Fehlanzeige, Harpunenspeer: ja. Ist Marke Eigenbau«, antwortet Johann.

»Fischen mit Harpune ist bei uns ja schon lange verboten«, murmelt Max vor sich hin, »Sauerstoffflaschen und Atemgerät?«

»Über die Flaschen haben wir damals nichts herausgefunden. Kein einziger Verleiher in Oberbayern hat damals eine entsprechende vermisst. Dagegen konnte der Hersteller, aber nicht der Verleiher des Atemgerätes eindeutig ausgemacht werden.«

Fangeisen betrachtet sich lange die Abbildung des Aquastop-Ventils. »Was bedeutet die Nummer unter dem Firmennamen?«

Johann besieht sich die Aufnahme, blättert in den Akten. »Keine Ahnung. Danach wurde offenbar nie recherchiert.«

»Schreib's auf unsere To-do-Liste.«

Johann macht sich erneut Notizen.

Max klopft seinem Gegenüber auf die Schulter. »Bevor wir durchstarten, frage ich dich: Was haben wir damals übersehen? Wo können wir vielleicht noch ansetzen?«

Johann zögert, gönnt sich eine Denkpause.

»Schieß los. Nur keine Rücksicht«, fordert ihn Max auf.

»Na gut. Der Leichenfund konnte nicht strukturiert beurteilt und analysiert werden, dabei war die Arbeitsweise viel zu chaotisch. Dafür gab es ein barockes Maßnahmen-Hopping.«

»Etwas genauer bitte ...«

»Beispiel: 1968 hätte man den Geschäftsführer der Firma ›Sonnenschein-Camping‹, die das Wohnmobil an Traser verlieh, in alle Richtungen komplett zu Ende ermitteln müssen. Nicht einmal eine Beschreibung des Vermissten habe ich von ihm in den Akten gefunden. Als die Firma kurz darauf aufgrund von Steuerschulden pleiteging, und auch noch wesentliche Teile der Geschäftsunterlagen illegal vernichtet wurden, war es für Nachforschungen zu spät. Im Nachhinein wissen wir, dass auch die Suche im See nach dem Vermissten nicht gründlich genug erfolgte. 1970 hätte man der Frage, ob in jenen Jahren Personen in der Gemeinde lebten, die dem Tauchsport nachgingen, die höchste Priorität einräumen müssen. Doch in diesem konkreten Punkt wurden die Ermittlungen nicht konsequent durchgeführt. Denk nur an die Sauerstoffflaschen oder die Harpune …«

»Ein Moment, Johann«, unterbricht ihn Max unvermittelt. »Es fehlen auch Angaben über Material und Herstellerangaben des Taucheranzuges.«

»Wir haben 50 Jahre Aufbewahrungspflicht. Das Ding ist sicher noch vorhanden«, sagt Johann beruhigend und fährt fort. »Es gab auch sonst keine weiterführenden Opferinformationen. Unsere Nachfragen in England, speziell in Manchester, verliefen im Sande. Dennoch hielt sich die Hypothese hartnäckig, dass eine Beziehungstat vorläge und der Täter von außerhalb, also aus England, kommen müsse.«

Max reagiert sarkastisch. »Reiner Schutzreflex. Ein Mörder kommt für Einheimische immer von außerhalb, niemals aus den eigenen Reihen. Unvorstellbar!«

Johann fährt fort. »Vernehmungen erbrachten keine heiße Spur. Weitere Zeugen außer den Campern gab es scheinbar nicht. Die Ermittlungen in der Vermisstensache wurden abgebrochen, bevor sich der Erfolg hätte einstellen können. Es gab auch 1970 keine genaue Rekonstruktion des Tathergangs, da schon 1968 alles sehr undurchsichtig und unklar erschien. Außerdem ging unsere zentrale

Steuerungsgruppe davon aus, dass der Täter auswärts zu suchen sei. Der Mann war ja einfach verschwunden. Und es gab schon gar kein Motiv. Wenn es uns aber gelungen wäre, die einzelnen Sequenzen der Tat präzise auszuleuchten, hätte uns das bei der Suche nach dem Täter und seinem Motiv enorm geholfen. Doch der Zeitpunkt war viel zu rasch erreicht, an dem man meinte, keine weiteren gewinnbringenden Ermittlungsansätze mehr zu finden. Basta!«

Max atmet tief durch, widerspricht Johann aber nicht. Er muss ihm recht geben. »Bislang war das ein einziger unübersichtlicher Informationshaufen.«

»Anfängerpech, mein Freund«, erwidert Johann nun süffisant.

Max ignoriert Johanns Bemerkung. »Beginnen wir also noch einmal von vorn. Meine Frage: Was meinst du? Wer käme als Täter infrage?«

Johann streicht sich mehrmals über seine Halbglatze, während er überlegt. »Da dies ein Retrogradfall ist, muss sich unsere Einschätzung nach dem Verhaltensalter des Täters richten. Und das ist lange, lange her. Ich vermute, er war damals 23 bis 30 Jahre alt, kam aus der Gemeinde, trieb intensiv Tauchsport, war vermutlich sehr diszipliniert, muss sowohl den Soyensee mit seinen Tiefen als auch sein Opfer sehr genau gekannt haben, da er vermutlich Ausweis und alle relevanten Papiere aus Bill Trasers Campingbus hat mitgehen lassen. Ob eine Vorbeziehung bestand, haben wir uns zwar nie gefragt, aber ich bezweifle das. Dennoch muss er Traser professionell ausgespäht haben. Aber …«

»Aber?«

»Es kann natürlich sein, dass er inzwischen auch nicht mehr lebt.«

»Ob tot oder lebendig, ich denke, wir werden es bald merken.«

Johann schaut, als hätte ihm Max eine Leiter hingestellt, auf der er mit wenigen Sprossen aus dem Keller der Unkenntnis herauskommen könnte. »Wie, bemerken?«

»Du solltest dir das OVB und die Wasserburger Zeitung von heute vornehmen. Denn dort wird verkündet, dass wir den Fall ›Soyen-Toteissee‹ wieder aufrollen werden.«

»Und was soll das bewirken?«

»Unruhe!«

»Bei wem?«

»Beim Täter und bei all jenen, die mehr wussten, als sie uns verraten haben. Sollte der Mörder noch leben, mein lieber Johann, dann findet er bis heute keine Erlösung von seiner Tat. Er wird das quälende Bild vor Augen haben, als er dem Opfer die Harpune durch den Schädel schoss. Und nun heften wir uns gezielt an seine Flossen.«

Johann legt Max seine Hand auf die Schulter. »Dann ist Unruhe aber ein blasser Begriff. Aufruhr, Bestürzung, Fassungslosigkeit oder Schrecken gefallen mir da schon besser.«

»Klingt wohltuend in meinen Ohren. Konzentrieren wir uns ab heute auf die fundamentale Frage: Warum war dieser Bill Traser das Opfer? Warum wurde er so getötet und nicht anders?«

9

Soyen/Wasserburg, Montag, 6. Oktober 2014

Das Smartphone meldet sich mit dem Star-Wars-Soundeffect. Hubert, sein Besitzer, nimmt den Anruf entgegen. »Servus Franz. Was gibt's?«

»Hast du die Zeitung schon gelesen?«

»Hab ich.«

»Kennst du den Fangeisen?«

»Nicht persönlich. Wir sind uns in unserer Jugend aber schon mal begegnet.«

»Was hältst du von der Sache?«

Hubert zögert keinen Moment. »Verdammt heiße Kiste! Wir müssen die Markierungen am Grund irgendwann entfernen und das Material bergen.«

»Wann?«

»Nicht am Telefon. Wir sprechen morgen vor dem Vereinstreffen. Okay?«

»Okay!«

10

München, Dienstag, 7. Oktober 2014

Fangeisen passiert den Eingang zum Institut für Rechtsmedizin der Universität München. In wenigen Minuten wird ihn sein Freund Professor Adalbert Feist empfangen. Sie kennen sich aus vielen Begegnungen und Diskussionen während seiner Dienstjahre in München, und so konnte sofort ein Termin vereinbart werden. Da es sich bei dem Fettwachstorso aus dem Soyensee bis dato um einen Unbekannten handelt, wurden die sterblichen Überreste nach Abschluss der gerichtsmedizinischen Untersuchungen wegen des guten Zustands der wissenschaftlichen Sammlung des Instituts zur Verfügung gestellt. Seitdem befinden sich der Torso und der dazugehörige Schädel in einer Glasvitrine. Des Öfteren werden die »Exponate« als Anschauungsobjekt im Rahmen der Hauptvorlesungen den angehenden Medizinern demonstriert.

Maximilian geht es allerdings weniger um ein Wiedersehen mit dem forensischen Ausstellungsstück als um die konkrete Antwort auf eine Frage, die vor ihm wohl noch kein Ermittler in diesem Fall gestellt hat: Gehört der skelettierte Schädel tatsächlich zu diesem Fettwachstorso? Fatal, wenn es anders wäre. Sicher kann er sich aber erst sein, wenn der DNA-Abgleich, sofern möglich, erfolgreich verlaufen ist.

Fangeisen betritt das Sekretariat und begrüßt Maja Ambesser, Professor Feists Sekretärin. Sie ist in seinen Augen die Allzweckwaffe in dieser Abteilung, zuverlässig, vielseitig, liebenswert und loyal – der absolute Glücksgriff für Feist. Wie immer trägt sie eine riesige Anstecknadel in Form eines Skorpions an ihrem Busen.

»Angenehm, Sie zu sehen, lieber Herr Fangeisen. Ihren Wunsch, eine Audienz beim Chef zu bekommen, konnte ich umgehend erfüllen.« Daraufhin zwinkert sie Maximilian charmant zu. »Zufrieden?«

»Sehr, Frau Ambesser. Wenn Sie nicht wären …«

»Wie bekommt Ihnen denn der Unruhestand?« Am Austausch von Nettigkeiten ist Ambesser selten gelegen, und sie gehört auch nicht zu der Sorte von Sekretärinnen, die manch einem Besucher mit Stolz das neueste Foto ihres Katers Domingo unter die Nase hält. Für die Schweizerin mit ihrem außerordentlichen Können gibt es keine Stolperfallen im Institut. Im Gegenteil, sie hilft selbst ihrem Chef über Abteilungsgräben sicher hinweg. Maja, von allen »Wespe« genannt, ist die Idealbesetzung auf diesem Posten.

Sie macht alles perfekt, vergisst aber nichts, geht es Max durch den Kopf. »Danke der Nachfrage. Endlich bin ich Herr meiner Zeit, und den Stress mach ich mir selbst.«

»Glückwunsch für den gelungenen Rutsch an den Nordstrand der Geriatrie.«

Max bleibt die Spucke weg. Ambesser liebt Machosätze. Ihre Stimme wird rau und geheimnisvoll, sie lächelt breit, es ist die personifizierte Zweideutigkeit. Statt zu antworten blickt Max starr auf ihre Zimmerlinde in Hydrokultur.

»Ist stramm gewachsen, seit Sie das letzte Mal bei uns waren«, grinst Wespe.

Max ist abermals verblüfft. Frauen sind geniale Beobachterinnen. Männer unterschätzen das.

»Na, dann werde ich Sie weiterreichen. Der Chef wartet auf Sie«, erspart sie ihm die Antwort.

»Danke, Frau Ambesser.«

Als er das helle, modern eingerichtete Büro betritt, erhebt sich Feist hinter seinem Schreibtisch und schreitet schmunzelnd auf Fangeisen zu.

»Ja, der Pensionär Fangeisen! Schön, dass Sie mich besuchen kommen.«

»Die Freude ist ganz auf meiner Seite«, erwidert Maximilian herzlich. Beide reichen sich die Hände, und Feist zeigt auf die kleine, bequeme Sitzgruppe, deren runder Glastisch mit Kaffee und Gebäck eingedeckt ist.

Feist ist ein völlig untypischer Vertreter der sonst so eloquenten Ordinarien-Zunft. Er wirkt eher wie ein Mitglied des gehobenen deutschen Beamtenapparates. Seine weißen Kittel lässt er prinzipiell in der Umkleidekabine des Obduktionssaales oder in der Bürogarderobe hängen. Dafür ist er unauffällig und dennoch sorgfältig gekleidet. Das hagere Gesicht verleiht ihm das Aussehen eines Asketen, ohne dass er jemals den Ehrgeiz entwickelt hätte, ein solcher zu sein. Seine Studenten nennen ihn auch den »Zahnarzt«, da er bei Prüfungen oft den Bohrer ansetzt und nicht mehr aufhören kann nachzufragen.

Nachdem sie sich die Highlights der Vergangenheit ins Gedächtnis gerufen und Maximilians nachberufliche Aktivitäten in den nächsten Monaten beleuchtet haben, sichert ihm Professor Feist jede erdenkliche Hilfe zu, sollten rechtsmedizinische Fragen im Verlaufe seiner Arbeit am Fall zur Beantwortung anstehen.

Feist greift sich einen Ausdruck von Max' E-Mail und das alte Gutachten über Torso und Schädel von seinem Schreibtisch. »Also, mein lieber Fangeisen, dann wollen wir rasch Ihre Fragen klären. Sie wollen wissen, ob heutzutage eine DNA-Bestimmung auch bei einer Fettwachsleiche möglich ist? Kein Problem. Mit unseren heutigen Techniken sollte das keine Schwierigkeit sein. Am stabilsten bleibt die DNA im Knochen und auch in den Zähnen erhalten. Beides haben wir vorliegen.«

Max Gesichtszüge hellen sich auf. »Mir wäre sehr daran gelegen, Sicherheit darüber zu erhalten, dass Schädel und Torso von ein und derselben Person stammen.«

Feist überlegt einen Moment. »Da wir wahrscheinlich von offizieller Seite so schnell keinen Auftrag dafür erhalten werden, werde ich einen meiner Studenten darauf ansetzen – als Übungsaufgabe.«

Max bedankt sich mit einem mehrmaligen Nicken für die unkomplizierte Unterstützung. Seine nächste Frage zielt auf Bills Alter. »Haben Sie denn das Alter des Opfers bestimmen können?»

»Haben wir. Ein junger Mann um die 20 Jahre herum, aber nicht älter als 25.«

»Verdammt jung.«

»Das war er zweifelsohne.«

»Für mein Verständnis, Herr Professor Feist: Trennen sich Schädel und die unteren Extremitäten im Laufe der Zeit irgendwann selbst vom Rumpf, oder sind dazu mechanische Einflüsse wie beispielsweise ein Dahintreiben in Strömungen erforderlich?«

»Wenn Kopf und auch die Unterschenkel außerhalb des Neoprenanzugs liegen, dann werden sich diese Körperteile im Lauf der Zeit spontan ablösen. Begünstigt wird das natürlich auch durch Tierfraß und Wasserbewegung.«

»Wie kam es zu der Ausbildung eines Fettwachstorsos, während im Gegensatz dazu der Schädel skelettierte?«

»Für den Torso waren die Bedingungen nahezu ideal. Eine Adipocire-Ausbildung, also eine Fettwachsbildung, wird dann begünstigt, wenn eine Leiche wie im vorliegenden Fall Jahre im tiefen, stehenden Wasser in einem knielangen Neopren-Taucheranzug steckt und der Sauerstoffabschluss durch Anzug und Kälte fortdauert. Genau genommen ist der Begriff ›Fettwachs‹ unter chemischen Gesichtspunkten unzutreffend, denn das Umwandlungsprodukt enthält kaum Fett und auch kein Wachs, sondern besteht überwiegend aus gesättigten Fettsäuren, vor allem Palmitin- und Stearinsäure. Zutreffender wäre daher ›Leichenlipid‹. Was das Körperfett betrifft, wies das Opfer eine ausgeprägte Fettleibigkeit auf, eine fünf bis acht Zentimeter dicke Speckschicht. Also gehöriges Ausgangsmaterial, während sein Kopf bei gleichen Umgebungsverhältnissen vollständig skelettierte.«

Daraufhin entnimmt Fangeisen seiner Tasche ein Foto. Es zeigt den Schädel mit dem Durchschuss der Harpune unmittelbar nach der Bergung. »Ich habe einen Abzug dieses Fotos mitgebracht, damit Sie noch einmal einen Blick darauf werfen. Kann durch eine erneute Analyse der Kopfverletzung der Moment der Tötungssituation zwischen Täter und Opfer unter Wasser nachvollzogen werden?«

Feist betrachtet das Bild lange und reibt sich mehrmals das Kinn. »Ich denke schon. Wir werden versuchen, den Einschusswinkel zu berechnen. Es gibt dafür einen Spezialisten in unseren Reihen. Übrigens können wir nach den neuesten Methoden auch noch einmal einen Zahnstatus anfertigen.«

Max bedankt sich erneut. Er ist mehr als zufrieden mit Feists Auskünften und die Aussicht auf dessen Arbeitsergebnis. Sein Ziel für den heutigen Tag ist erreicht. »Ich bedanke mich sehr für Ihre Unterstützung und bin natürlich gespannt auf das Ergebnis.«

»Wir werden nur wenige Tage benötigen, ich melde mich.« Feist macht eine Pause. Bevor er Fangeisen zur Tür begleitet, stellt er seinerseits eine Frage, die ihn bewegt: »Was treibt Sie an? Warum rücken Sie dem uralten Fall derart auf den Leib?«

»In diesem konkreten Fall kann ich gar nicht anders. Die Lipidleiche war der erste Mordfall in meiner Karriere und der einzige, der weder von mir noch von anderen aufgeklärt werden konnte. Quasi meine persönliche Leiche im See ...«

»Mal abgesehen davon, dass wir sicherstellen wollen, dass Schädel und Körper zusammengehören, aber warum benötigen Sie die DNA-Analyse, wenn Ihres Wissens für den Unbekannten keine Angehörigen existieren und die Möglichkeit eines Vergleiches und damit der Zuordnung komplett fehlen?«

»Zum jetzigen Zeitpunkt trifft dies zu. Doch es kann schnell anders kommen. Dann ist es nach meiner Erfahrung gut, wenn keine Wartezeiten entstehen. Alles, was wir im Vorfeld abklären können, erleichtert uns, zielgerichtet und schnell zu agieren, sollten sich neue Aspekte oder Erkenntnisse ergeben. Die Möglichkeit eines raschen DNA-Abgleichs ist immer vorteilhaft.«

Professor Feist zeigt sich verständnisvoll und klopft Fangeisen anerkennend auf die Schulter. »Sie sind halt einer vom alten Schlag. Ich habe Respekt vor Ihren Ambitionen. Viel Glück und halten Sie mich auf dem Laufenden.«

»Sehr gern.«

Auf dem Weg zum Münchener Hauptbahnhof wählt Maximilian aus seinen Kontakten das Vorzimmer des Bürgermeisters von Soyen. Franziska Neumaier nimmt den Anruf entgegen und stellt ihn direkt zu Stefan Graf durch.

»Hier spricht die Stimme aus deiner Vergangenheit. Maximilian Fangeisen. Servus Stefan.«

»Das ist ja eine Überraschung! Wie geht's?«

»Erstens freue ich mich sehr, deine Stimme nach langer, langer Zeit wieder einmal zu hören, und zum Zweiten hätte ich dich gern in einer Angelegenheit gesprochen, die mehr als vierzig Jahre zurückliegt.«

»Kann mir schon denken, was dich umtreibt. Hab gestern die kurze Nachricht in der Zeitung gelesen.«

»Stimmt. Über Details können wir uns ja bei einem Treffen austauschen. Einverstanden?«

Ohne zu zögern stimmt der Bürgermeister zu.

»Wann? Mach einfach einen Vorschlag«, sagt Max.

Stefan öffnet seinen elektronischen Kalender. »Wie wär's am kommenden Freitag?«

»Sieht gut aus.«

»Was hältst du davon, wenn wir uns hier im Rathaus treffen?«

»Jederzeit.«

»Anschließend können wir in den Dorfwirt zum Mittagessen gehen – super Küche, nicht nur bayerisch. Außerdem können wir dort unseren Austausch fortsetzen.«

»Gute Idee. 12.30 Uhr?«

»Schön. Ist notiert.«

11

Hubert Heinlein und Franz Hofreiter treffen sich knapp eine Stunde vor Beginn des Vortragsabends im Waldgasthof. Die Wirtschaft liegt gut versteckt vier Kilometer nördlich von Soyen, Richtung Pichl-Teufelsbruck. Dienstag ist eigentlich Ruhetag, doch für eine geschlossene Veranstaltung des Römer-Vereins *Raetia* öffnet der Wirt gern seine Pforten.

Hubert und Franz haben sich mit zwei Gläsern Weißbier in eine stille Ecke verzogen. Die unsichtbare Klammer, die beide seit Jahrzehnten verbindet, ist zwar der Verein, aber sie sind einander verbunden wie Zwillinge, und ihr »Forschungstrieb« reicht weit über die Vereinsinteressen hinaus.

Hubert Heinlein, 1,85 Meter groß, schlank, drahtige Figur, ist gerade siebzig geworden. Das Alter ist ihm nicht anzusehen. Er pflegt sein dünnes, goldblondes Haar aufwendig mit einer großen Portion Gel in Form zu halten, eine Frisur mit sanften Linien und einer Bugwellen-Silhouette. Das eckige Gesicht ist durch eine gerade Wangenpartie und eine breite, kantige Stirn gekennzeichnet. Die Kinnpartie ist sehr markant. Insgesamt entspricht sein Aussehen dem kernigen, nordischen Typ. Unvorteilhaft wirkt das eckige Brillengestell, das sein kantiges Gesicht noch zusätzlich unterstreicht. Er kleidet sich wie ein Hipster, farbig und bunt. Die meisten schätzen ihn eher auf Ende fünfzig.

Darauf ist er stolz und quält sich gerne mehrmals wöchentlich auf der Joggingstrecke. Es gibt Menschen, die eine Bühne betreten und gleich deren Zentrum sind. Hubert Heinlein ist so einer. Auf den ersten Blick ein freundlicher, sympathisch wirkender Mann reifen Alters, hinter dessen gut getarnter Fassade immer noch das Herz eines Säbelzahntigers schlägt. Hubert drückt auch im Alter gern noch aufs Gaspedal, auch im Leerlauf. Intelligent, aber skrupellos kennt er weder Schuldgefühle noch Angst. Vielmehr ist er egozentrisch, unberechenbar und manipulativ auch seinen Freunden gegenüber. Hinter seinem freundlichen Äußeren verbirgt sich ein stahlharter Kern.

Was Frauen anbelangt, lebt er à la carte, nascht nur die Bissen, die ihm munden, pickt sich die Trüffeln und Rosinen aus dem Angebot und meidet den Kohlduft der Kantinen. Seine vermeintliche Freiheit geht ihm über alles. Ihm fehlt das komplette Bindungsgen, sagen seine wenigen Freunde. Dabei ist er gar kein Macho. Er hat die Frauen recht gern und liebt ihre Gesellschaft, aber einfangen lässt er sich keinesfalls.

Anders sein Freund und Kumpel Franz Hofreiter, ein typischer Vereinsmeier. Der 1. Vorsitz und die Führung des Vereins *Raetia* sind ihm außerordentlich wichtig. Francesco, wie er im Verein genannt wird, ist einen halben Kopf kleiner als Hubert, wirkt aber wie sein Freund drahtig und sportlich mit straffer Haltung. Ganz im Gegensatz dazu erscheint sein rundes Gesicht gutmütig und freundlich. Er kleidet sich eher spießig anstatt modisch-elegant. Während seine Stirnglatze stetig expandiert, werden seine Koteletten immer länger. Was ihm niemand zutraut, sind seine täglichen *full body workouts*, die ihn 10 Jahre jünger erscheinen lassen. Aber ansonsten ist er eher der Typ unauffälliger Finanzbeamter.

Franz Hofreiter, von Beruf Meister der Feinwerkmechanik, hat sich nach dem Verkauf des elterlichen Hofes selbstständig gemacht und sich rasch auf Reparaturen defekter Pneumatik- und Hydraulikmaschinen spezialisiert. Vom Einstellen der Kühlungsschläuche an Abfüllautomaten über das Beheben von Störungen an Maschinen, von Wartungsarbeiten bis zum Ein- und Ausbau elektronischer Mess- und Regelkomponenten gibt es nichts, das er nicht »regeln« könnte. Dabei plagt ihn stets die Angst, den Ansprüchen der Kunden nicht zu genügen, wie er einmal eingeräumt hat.

Sein solides Fundament spiegelt sich in allen Facetten seines Lebens wider. Seriös, zuverlässig, genau, mit einem hohen Qualitätsanspruch, wenn es um die Ausführung von Aufträgen geht. Sein größter Kunde ist die *Bavarian Milksea Business Group*. Dort genießt er den Ruf eines Perfektionisten, gilt überdies aber auch als Dickschädel. Von einem seiner Gesellen ist der Seufzer überliefert: »Ich würde den Gesellenbrief sofort hergeben, wenn ich die drei Jahre meines Lebens zurückhaben könnte, die ich mit und bei Franz verbracht habe.«

Was man Francesco nicht ansieht, ist seine Risikobereitschaft, die er heimlich im Tauchsport auslebt. Sein Hobby, von dem kaum jemand weiß, hält ihn zudem fit. Ursprünglich wollte er damit nach eigener Aussage Frauen beeindrucken und kennenlernen. Das hat leider ganz und gar nicht geklappt. Daher ist sich keiner in seiner näheren Umgebung so richtig sicher, auf welchem Ufer er wirklich steht. Der kleine, aber durchtrainierte Mann mit dem schüchternen

Lächeln lässt alle Fragen nach seinen erotischen Präferenzen grundsätzlich unbeantwortet.

Den Ruhestand schiebt er noch vor sich her. »Ich mag es nicht, dass ich so schnell älter werde, aber ich mag es, gut zu altern«, hat er einmal gesagt.

Hubert hebt sein Weißbierglas und sagt mit gedämpfter Stimme: »Auf die richtigen Entscheidungen.«

»Auf reiche Beute«, erwidert Franz in gleicher Tonlage. Er hört auf Hubi, wie er seinen Freund nennt. Immer! Als ob Magie im Spiel wäre. Franz kann sich das selbst nicht erklären. Am Ende trifft meist Hubi die Entscheidungen, obwohl alles auf Franz' »Mist« gewachsen ist.

Geboren wurde Franz Hofreiter am 7. Mai 1944 als Sohn des Landwirts Sepp Hofreiter und seiner Frau Franziska, geborene Niedermeier. Sein Vater kam in den Wirren der Nachkriegszeit ums Leben – ein Unglücksfall, wie es hieß, beim Reinigungsversuch eines noch mit Benzinresten gefüllten Fasses. Seine Mutter erzählte ihm eines Tages, das, was von seinem Vater übrig geblieben sei, habe in einen Eimer gepasst. Franz hat diese Version nie geglaubt – ein starkes Motiv, über die Ereignisse jener Jahre intensiv zu recherchieren.

Heiß darauf wurde er aber erst richtig, als ihm seine Mutter beichtete, dass sein Vater eines Abends vom amerikanischen Feldflugplatz unterhalb von Polln Goldmünzen nach Hause gebracht habe, die aus einem geborstenen Zusatztank herausgefallen waren, nachdem der Jagdbomber seine goldene Last nicht wie geplant über dem See hatte abwerfen können und damit zwangsläufig eine Bruchlandung hatte riskieren müssen. Einen Teil der von seinem Vater heimlich mitgenommenen Münzen konnte sie vor und nach der

Währungsreform ein- und umtauschen. Mit dem anderen Teil konnte sie den Hof sanieren – zum Erstaunen aller Nachbarn. Allerhand Gerüchte machten damals die Runde. Von Wiedergutmachung bis hin zu Kriegsbeute war die Rede, blühende Fantasiegeschichten, die man sich gegenseitig gern erzählte, selten mit einem wahren Kern.

Franz stieß bei seinen Recherchen schnell auf Fakten, die seine Überzeugungen bestärkten, dass im See Goldmünzen versenkt worden waren, die, aus welchem Grund auch immer, niemand geborgen hatte. Was ihn vor Jahrzehnten schwer irritierte, waren einige Hobbytaucher und eine mysteriöse Wasserleiche im See. Ein Camper wurde zwei Jahre lang vermisst. Als man 1970 einen Torso und einen Schädel vom Grund des Sees barg, wurde ein Mord im See zur Gewissheit.

Das war auch die Zeit, in der Franz sich mit Hubert zusammentat. Auch sein Freund forschte schon seit einigen Jahren nebenher verschwiegen an diesem Thema herum, wie sich rasch herausstellte. Beide erwähnten im Römer-Verein *Raetia* ihre Ambitionen mit keinem Wort. Aber beide gestanden sich gegenseitig ein, aus diesem Grund auch Tauchkurse zu absolvieren, von denen sie ebenfalls niemandem berichteten. Für beide war der Schatz im See ein Tabuthema, verknüpft mit der klaren Devise: Keine schlafenden Hunde wecken!

Beide versichern einander wieder einmal, dass sie sich nicht erklären können, woher die Leiche im See kam. Ein Schatzsucher? Aber wer hatte ihn ermordet? War noch jemand an der Sache dran? Jedenfalls ließen Hubert und Franz einige Jahre die Finger vom Grund des Sees, zumal zunächst der Seebesitzer Alois Dachsberger in Verdacht geriet und er selbst, wie auch die Menschen in der Gemeinde, monatelang hochsensibel auf alles reagierten, was rund um den See geschah.

Dachsberger sieht und hört alles und liegt auf der Lauer, tuschelten die Leute. Schwarzfischer jedenfalls hatte er fast immer erwischt und zur Anzeige gebracht. Das verunsicherte die beiden zusätzlich, zumal Dachsberger als Mordverdächtiger galt und erst relativ spät von diesem Makel befreit wurde.

Im Gegensatz zu Hubert war Franz deutlich risikofreudiger. Er hätte am liebsten gleich weitergemacht. Es brauchte aber Jahre, um einen ausgeklügelten Plan zu erarbeiten und eine bessere Ausrüstung anzuschaffen, damit die Sache erneut in Angriff genommen werden konnte. Dabei wäre es fast zum Bruch zwischen Hubert und Franz gekommen, als der kleine Francesco es wagte, seinen Freund vom Thron des 1. Vorsitzenden der *Raetia* zu stoßen. Da bewies Franz, dass er der Mann mit dem größten Brutus-Potenzial im Verein war und ist. Hubert hat ihm das nie verziehen.

Aber die Sache mit Huberts Römermärschen war schon kurios, und sie wird in der Vereinsgeschichte der *Raetia* unvergesslich bleiben. Um dies zu verstehen, muss man das Leben von Hubert Heinlein etwas näher betrachten. Wie kam es dazu?

Hubert war ehemals Prokurist bei der *Bavarian Milksea Business Group Excipients & Technology*, einer weltweit geschätzten Partnerin der Pharmaindustrie, bei der auch Franz Aufträge abschöpfte. Huberts Einkommen entsprach seiner Position als Prokurist. Sein Vermögen definierte sich durch seine zwei Eigentumswohnungen, einen Porsche 911 und einen Mercedes-Geländewagen. Seine Macht ließ er die

Untergebenen gerne spüren. Dabei nutzte er jede Chance, innerhalb der Firma seinen Willen auch gegen sachlich begründete Widerstände durchzusetzen. Diese Führungsdefizite brachten ihn schließlich um seine Karriere. Bis zu seiner Pensionierung wechselte er noch vier Mal den Arbeitsplatz, ohne auch nur im Ansatz eine entsprechende Führungsposition zu erlangen – eine Demütigung, über die er nie hinwegkam.

Auch sein Stil als 1. Vorsitzender im Römer-Verein *Raetia* war diktatorisch. Das stetige Streben nach Prestigemaximierung wurde durch überzogene Vereinsaktivitäten wie Kostümfeste, Römer-Gelage und strapaziöse Märsche in historischer Ausrüstung deutlich. Schon in der Mitte seiner Amtszeit wurde seine Profilneurose für die Mehrheit der Vereinsmitglieder zur Belastung. Da Hubert im Verein stets seine berufliche Position und Finanzstärke herausstellte, kratzte der Verlust seines Arbeitsplatzes obendrein stark an seinem Image. Nach vier Jahren wurde der 2. Vorsitzende, Franz Hofreiter, mit großer Mehrheit an die Spitze gewählt. Hofreiter steht einem Comeback seines Freundes im Verein, trotz ihrer Verbundenheit durch die Tauchprojekte, daher seit Dekaden im Wege.

Obwohl Franz sich selbst immer als Ideengeber in ihrer Zweierbeziehung sah, waren sie sich einig, Tauchgänge im See bis zum Abschluss der Bergung aller Münzen gemeinsam durchzuführen und sich die Beute zu teilen. Es hätte aber gar keiner Einigung bedurft, denn im Alleingang ohne Assistenz wäre in 14 Metern Tiefe kaum etwas zu holen gewesen. Allein der Einsatz der verschiedenen Gerätschaften, die Sichtverhältnisse, das Freilegen und Einsammeln der Münzen machten eine Grundzeit pro Tauchgang von 90 bis 120 Minuten erforderlich. Kürzere Tauchzeiten erwiesen sich rasch als ineffizient. Außerdem musste ein wiederholtes Aufsteigen an die Oberfläche aus Sicherheitsgründen vermieden werden. Zu ihrem Glück liegt die Tauchtiefe innerhalb der Nullzeit, eine Dekompressionszeit während des Auftauchens ist also nicht notwendig.

Abseits der gemeinsamen Tauchgänge betrieb jeder für sich allein intensive Recherchen auf dem Gebiet des Ami-Goldes. Obwohl sie die gleichen Vermutungen hegen, glauben beide bis heute, jeweils einen erheblichen Informationsvorsprung gegenüber dem Kontrahenten zu besitzen, speziell über das, was möglicherweise an Mengen seit rund 70 Jahren im Schlamm des Toteissees Soyen ruht. Hinter der Fassade der Freundschaft lauert zwischen ihnen also auch eine Atmosphäre der Rivalität und des Misstrauens.

Die Ursachen dafür liegen weit zurück. Huberts Ziehvater Gustl Heinlein war nach dem Krieg Angestellter der Raiffeisenbank. Der Familie ging es gut. Die meisten wunderten sich über den Wohlstand, aber niemand ahnte etwas von der zusätzlichen Dollar-Quelle aus dem fernen Kalifornien. Auch Sohn Hubert nicht.

Hubert, intelligent und diszipliniert, schaffte das Abitur und konnte in München studieren. Nach dem Schulabschluss erzählte ihm seine vermeintliche Mutter eines Tages von den Tankabwürfen der Amerikaner in den Soyensee. In einigen der Behälter sollte Kriegsbeute versteckt gewesen sein. Kein Wort davon, von wem sie die »absolut sicheren« Informationen erhalten hatte. Jedenfalls faszinierte Hubert von Anfang an der Gedanke, das Gold eines Tages vom Grund des Sees zu bergen – lange bevor Franz dieselbe Idee hatte. In dieser Zeit las er alle Bücher von Hans Hass und sah sich auch dessen Filme an, ebenso die Fernsehdokumentationen Jacques Cousteaus mit seinem Forschungsschiff *Calypso*. Seinen großen Wunsch, das Tauchen zu lernen, setzte er sofort in die Tat um. Dafür arbeitete er während des Studiums in Nachtschichten und an Feiertagen am Flughafen Riem im Rampendienst und verdiente sich damit Geld für Ausrüstung und Reisen.

Ab seinem zwanzigsten Geburtstag begann er die Hotspots des Tauchsports aufzusuchen: Rotes Meer, später Mexiko und auch die Karibik. Hubert wusste nichts über seine wahre Herkunft, und seine Pflegeeltern hüllten sich beharrlich in Schweigen. Noch auf dem Sterbebett, im November 1979, blieben Juttas Lippen versiegelt.

Der Wirt tritt heran und fragt, ob ein zweites Weißbier gewünscht wird. Franz und Hubert bestellen.

»Was machen wir jetzt konkret? Wie verhalten wir uns?«, fragt Franz.

»Ganz einfach. Wir geben jetzt noch einmal richtig Gas. Glaub mir, bis der pensionierte Kriminaler da was angeleiert hat, vergehen Wochen. Jede Nacht, in der wir ungestört unsere Tauchgänge fortsetzen können, sollten wir mit Hochdruck nutzen.«

Franz nickt zustimmend. »Also, wann machen wir konkret weiter?«

»Ich hol dich ab. Samstag, 23.00 Uhr, wenn die Bürger von Soyen sich aus den Fernsehsesseln schrauben und ihre Betten anvisieren. Ich bringe ein neues Suchgerät mit.«

Franz' Augen beginnen zu leuchten. »Erzähl!«

»Der Unterwasser-Detektor hat eine Klappspule von rund einem Meter Durchmesser. Damit greifen wir ein größeres Areal in kürzerer Zeit ab.«

Franz lächelt, denn auch er kann ein verbessertes Gerät beisteuern. »Und ich bring meine neue Druckpumpe mit.«

»Was ist neu daran?«

»Die Lampe. Wir werden damit auch bei aufgewirbeltem Schlamm noch etwas sehen können, ohne dass an der Oberfläche etwas wahrgenommen werden kann.«

Hubert haut Franz mit der flachen Hand auf den Rücken. »Super, Francesco!«

»Einstieg in den See wie immer?«

»Wie immer.«

12

Soyen, Freitag, 10. Oktober 2014

Fangeisen steuert seinen BMW über die B 15 Richtung Haag. Die aufgehende Sonne hat die Farbe von glühendem Stahl, und der Planet beginnt darunter herbstlich zu erstrahlen. Es gibt so viel mehr Himmel als Land. Zwei Wolken hoch oben an der leuchtenden, azurblauen Sphäre schleppen kilometerweit entfernt ihre Umrisse über die Felder, und im Rückspiegel sieht Maximilian in der klaren Luft eine lange Gruppe steiler Felskanten. Ideales Bergwetter! Ich sollte umkehren, sagt er vor sich hin. Schnell verdrängt er den verlockenden Gedanken. Denn der Wetterbericht verheißt für den späten Nachmittag nichts Gutes, und Max will noch vor dem Treffen mit dem Bürgermeister von Soyen das Ufer der westlichen Seeseite erkunden. Dazu hat er sich gestern Abend den See und seine Umgebung in Google-Earth aus der Vogelperspektive angesehen und eingeprägt. In Anbetracht dieser Möglichkeiten gibt es keine entlegenen Orte mehr, und virtuell sind alle Punkte des Globus meinem Wohnort gleich nahe gerückt, sinniert er.

Nun will er die Umgebung erkunden, so wie er es immer gemacht hat, wenn irgendwo ein Mord geschehen ist, will versuchen, den Tatort mit den Augen des Täters zu betrachten. Der See selbst, wenn auch überschaubar in seinen Ausdehnungen, ist für Max von großer Bedeutung, da er

Elemente des Verbrechens abbildet: Wege, Bewuchs, Uferbeschaffenheit, Zugänge zum Wasser. Die Begehung liefert ihm Hinweise und Anregungen. Diese wiederum aktivieren Mordchroniken, die in seinem Gedächtnis über Jahrzehnte abgespeichert sind, und jene geben ihm wiederum Antworten. Zudem erhofft er sich seitens des Bürgermeisters zusätzliche Informationen und weiterführende Hinweise zum See, dessen Besonderheiten und über Neuigkeiten in der Gemeinde.

Je länger Fangeisen sich auf der B 15 in Richtung Norden bewegt, umso massiver verdichten sich mit jedem gefahrenen Kilometer Erinnerungen längst vergangener Jahre. Seine innere Landkarte ist gesprenkelt mit Punkten klassifizierter Todesursachen: Grün für natürlichen, Blau für ungeklärten Tod und Rot für Mord. Statt sich an der wunderschönen herbstlichen Voralpenlandschaft zu erfreuen, verbinden sich Ortstafeln, Hinweisschilder und Straßennamen plötzlich mit dem Sensenmann.

Auf einem Abschnitt von nur einem Kilometer passiert er obendrein plattes Getier. Vogel, Hase und Igel. Wir sind die Mörder! Wir stinken nach Tod! Wir tragen ihn in uns! Er haftet an uns wie Reif. Wir kriegen ihn nicht vom Leibe. Sätze, die er letzte Nacht in einem Buch von J. A. Baker gelesen hat. Wie wahr, seufzt er. Um sich von düsteren Gedanken abzulenken, schiebt er eine CD von ABBA in den Player. *The Winner Takes It All.* Das hilft. Ich bekomme alles, motiviert er sich selbst.

Plötzlich wirken die landwirtschaftlich intensiv genutzten Flächen, als wären sie die geheimnisvollsten, ursprünglichsten und abgelegensten Flecken Oberbayerns. Als Maximilian die hügelige und lang gezogene Schleife der B 15 vor Altensee befährt, erblickt er rechter Hand die dominante, nadelscharfe Kirchturmspitze der Wallfahrtskirche Maria Himmelfahrt von Kirchreit. Mehr als 150 Jahre schon sticht der Spitzturm auf hoher Warte gleich einem Hufnagel in den Himmel. Ein roter Traktor durchpflügt gerade ein Feld, wirft malzdunkle Schollen auf die Seite, und Vögel mit hellem Gefieder sind über der feuchten Erde versprengt wie weiße Kreide. Ansonsten wirkt die anmutige Hügellandschaft feenhaft leergefegt. Jeder Jäger hat es in diesem offenen Gelände schwer, Wild zu erlegen, geht es ihm durch den Kopf.

Es ist einer jener seltenen Frühherbsttage, die ruhig und mild unter einem wolkenarmen Himmel liegen. Die Ulmen und Eichen leuchten noch grün, doch einige sind schon goldgeflämmt. Vereinzelt sieht man fallendes Laub.

Wenig später biegt er von der B 15 ab und in die Alleestraße ein, die auf einer Länge von eineinhalb Kilometern direkt nach Soyen hineinführt. Maximilian liebt dieses Stück Allee. Er verlangsamt seine Fahrt. Als Weidgarten rechter Hand auftaucht, schweift sein Blick hinüber nach Hundsham, dem Standort seines Elternhauses. Sein Vater Georg war 1965 an den Kriegsfolgen verstorben, und seine Mutter Theresa begann kurz darauf zu kränkeln. Die Eltern haben ein gemeinsames Leben geführt, was sich sehr romantisch anhört. Doch das, was sie als gemeinsames Leben verstanden, war einzig das des Vaters. In der verblassenden Erinnerung kommt es ihm vor, als hätte seine Mutter damals ihre Pflichten so mechanisch ausgeführt wie ein Soldat. Arme Mutter! Einsam und allein in Hundsham, das konnte auf Dauer nicht gut gehen. Das Altenpflegeheim Wartberghöhe in Traunstein wurde zu Theresas letztem Aufenthaltsort, bevor sie dort 1985 verstarb. Positiv in Erinnerung wird ihm immer Onkel Lothar väterlicherseits bleiben. Ob erster Schultag, Fahrrad, Abitur, Führerschein, Hochzeit oder erstes großartiges und gleichzeitig bedrohliches Naturerlebnis während einer gemeinsamen Bergtour, Onkel Lothar ist für ihn prägend, allezeit sein Begleiter und Mentor gewesen, der mit Rat und Tat an seiner Seite gestanden hat. In Erinnerung sind ihm auch die Schuhe des Onkels mit den quietschenden Kreppsohlen geblieben und die Blume an seinem Revers, die von seinem hellen Sakko abstach wie eine rote Verkehrsampel.

Kurz nach Weidgarten schiebt sich von rechts der Soyensee ins Blickfeld und dahinter wiederum die Wallfahrtskirche hoch auf dem Hügel von Kirchreit. 500 Meter weiter passiert er die ersten Gebäude von Soyen. Im Jahre 816 n. Chr. heißt der Ort »Senn« und wird erstmals in zwei Urkunden erwähnt. Ist ja bald 1200 Jahre her, denkt er verwundert, als sei diese Erkenntnis neu für ihn. Eng verbunden mit der Ortsgeschichte ist auch die Kirche St. Peter, die im Jahr 1166 urkundlich erwähnt wird.

Vor der Kreuzung Allee-Dorfstraße bemerkt Max, dass er zu weit gefahren ist. Eigentlich wollte er bei Weidgarten einbiegen und das kurze Stück Feldweg hinunter zum Seeufer fahren, um dort den Wagen abzustellen. Also wendet er seinen BMW, biegt nach knapp einem Kilometer ab, holpert ein kurzes Stück über die Furchen des Feldweges und erreicht nach wenigen Metern eine passende Parkmöglichkeit im Gras neben dem Weg, an dem seine Exkursion beginnen kann. Als Kind ist er oft hier entlanggelaufen. Max verlässt seinen Wagen, zieht sich den Trenchcoat über, streckt sich, atmet tief die frische, nach Herbstlaub duftende

Morgenluft ein und beginnt sich zu orientieren. Hinter ihm, hügelaufwärts dampft in der freundlichen Morgensonne der nächtliche Tau auf den Dächern der Wohnhäuser von Weidgarten.

Beste Lage, fällt Max dazu ein. Ein Grünspecht fliegt aus dem feuchten Gras auf und heftet sich an einen Baumstamm, als hätte ihn dort ein Magnet angezogen. Stare und Spatzen verlassen Alleebäume, fliegen hin zu Ackerfurchen. Eine Drehung und vor ihm erstreckt sich im sanften Bogen der Rest eines Schilfgebietes, in dem Enten und andere Vögel im Frühling und Sommer für ihre Brut einen sicheren Nistplatz finden. Im Norden wird das Ufer durch die Alleestraße und den Zulauf des Nasenbaches begrenzt. Daran anschließend reihen sich entlang des Ufers Privatgrundstücke bis zum Ostufer mit seinem Badestrand, dem Campingplatz und dem Gasthof »Zur Forelle« mit seiner beschaulichen Terrasse. Dahinter haben entlang des kompletten Ostufers Wohnmobile und Wohnanhänger ihre Stellplätze gefunden. Im Süden erstreckt sich die lange Kette der Alpen, deren Spitzen wie Riffe in den blauen Himmel ragen. Über den Gipfeln Weiß auf Blau, wie mit einem Pinselstrich gezogen, liegt eine Wolkenbank und davor auf dem sanft geschwungenen Hügel der markante Spitzturm der Wallfahrtskirche – ein Genre wie von Bühnenbildnern geschaffen.

Das gesamte Westufer des Sees ist dagegen unbebaut, teilweise mit Strauchwerk bewachsen, das tausend Formen birgt. Daran grenzen ausgedehnte Wiesen und abgeerntete Maisfelder, die fast zum Ufer reichen und jetzt im Herbst eine müde Leere vorgaukeln. Die neutrale Kargheit auf dieser Seite verleiht dem Ufer eine Gleichförmigkeit, in der weder Grashalme noch Maulwurfshügel Anspruch auf Exklusivität erheben können. Trotzdem scheint ihm, als gingen Felder und Wasserlandschaft an dieser Stelle ein ungeahntes, konspiratives Bündnis ein.

Eine Brise kräuselt die glatte Oberfläche des Sees. Das glitzernde Gegenlicht der kurzen Wellen täuscht die Sinne, denn Max kommt es vor, als wären darin Diamantsplitter eingesät. Die gesamte Fläche wirkt neu und makellos auf ihn, als würde darüber geschrieben stehen: Berühr mich nicht, denn alles, was darin verloren gegangen ist, wird verloren bleiben.

Maximilian folgt dem Feldweg in südlicher Richtung, um eine Lücke im Schilfgürtel zu finden, die ihm einen besseren Blick auf die Mitte des Sees im Bereich der Mündung des Nasenbaches gestattet. Zwei Krähen fliegen auf, und aus ihren auf und ab wippenden Hälsen ertönen kehlige Rufe. Ein paar Stockenten kommen zum Schilf geflogen, bremsen umständlich in der Luft und plantschen spritzend ins Wasser. Der Erpel zeigt sein Prachtkleid mit brauner Brust und schwarzer Ober- und Unterschwanzdecke. Das satte Amethyst seines glatten Kopfes glänzt ebenso in der Sonne wie sein metallisch blaues, weiß gesäumtes Band entlang der Flügel. Elstern hüpfen mit weit ausholenden, froschähnlichen Sprüngen ins tiefe Gras des Ufers, und unweit vor ihm steht am Feldrain, nahe einem Busch, ein Graureiher und schaut in die Stoppelfurchen.

Nach wenigen Schritten hört er eine Stimme hinter sich rufen. »He, Sie da! Parken Sie Ihre Karre immer im Gelände?«

Maximilian bleibt stehen und dreht sich bewusst langsam um. Ein Mann von kräftiger Statur, etwa Mitte dreißig, kommt eilig auf ihn zu. Sein eindrucksvoller Stiernacken und die kräftige Armmuskulatur zeugen von Schweiß und harter Pumparbeit mit Gewichten in der »Muckibude«, hormonale Unterstützung nicht ausgeschlossen.

Der kann Saft aus einem Stück Brennholz quetschen, schätzt Max. Als er näher tritt, ist die Pferdestirn des Bodybuilders gefurcht. Der Mann stoppt. Irgendetwas irritiert ihn offensichtlich.

»Was habe ich denn an diesem schönen Morgen in Ihren Augen verbrochen?«, geht Max ihn frontal an.

»Mhm, also ..., ich meine ..., Ihr Wagen dort. Nicht gerade ...«

»Was stört Sie daran?«

Der Gorilla blickt, als wollte er sich gleich entschuldigen. »Ich glaube, Ihr Bild war in der Zeitung ...«

Max reicht dem Mann die Hand. »Fangeisen. Und mit wem habe ich das Vergnügen?«

Der Mann streckt ihm seine schwielige Pranke entgegen. »Xaver ... Schneeberger ...«

»Wohnen Sie hier?«

Xaver zeigt nach Westen, hinauf zum Hügel. »Ja, dort oben.«

»Ein Herrgottsflecken mit freiem Blick auf den See«, stellt Max fest.

Schneebergers Gesichtszüge werden plötzlich hektisch. Das Blut schießt ihm ins Gesicht. »Sie, Sie wollen den Fall aufklären. Stimmt's?«

»Vielleicht. Haben Sie sich damit befasst?«

»Ich? Nein. Nur so gehört. Mein Vater schon eher.«

Max glaubt, sich an Schneeberger senior erinnern zu können. »Lebt Ihr Vater Alfons noch?«

Junior Schneeberger stutzt. »Ja, er lebt im Pflegeheim. Nicht weit von hier.«

»Hat früher sicher auch dort oben gelebt. Richtig?«, fragt er rein rhetorisch.

Der Mann nickt.

»Was haben Sie gehört?«

»Nur so. Was man halt so aufschnappt.«

»Was schnappt man denn so auf?«

»Ist ja lang her, das Ganze. Nicht einfach, das aufzuklären, glaub ich. Unmöglich, sagen die meisten.«

Max schmunzelt. »Ja, ja die Zeit …«

Der Mann dreht sich um und deutet auf Max' Wagen. »Also, von mir aus können Sie da stehen bleiben so lang und oft Sie wollen.«

»Sehr nett. Danke.«

»Herr Schneeberger, das würd mich jetzt schon interessieren: Wer darf denn da noch seinen Wagen mit Ihrer ausdrücklichen Erlaubnis parken?«

Der Mann hat sichtlich Probleme, die Frage zu beantworten. »Ja, also … Ich halte es damit wie mein Vater. Alle, die ich halt so kenne. Jäger, Freunde und so.« Darauf verdüstert sich seine Miene. »Fremde Badegäste haben hier nichts verloren.« Mit einer Hand zeigt er auf das Schilfgebiet. »Vogelschutz und so … Da pass ich auf.«

»Verstehe. Vielleicht können Sie mir bei Bedarf etwas über Ihre Freunde sagen, die hier im Vogelschutzgebiet parken dürfen.«

Schneeberger hat wohl nicht begriffen, dass er sich gerade selbst ein Bein gestellt hat. »Ja, wenn's sein muss.«

»Ich komme sicher darauf zurück.« Dann hebt Max die Hand. »Wiedersehen und Gott behüte Ihre Wege.«

»Danke! Ebenso …« Schneebergers Stimme klingt brüchig. Zügig entfernt er sich, direkt hinauf zum Hügel.

Maximilian notiert sich den Namen Alfons Schneeberger, Vater des Gorillas. Sein Blick wandert nach oben. Das Haus der Schneebergers weist einen umlaufenden Balkon auf und riesige Fenster, die eine regelrechte Glasfront bilden. Man hat von dort oben sicher einen fantastischen Blick auf See und Gebirge, denkt er sich. Dann blickt er dem Junior noch einen Moment nach, bevor er auf die Lücke im Schilf zuhält. Nach einigen Minuten findet er wieder die innere Ruhe, die er benötigt, damit er die Täter-Opfer-Situation und die Tatkonstellation besser erfassen kann. In den letzten Tagen hat er sich noch einmal intensiv die Topografie des Sees eingeprägt, die er schon seit seiner Kindheit kennt. Den Fundort der Leiche auf dem Grund des Sees kann er inzwischen trotz fehlender Bojenmarkierung bis auf wenige Meter abschätzen.

Max verharrt still und schließt die Augen. Er versucht in die Rolle des Mörders zu schlüpfen, um das Verbrechen mit dessen Augen sehen zu können, versucht genauso zu denken wie der Täter, versucht zu verstehen, wie ein Mörder denkt und was seine Tat über ihn verrät. Dabei sortiert er die unbeantworteten Fragen: Warum ist das Opfer gerade hier im Soyensee getaucht? Warum hat es der Täter gerade hier aufgespürt? Von wo aus, von welcher Stelle ist er ihm nachgetaucht? Warum ist er ihm nachgetaucht und hat ihm kaltblütig die Harpune durch den Kopf geschossen?

Max öffnet wieder die Augen und blickt hinüber zum Badestrand. Das Wasserwacht-Häuschen ist gut zu erkennen. Links davon, gleich daneben, hat das Wohnmobil des Bill Traser gestanden. Für Max ist es an der Zeit, den Mut zur wahrscheinlichsten Hypothese aufzubringen, um dem Ziel, der Aufklärung des Falles, näher zu kommen. Eine bewusst angewendete Strategie, denn Hypothesen sind Wahrscheinlichkeitsaussagen, keine Fakten. Sie kommen dann zum Einsatz, wenn Fakten nicht in ausreichendem Maße zur Verfügung stehen und daher auf die Einschätzung der wahrscheinlichsten Variante zurückgegriffen werden muss.

»Die Auswahl der Örtlichkeit gestattet mir Einblick in die Entscheidungsprozesse des Täters, da er sein Opfer gezielt aussuchte und ihm an der passenden Stelle und zu passender Zeit auflauerte«, spricht er stumm zu sich selbst.

Nach allem, was sich Max durch den Kopf hat gehen lassen, ist daher das Westufer die Stelle, von der aus der Täter aktiv wurde. Er wandert ein wenig nach Süden, wo sich eine kleine Landzunge und eine kleine Bucht anschließen. An der Spitze der Landzunge geht es sanft ein, zwei Meter abwärts. Das Ufer hier bietet Sichtschutz von Norden und Westen her. Im See sind Pfähle zu sehen, an denen sich Boote festmachen lassen. Das Wasser ist hier klar und flach: perfekt um in den See einzusteigen und ihn ungesehen wieder zu verlassen – besonders wenn es dunkel ist. Max blickt hinüber zum Ostufer.

Er beginnt zu grübeln: Von der gleichen Stelle konnte der Täter sein Opfer bei Tag mit einem Fernglas observieren. Aber wie und von wo aus konnte er sein Opfer nachts beobachten? Und wie kam er in der Dunkelheit an den mutmaßlichen Tatort am Grund des Sees, ohne sich zu verirren? Maximilians Gesichtszüge zeigen Zweifel.

Er repetiert: Weidgarten und der Seewinkel sind der logische Ausgangspunkt für den Mörder. Es gibt hier eine bequeme Zufahrt zum See, denn Tauchanzug und Sauerstoffflaschen müssen so nah wie möglich und unauffällig an den See heran- und wieder abtransportiert werden. Der Zugang zum See ist nah und unkompliziert zu erreichen. Das Ostufer kann während des Tages von hier aus gut observiert werden.

Max schreitet den Schilfgürtel ab. Der Rand ist dicht bewachsen, es gibt keine einzige niedergetretene Schneise, die zum Wasser führt. Die Spitze der Landzunge bleibt für ihn hypothetisch der beste Zugang. Spontan fragt er sich, ob das hier 1968 schon genauso ausgesehen hat. Er kann sich nicht daran erinnern. Parallel zum Ufer verläuft in gut hundert Metern Abstand der landwirtschaftlich genutzte Weg. Der Untergrund bis dorthin besteht aus einer trockenen Wiese und ist fest genug, um ihn mit einem Wagen befahren zu können. In diesem Punkt ist er sich sicher: Das war schon immer so. Eigentlich könnte man mit dem Auto bis auf die kleine Landzunge fahren …

Maximilian blickt hinauf zum Hügel, zu den Häusern von Weidgarten. Umgekehrt, so schießt es ihm durch den Kopf, kann tagsüber jeder von dort oben erkennen, was hier unten vor sich geht. Minuspunkt! Er versetzt sich in die Rolle des Täters: Es ist Nacht. Ich registriere Anzeichen für einen Tauchgang meines Opfers. Ich entdecke, dass mein Opfer sich bereit macht, um im See zu tauchen. Er benutzt das Surfbrett. Da ich Schneeberger Senior gut bekannt bin, darf ich hier immer parken. Auch nachts. Sollte er es merken und mich fragen, habe ich mir dafür ein glaubhaftes Motiv ausgedacht. Ich ziehe mir meinen Tauchanzug über, schlüpfe in meine Flossen, schnalle mir am Ufer die Pressluftflaschen auf den Rücken. Als Tauchprofi habe ich das

Nachttauchen gelernt, besitze eine entsprechende Ausrüstung, kenne mich in Lampentechnik aus, habe gelernt, mich auch mittels Kompass unter Wasser zu orientieren, und habe keine Probleme mit der Einstellung meines Atemgerätes. Meine Harpune nehme ich mit und spanne sie. Den Kompass habe ich nur zur Sicherheit dabei. In die Tiefe des Sees führt mich so was wie ein Ariadnefaden. Nach der griechischen Mythologie konnte Theseus mit dessen Hilfe den Weg durch das Labyrinth finden, in dem sich der Minotaurus versteckte. Nachdem er diesen getötet hatte, gelang es Theseus mittels des Fadens, das Labyrinth wieder zu verlassen. Also treffe ich mein Opfer gezielt mithilfe einer fest installierten, ununterbrochenen Führungsleine, die ich zuvor am Grund fixiert habe, denn dort unten habe nur *ich* etwas zu suchen. Nach seiner Eliminierung verlasse ich entlang der Führungsleine auch wieder den See. Nein, das ist gar nicht nötig. Ich tauche auf und benutze sein Surfbrett. Damit paddle ich dann ans Ufer, nehme es mit und lasse es verschwinden …

Max ist zufrieden. Für ihn gibt es keine Zweifel. Den Täter kennzeichnet eine ausgeprägte Handlungsorientierung. Er ist sein Problem unter schwierigsten Bedingungen gezielt angegangen und hat getötet, offensichtlich ohne danach in einer Schockstarre zu verharren. Welch eine ausgeprägte Stressresistenz, welch ein Planungsvermögen und was für eine Umsicht, mit der er verräterische Spuren vermieden hat! Außerdem hat der Täter absolut zielgerichtet die Feststellung der Identität seines Opfers verhindert, indem er Papiere und Dokumente aus dem Wohnmobil umgehend beseitigt hat. Vieles ist hypothetisch, versteht sich. Aber was hat Täter wie Opfer ins Wasser gelockt?

Max murmelt vor sich hin. »Verdammt, was verbirgt sich dort auf dem Grund? Ein Drachenhort? Aber wer ist der Drache, der ihn bewacht? Was hatte der Mörder von Traser zu befürchten? Sollte etwas geraubt oder aufgedeckt werden, was den Mörder belastet hätte? Muss das Opfer Bill Traser nicht auch ein professioneller Taucher gewesen sein?«

Max hat schon wieder mehr Fragen als Lösungen. Ohne Kenntnis des wahren Motivs wird es sehr, sehr schwer werden. Er weiß, dass die Wahrscheinlichkeit des Scheiterns groß ist. Am liebsten hätte er den See daher sofort abgelassen. Max betritt seine innere Kammer. Sie ist der einsamste, ruhigste Ort der Welt. Minutenlang meditiert er noch an der mutmaßlichen Einstiegsstelle. Wenn es mir gelingt, die einzelnen Abfolgen der Tat präzise auszuleuchten, wird mich dies vielleicht dem Täter näher bringen, treibt er sich selbst an. Von ihm hat man schon immer erwartet, dass er sieht, was anderen verborgen bleibt, den Tathergang erspürt, wie es sonst niemand vermag.

Die Vision gelingt ihm. Er ist mit sich zufrieden. Etwas später wirft er einen Blick auf die Uhr. Die Zeit reicht noch, um die Westseite des Sees ganz abzugehen. Er will nichts übersehen. Außerdem möchte er bei dieser Gelegenheit die neuen Eindrücke und Erkenntnisse in seinem Kopf sortieren. Als er zum Wagen zurückkehrt, haben sich seine Vorstellungen bereits verfestigt. Darauf wählt er die Nummer von Johann.

»Max hier. Bin in Soyen, habe ein Date mit dem Bürgermeister. Recherchiere bitte nach, welche Mondphase wir in der Woche hatten, als Bill Traser vermisst gemeldet wurde.«

»Mach ich, Chef«, lautet die kurze Antwort Johanns.

13

Fangeisen lenkt seinen Wagen die Riedener Straße hoch. Das Rathaus ist auch ohne GPS kaum zu verfehlen. Drei Fahnenstangen markieren die Ziellinie. Kein Gebäude hier verkörpert seine Bedeutung derart wie das Soyener Rathaus. Die repräsentative Front ist verziert mit schmucken Giebelaufbauten und beansprucht damit schon optisch seinen Rang als Regierungszentrum. Bei der Betrachtung des Gebäudes wird deutlich, dass es dem Architekten bei seiner Planung um Raumgewinn ging. Es handelt sich um ein Bauwerk, sauber und kompakt wie ein Schiff. Die Nutzung ist jedenfalls geschickt, denn im Obergeschoss befinden sich eine Zahnarztpraxis und eine Wohnung. Darunter im ersten Stock liegen die Büros der Gemeindeverwaltung, ein Sitzungssaal und das Arbeitszimmer des Bürgermeisters. Komplettiert wird der edle Standort durch die benachbarte Kreis- und Stadtsparkasse Wasserburg und das Pfarrzentrum St. Peter. Entlang der Straße gibt es Parkbuchten.

Max ist pünktlich. Er freut sich auf die Begegnung mit Stefan nach so langer Zeit. Zwischen den beiden hat immer eine lockere Verbindung bestanden, auch während seiner Zeit in München. Beide Elternpaare haben sich gut gekannt und als Buben sind sie sich in frühen Jahren bei verschiedenen Gelegenheiten oft über den Weg gelaufen. Aber nicht nur deswegen freut sich Max, er erhofft sich weiterführende Informationen über das Motiv im See.

Eine Treppe führt hinauf zum Haupteingang. Rechts davon befinden sich Postkasten und Klingel. Eine Gitterstruktur vor dem Glas soll wohl einbruchhemmend wirken. Das Soyener und das Bayerische Wappen zieren beide Türdrücker. Durch eine zweite Tür gelangt man in einen Anmelderaum, der hell und großzügig gestaltet ist. Da sich niemand darin zeigt, öffnet Max die nächste Tür, die ihn in das lichtdurchflutete Treppenhaus führt. Auf halber Höhe fällt sein Blick durch ein breites Fenster auf Fahrzeuge des Bauhofes der Gemeinde. Im ersten Stock angekommen, öffnet er die Tür zur Gemeindeverwaltung. Ein wappenverziertes Schild zeigt, wer hier oben regiert. Neben Bürgermeister und Bauamtsleiter erwartet man hier eine strenge Vorzimmerdame, die das Zepter schwingt. Franziska Neumaier macht jedoch einen freundlichen Eindruck. Ihr Büro steht offen. Sie bemerkt Fangeisen sofort und kommt ihm entgegen.

»Herzlich willkommen, Herr Fangeisen.«

Maximilian blickt in das Büro. Die Stimme stammt von einer blonden Frau, Mitte fünfzig, die einen schwarzen Blazer über einer weißen Hose trägt. »Grüß Gott! Sie müssen Frau Neumaier sein …«

Sie strahlt. »Richtig. Die bin ich.«

Souveränes, präsentes Auftreten, geschickte Diplomatie und viel bayerischer Charme – so taxiert Max spontan sein Gegenüber. Keinesfalls eine brave, angepasste Frau, die sich still in ihr Geschick fügt. Ein spontaner Aufbruch in Jeans und Turnschuhen ist ihr eher zuzutrauen.

Maximilian liegt richtig, denn Franziska Neumaier ist eine tatkräftige Frau, in jeder Hinsicht. Sie blickt hinüber zur Bürotür des Bürgermeisters. »Der Bürgermeister telefoniert noch, ist aber gleich fertig.« Sie zeigt auf ihr Büro. »Wollen Sie sich einen Moment setzen?«

»Vielen Dank! Ich stehe gern ein wenig.«

An der Wand, gleich neben Grafs Bürotür, hängt ein Blumengemälde als Blickfang. Max ist kein Kunstexperte, für ihn variiert der Malstil zwischen Detailtreue, Reduktion und Abstraktion mit einer klaren Bildaussage. Der oder die Maler/in hat ungemischte, leuchtende Farben bevorzugt und vor allem mit Komplementärfarben und Dualitäten gespielt: Licht – Schatten, hell – dunkel, klare Strichführung gegenüber verschwommenen Partien. Jedenfalls ein optischer Aufheller im Raum. Auf dem Fußabstreifer steht gelb auf schwarz in perfektem Bayerisch:

As Leben ist eh scho schwer …

… und jetzt kimmst du daher!

Charmantes Glanzlicht eines punktuell eingesetzten Dialekts, denkt sich Max. Der »bayerische Bürger«, der hier mehrheitlich über die Schwelle schreitet, versteht das gewiss richtig. Er auch.

Kurz darauf öffnet sich die Tür. Stefan kommt auf Max zu und begrüßt ihn freundschaftlich. »Servus, Max. Das ist ja eine Überraschung.«

»Grüß Gott, Stefan!«

Stefans Hand weist auf einen Tisch mit vier Stühlen. »Hereinspaziert. Lange nicht gesehen, mein Freund.«

Die breite Fensterfront im Erkerlook flutet den Raum mit ungetrübtem Licht, was auch der Oleanderfeige in der Nische sicher guttut. Quer gegenüber der Besprechungsecke dominiert auf hellem Parkettboden ein stattlicher Schreibtisch das Amtszimmer.

»Hast recht. Mein Besuch ist schon längst überfällig.«

Stefan Graf, rund 1,90 Meter groß, markantes Gesicht und gesegnet mit einer vertraueneinflößenden Stimme, ist der klassische Leader. Er hat nichts Selbstgefälliges an sich, vielmehr umweht ihn die Aura des Noblen, Seriösen. Die Adjektive integer, fleißig, diszipliniert, höflich und gewissenhaft sind hier keine Worthülsen.

Während Frau Neumaier Kaffee serviert, läuft die Konversation zwischen Stefan und Max über gemeinsame Erinnerungen der vergangenen Dekaden. Diese Aufwärmphase führt schließlich zum Kern des Treffens.

»Stefan«, sagt Max schonungsvoll, »jetzt komm ich nach so vielen Jahren auch noch mit einer unbekannten Leiche im Gepäck angereist.«

Stefan leert erst gelassen seine Tasse, bevor er antwortet. »Das war mir klar, nachdem die Presse dein erneutes Engagement in dem Mordfall verkündet hat. Was treibt dich an? Was erhoffst du dir?«

Max gönnt sich ebenfalls noch einen Schluck Kaffee. Daraufhin rekapituliert er für Stefan straff den Stand der Ermittlungen aus dem Jahr 1970. »Okay, mein Freund. Du siehst, bei der Aufklärung des Mordes wurde in der Vergangenheit, um es salopp zu sagen, geschlampt. Um deine Frage zu beantworten: Mein Antrieb zielt auf eine Fehlerkorrektur durch verbesserte, neuzeitliche Recherchemöglichkeiten im Verbund mit neuen Erkenntnissen. Ob ich den Fall jedoch lösen werde, ist genauso ungewiss wie die Frage, ob der Täter noch lebt, die Identität des Opfers festgestellt und das Motiv für die Tat gefunden werden kann.«

»Wie kann ich dir dabei helfen?«

Max zieht sein Notizbuch hervor und blättert eine Weile schweigend darin.

»Ich habe mir ein paar Fragen notiert, deren Beantwortung mir weiterhelfen könnte. Gibt es genaue Tiefenmessungen vom See, weitere Besonderheiten wie Wasserspiegelabsenkung, Stollen oder so?«

»Es gibt einige Aufsätze über die Geschichte des Stollenbaus. Kann ich dir zukommen lassen. Was Detailfragen und Besonderheiten zum See selbst anbelangt, können sicher die Kraftwerke Haag weiterhelfen. Frau Neumaier gibt dir gern die Namen der Ansprechpartner.«

»Prima. Hat es je einen offiziellen Tauchsportbetrieb im See gegeben? Wird er manchmal von Profis betaucht?«

Stefan schmunzelt. »Mit Pressluft und Harpune?«

»Exakt.«

»Meines Wissens nach nicht. Natürlich gibt es Urlauber, die darin schnorcheln und tauchen, aber nichts Offizielles oder gar Profimäßiges.«

»Gibt es irgendetwas in der jüngeren Geschichte des Sees, was Tauchgänge rechtfertigen würde?«

»Daran haben schon viele herumgerätselt. Wie weit willst du zurückgehen?«

Max hat schon oft überlegt, welche Zeitabschnitte der Vergangenheit relevant sein könnten. Die Frage ist für ihn daher nicht überraschend. »Schatztauchen ist ja nichts Ungewöhnliches. Wie wir wissen, befinden sich da einige bayerische Seen im Fokus. Das Kriegsende ist hierbei genauso interessant wie der Dreißigjährige Krieg oder die Römerzeit. Gibt es hierzu vielleicht irgendeinen Bezug?«

»Ich glaube, da kann ich dir gezielt helfen.« Stefan blickt auf die Uhr. »Machen wir uns auf zum Dorfwirt? Da können wir während des Mittagessens deine Fragen im wahrsten Sinne des Wortes gut vertiefen.«

Max nickt zustimmend und steckt sein Notizbuch weg. »Gute Idee. Ich fahre.«

»Dann nimm mich bitte mit. Ich geh dann zu Fuß zurück.«

Fangeisen verabschiedet sich von Frau Neumaier mit einem Champagnerlächeln, und Stefan sagt: »Herr Fangeisen benötigt noch einen Ansprechpartner bei den Haager Kraftwerken.«

»Name und Telefonnummer bitte«, fügt Max hinzu.

»Kein Problem. Ich lasse Ihnen eine Outlook-Visitenkarte zukommen. Ist in wenigen Augenblicken erledigt.«

Max bedankt sich und reicht ihr die Hand.

»Ich schaue nachher noch einmal kurz ins Büro und werde dann ins Wochenende starten«, verabschiedet sich der Bürgermeister.

»In Ordnung«, erwidert sie.

Draußen tut es gut, einen Moment dazustehen und sich den Herbstwind um die Nase wehen zu lassen.

»Was glaubst du nach all den Jahrzehnten? Welche Geschichte verbirgt sich dahinter?«, fragt Stefan, als sie das kurze Stück im Wagen fahren.

»Ich sag's mal banal: Dem Kontaktort zwischen Täter und Opfer kommt immer eine besondere Bedeutung zu. Dort unten am Grund des Sees liegt für mich das Motiv im Schlamm. Zumindest wird es damals, 1968, so gewesen sein. Da ich bis heute dorthin noch nicht vorstoßen konnte, erleichtert mir das nicht gerade die Recherchearbeit. Solange arbeite ich mit flackernden Schatten an der Wand. Wenn es mir aber gelingt, diese Schatten festzuhalten und zu interpretieren, könnten sie mir zeigen, nach welchem Typ von Mörder ich suchen sollte. Noch habe ich aber keine harten

Fakten, auf die ich eine Erfolg versprechende Strategie aufbauen könnte.«

»Das heißt, du müsstest selbst einmal tauchen gehen.«

»Oder ich schicke einige Profis hinab, die den Seegrund für mich noch einmal sorgfältig abweiden. Ansonsten werde ich schnell an den Punkt geraten, an dem ich mich für oder gegen eine Ermittlungsrichtung, für oder gegen eine Theorie entscheiden muss, zumal ich quasi privat aufkläre und meine Ressourcen begrenzt sind.«

Inzwischen sind sie beim Dorfwirt angekommen. Max parkt seinen Wagen, und nach wenigen Schritten betreten sie das Restaurant. Die Speisekarte lockt mit italienischen Köstlichkeiten. Die Auswahl zwischen Antipasti, Saltimbocca alla romana, Ravioli mit Trüffeln, Pasta mit Hummer oder Wolfsbarsch gegrillt fällt schwer. Am liebsten hätte Fangeisen genau diese Reihenfolge gewählt. Beide entscheiden sich schließlich für Pasta und Fisch.

Nachdem sie mit alkoholfreiem Bitterino auf ihr Wiedersehen angestoßen haben, greift Max Stefans Angebot noch einmal auf. »Du hast vorhin angedeutet, dass du mir gezielt helfen könntest?«

»Ja, möglich. Also für Geschichtsfragen zu Römerzeit und Dreißigjährigem Krieg in unserer Gegend können dir die Herren vom Römer-Verein *Raetia* Auskunft geben.«

»Wen kann ich da ansprechen?«

»Den Vorsitz hat Franz Hofreiter. Auch sein Vorgänger Hubert Heinlein kennt sich da gut aus. Beide Familien sind tief in der Gemeinde verwurzelt.«

»Was sind das für Typen?«

Stefan schmunzelt. »Ein interessantes Tandem. Der Hofreiter hat den Heinlein irgendwann einfach vom Thron des

1. Vorsitzenden gestoßen, weil der es wohl einfach übertrieben hatte mit seinen Aktivitäten.«

»Was hat er denn gemacht?«

»Römer-Sauf-Gelage, Märsche in historischen Kostümen und solch einen Quatsch. Mit Hofreiter verläuft das Vereinsleben wieder in vernünftigen Bahnen. Trotzdem können die beiden offensichtlich gut miteinander. Beide um die siebzig, fit wie Turnschuhe, reisen viel, es geht ihnen offenbar gut, aber so genau kennt sich bei den beiden keiner aus. Unser Haus- und Hofarchivar Toni Semmler kann dir über die Vorsitzenden und das Innenleben des Vereins wesentlich mehr erzählen. Wenn er will!«

»Will er?«

»Kommt drauf an, ob du Zugang zu ihm findest. Er wohnt in Rieden und ist von Natur aus eher ein verschlossener Mensch. Jedenfalls war er selbst Mitglied im Verein, hat aber damals seinen Hut genommen, als der Heinlein es zu bunt trieb. Fakt ist jedenfalls: Er kennt die beiden ziemlich genau.«

»Adresse? Telefon?«

»Geb ich dir. Übrigens kann dir der Semmler auch über die neuere Geschichte, speziell über die Vor- und Nachkriegszeit hier in der Gemeinde, Auskunft erteilen. Er kennt auch die Historie eines jeden Bauernhofes und im Groben auch die entsprechenden Familiengeschichten, die sich dahinter verbergen. Es gibt nichts, was er nicht aus dieser Zeit gesammelt hätte. Sein Archiv dürfte nahezu komplett sein.« Stefan zieht sein Smartphone, scrollt nach der Nummer und sagt die Zahlen an, während Max sie in sein Handy tippt. Die Namen der beiden anderen Herren trägt er in sein Notizbuch ein.

»Übrigens gibt es da noch einen interessanten Aspekt, den mir Toni oft erzählt hat«, fährt der Bürgermeister fort.

»Ich bin ganz Ohr.«

»Es existiert ein Bericht des damaligen Pfarrers von Rieden, Johann Huber, der das Kriegsende hier in Soyen, Kirchreit und Rieden beschreibt und der im erzbischöflichen Archiv erhalten ist. Toni hat mir eine Kopie überlassen. Darin berichtet der Pfarrer, dass Ende des Krieges die Amis hier in Soyen, unterhalb von Polln, einen Feldflughafen betrieben haben.«

»Stimmt. Ich erinnere mich. Mein Onkel hat mir einmal davon erzählt.«

»Und stell dir vor, untergebracht waren die Piloten und GI's hier im Dorfwirt und unten im Seecafé.«

»Historische Plätze der Nachkriegszeit«, nickt Max.

»Und auf dem See veranstalteten sie Motorbootrennen, bei denen sie es offenbar so bunt getrieben haben, dass ein Ami dabei verunglückte und sein Kopf durch die Bootsschraube regelrecht geschreddert wurde. Der Kirchenchor sang ihm ein Requiem. Und am Ende des Berichts kritisiert der Herr Pfarrer noch – ich zitiere wörtlich: ›Neger laufen umeinander. Vom ersten Tag an sah man sie mit deutschen Mädchen und Frauen im Arm. Sauber!‹«

Max muss herzlich lachen. »Das mit dem ›Neger‹ wäre im Spiegel der *Political Correctness* heute undenkbar.«

»Daran erkennen wir, wie rasch sich Einstellungen und Zeitgeist ändern.«

Ihr Gespräch wird unterbrochen, da das Essen serviert wird.

Max nimmt den Faden wieder auf. »Kann ich eine Kopie vom Bericht des Pfarrers haben?«

»Ist bei mir auf dem PC. Ich maile ihn dir heute noch zu.«

»Danke! Noch eine Frage: Alois Dachsberger, der ehemalige Wirt, Betreiber des Campingplatzes und Besitzer des Sees, ist ja verstorben. Wie macht sich sein Sohn?«

»Alexander führt seit dessen Tod den Familienbetrieb fort. Seine Räucherforellen sind exzellent. Der Alex ist zwar reserviert, aber umgänglich und kann nett sein, sobald er einem vertraut. Beim Alten, glaube ich, hättest du keinen Fuß in die Tür bekommen.«

»Kann ich verstehen. Er war ja damals gleich einer der Hauptverdächtigen …«

»… und hatte seither die Schnauze voll von der Kripo.«

Max geht nicht darauf ein und wechselt das Thema. »Ihr habt ja übernächstes Jahr eure 1200-Jahr-Feier.«

»Genau. Die Vorbereitungen dafür sind schon angelaufen. Ich hoffe, dass der Fall bis dahin aufgeklärt ist. Eine unbeschwerte Feier wäre wünschenswert.«

»Leider kann ich nicht in die Zukunft blicken, Stefan, aber ich werde alles daransetzen. Glaub mir.«

Während der Fisch serviert wird, geht Stefan ausführlich auf einige der geplanten Programmpunkte zur 1200-Jahr-Feier ein. Am Ende stellt er zum Fall »Toteissee« zwei Fragen: »Mal ehrlich, Max: Besteht nach so langer Zeit überhaupt noch eine Chance zur Klärung des Falls? Wie real schätzt du deine Erfolgsaussichten ein?«

»Also, ich gebe mich in dieser Hinsicht nicht irgendeiner Illusion hin und ich werde auch in Zukunft sicher keine grauen Haare wegen eines ungelösten Mordes bekommen. Mordaufklärung war noch nie einfach, besonders dann, wenn das Motiv völlig im Dunkeln liegt und der

Opferhintergrund immer noch ungeklärt ist. Aber ich komme ganz gut voran. Das Treffen mit dir hat mich jedenfalls wieder ein Stück weiter gebracht. Und mach dir wegen der Jubiläumsfeier keinen Kopf.«

Stefan hebt sein Glas. »Möge es dir gelingen, die losen Enden deiner Recherchefäden erfolgreich miteinander zu verknüpfen.«

Max reagiert optimistisch. »Danke, auf den Erfolg!«

Als sie ausgetrunken haben, schiebt Stefan eine letzte Frage hinterher. »Wo siehst du den Täter?«

»Der Mörder muss aus der Gemeinde stammen«, erwidert Max ohne zu zögern.

Stefan schüttelt ungläubig den Kopf. »Ein Mensch, der so eine perfide Tat begeht, kann eigentlich nicht aus unserer Mitte stammen, nicht aus unserer friedlichen Gemeinde.«

»Das täuscht gewaltig.«

»Ich kann auch nicht glauben, dass sich ein Mensch nach solch einer Tat jahrzehntelang verstellen kann und dermaßen unauffällig bleibt.«

»Vorausgesetzt, der Mörder lebt noch, dann hat er eine glänzende Lackschicht, die den normalen Blick, den Nachbarn, Bekannte oder Freunde auf sein Leben werfen, bis auf den heutigen Tag sauber reflektiert.« In Max' Gesicht gefriert das Lächeln. »Sollte er aber noch am Leben sein, dann werde ich seine Lackschicht bald sandstrahlen.«

14

Während Bürgermeister Graf in sein Büro zurückkehrt, lenkt Fangeisen seinen Wagen spontan auf den Parkplatz der Seegaststätte »Zur Forelle«. Max setzt auf sein Glück, denn er hat mit Alexander Dachsberger keinen Gesprächstermin vereinbart. Sein Gefühl sagt ihm aber, dass er von dort noch etwas Lohnendes mitnehmen wird. Außerdem sind junge Männer eher für das Spontane zu haben. Dessen ist er sich sicher.

Der Sohn des verstorbenen Alois Dachsberger managt jetzt den Campingplatz, auf dem damals der angemietete Campingbus von Bill Traser gestanden hat. Max hat Alexanders Vater nur flüchtig gekannt. Fangeisens Familie ist dort ab und zu eingekehrt, und bei verschiedenen Feiern, wie Hochzeiten, Kommunionen oder Jubiläumsfeiern, ist er dort Gast gewesen.

Als er den Schankraum betritt, fällt ihm ein Mann auf, der gerade bei den letzten Mittagsgästen kassiert. »Mahlzeit«, begrüßt ihn der Wirt.

Max ist erstaunt. Er sieht genauso aus wie sein Vater, schießt es ihm durch den Kopf. Tief liegende, eng zusammenstehende Augen. Wäre er genötigt, die Farbe zu bestimmen, hätte Alex sie weit aufreißen müssen. Rund vierzig Jahre alt ist dieser Mann, aber seinen Gesichtszügen haftet immer noch etwas Jungenhaftes an. Das weiße Polohemd spannt über seinem durchtrainierten Oberkörper, aber seine schwarzen Locken sind inzwischen stark ergraut, die Ringe unter den Augen dunkel und tief. Vielleicht liegt es daran, dass er bis spät in die Nacht hinein daran arbeitet, den Laden in Schwung zu halten. Auch die Campingplatzbesucher wollen zufriedengestellt werden. Man sieht ihm jedenfalls an, dass er sein Leben schon lange mit hoher Schlagzahl fährt.

Alexander blickt auf seine Uhr, dann legt sich ein Schatten von Unsicherheit über sein Gesicht, als er Max wahrnimmt. »Sie ... Sie müssen sich beeilen, die Küche schließt bald.«

Fangeisen reicht zu Alex' Überraschung die Hand. »Fangeisen mein Name. Ich habe schon gegessen. Aber ein Kaffee wäre jetzt genau das Richtige. Und Sie sind Alexander Dachsberger?«

Alex überlegt einen kurzen Moment. »Ja. Und ich glaube, ich weiß, warum Sie hier sind.«

»Ich hätte mich gern mit Ihnen ein wenig unterhalten, wenn's passt.«

Alex nimmt sich Zeit, bevor er sich entscheidet. »Einen Moment, ich hole den Kaffee.«

Alex ist höflich und gleichzeitig schroff, lässt sich beschnuppern und möchte doch in Ruhe gelassen werden. So beurteilt Max die erste Begegnung. Innerlich ist er aber sehr zufrieden. Michaelas Zeitungsartikel erzeugt die erhoffte Wirkung.

Alexander kommt mit dem Kaffee zurück und stellt ihn vor Max ab.

»Danke!«

Darauf nimmt er selbst Platz. »Sie sollten die Toten ruhen lassen.« Alex' Stimme klingt tief und weich.

»Deswegen bin ich nicht gekommen. Ihr Vater ist damals zu Unrecht verdächtigt worden. Für die Fehler, die in dieser Zeit gemacht wurden, will ich mich auch im Namen meiner Kollegen entschuldigen.«

Max sagt das zwar nicht aus purer Überzeugung, aber ihm ist an einem entkrampften Gesprächsklima gelegen.

»Das hätten Sie ihm zu Lebzeiten sagen sollen. Er hat sehr unter dem Verdacht gelitten.«

»Das tut mir leid. Umso wichtiger ist es, dass ich den Versuch unternehme, den wahren Mörder zu finden. Das wäre für Ihre Familie zwar eine verspätete Genugtuung, aber die Gerechtigkeit hätte endgültig gesiegt. Vielleicht können Sie dazu etwas beitragen.«

»Ich wüsste nicht wie.«

»Darf ich zwei Fragen stellen?«

»Bitte.«

»Ihr Vater war ja Fischer und fast jeden Tag draußen auf dem See. Er hatte seine Augen überall. Ich weiß das aus eigener Erfahrung. Mit einer Angel in der Hand durfte man sich nicht auf den See hinauswagen. Hat er Ihnen gegenüber von irgendwelchen Besonderheiten berichtet, die ihm in den Jahren um 1968 oder um 1970 aufgefallen sind?«

»Er hat mir viel erzählt über den See. Eines Tages, viele Jahre später, hat er mir gegenüber eine Bemerkung gemacht, die sich in mein Gedächtnis eingeprägt hat.«

Max' Blutdruck erreicht sogleich seinen Tagesspitzenwert. »Welche?«

»Der Mord, mein Junge, sagte er zu mir, muss in der Nacht passiert sein.«

Max versucht, ruhig zu wirken. »Hat er dafür eine Begründung geliefert?«

»Wie Sie schon gesagt haben, hatte er seine Augen überall. Am Tag wäre ihm nichts entgangen. Manchmal wusste mein Vater am Abend, wie viele Besucher am Badestrand waren, wie viele Boote auf dem See geschwommen sind und wie viele Leute probiert haben, ihre Angeln auszulegen. Nachts dagegen hat er immer gut geschlafen. Da lag er nie auf der Lauer.«

»Noch etwas, das Aufschluss geben könnte?«

Alexander überlegt. »Ich weiß nicht, ob es für Sie von Bedeutung ist, aber er hat mich immer wieder vor einer Stelle gewarnt, an der einige Netze verloren gegangen sind.«

»An welcher Stelle?«

»Mitten im See, 100 bis 150 Meter vor der Mündung des Nasenbaches. Da blieben die Netze hängen.«

Max fühlt sich im gleichen Moment bestätigt. »Da wurde damals auch die Leiche gefunden.«

»Genau. Ich meide seitdem strikt diese Stelle.«

»Immer noch?«

»Immer!« Alex blickt auf seine Uhr. »Sie hatten noch eine Frage?«

Max geht aufs Ganze: »Hat Ihr Vater jemals eine Vermutung geäußert, wer der Mörder sein könnte?«

»Jetzt wird's aber heikel.«

»Ich werde den Namen Ihres Vaters und den Ihren nie erwähnen. Ehrenwort.«

Alex schüttelt den Kopf. »Natürlich hat er Vermutungen angestellt. Wer tat das nicht in diesem Ort? Aber Namen kann ich Ihnen nicht nennen. Nur so viel: Mein Vater war davon überzeugt, dass der Täter noch unter uns weilt, quasi in unserer Nähe, und dass daher Vorsicht geboten ist. Mehr kann ich Ihnen dazu nicht sagen.«

Max will das erste Zusammentreffen nicht weiter strapazieren und gibt sich zufrieden. »Dann danke ich Ihnen dafür, dass Sie sich Zeit genommen haben. Was bekommen Sie für den Kaffee?«

»Geht auf die ›Forelle‹.«

Max erhebt sich. »Also, herzlichen Dank noch einmal.«

Sie reichen sich die Hände. Als Max sich zum Ausgang bewegt, hört er Alex' Stimme hinter sich. »Ach, da fällt mir noch etwas ein.«

Max kommt zurück.

»Mein Vater hat kurz vor seinem Tod noch etwas aus dem See gezogen, womit er nichts anfangen konnte.«

Max bekommt große Ohren. »Was war es?«

»Eine lange Leine mit drei, vier Befestigungshaken dran. Die sahen aus wie Zeltheringe. Soweit ich mich erinnere, war es eine hochwertige Leine, wie sie Bergsteiger oder Segler auf ihren Booten benutzen. War wie neu, gut hundert Meter lang.«

Max ist elektrisiert. »Wo genau hat er sie herausgezogen?«

»Hier etwa.« Alex geht an die Seekarte, die an der Tür befestigt ist, die hinaus zum Campingplatz führt. Sein Zeigefinger zeigt auf die kleine Bucht am Ostufer, dort, wo Max die Pfähle im Wasser gesehen hat. Dann wandert sein Finger über die Karte hin zur Mündung des Nasenbaches. »Die Leine ist wohl in diese Richtung verlegt worden.«

Max klopft Alex auf die Schulter. »Sehr schön. Gut, dass Sie sich noch erinnert haben.«

»Keine Ursache. Gern geschehen.«

»Haben Sie die Leine noch?«

Alex verneint und zeigt dabei ein entspanntes Gesicht. Max verabschiedet sich endgültig.

15

Weidgarten, Samstag-Sonntag, 11.-12. Oktober 2014

23.00 Uhr. Franz macht Gymnastik, atmet tief ein und aus, sein Brustkorb hebt und senkt sich. Das macht er immer, bevor ihn Hubert mit seinem SUV in seinem Haus in Holzkram bei Rechtmehring zum nächtlichen Tauchgang im Soyensee abholt. Diesmal kämpft er mit den Übungen jedoch gegen Schluckbeschwerden und Hustenreiz an. Erfolglos! Obendrein setzt sich die Nase langsam zu. Er fühlt sich zwar müde und abgeschlagen, da zweifelsohne eine Erkältung im Anflug ist, aber ausfallen lassen will er den geplanten Tauchgang keinesfalls. *No drugs in diving*, sagt er stumm zu sich selbst, ignoriert aber die alte Taucherweisheit und greift zu Schnupfenspray und Hustenstiller. Er weiß selbst, dass die Medikamente keine gute Lösung sind.

Hubert hält Franz' Zustand für eine Bagatelle, da er schon immer stur auf Tauchtermine fixiert war, komme, was da wolle! Für ihn ist der Tauchgang, wie er jedes Mal sagt, ein Besuch in der schweigenden goldenen Welt, für Franz dagegen gleicht der Schwebezustand am Grund des Sees eher der Raumfahrt des kleinen Mannes.

Dass Heinlein ihn abholt, hat enorme Vorteile. Denn so können sie im Haus von Hofreiter in Ruhe in ihre modernen Trockentauchanzüge schlüpfen. Der Vorraum zu seiner geräumigen Garage hat sich dazu bestens bewährt. Außerdem haben sie hier die Möglichkeit, auf der Trageeinheit ihrer Tarierwesten ohne Zeitdruck Druckluftflaschen und Atemregler zu befestigen. Das wichtigste Bauteil ist dabei eine Rückentrage, die dazu dient, den Taucher auszutarieren und so auf der gewünschten Tiefe zu halten. Natürlich kann man damit auch das Sinken und Steigen sehr genau regeln, außerdem lassen sich Sauerstoffflaschen, Atemregler, mitgeführte Instrumente und Hilfsmittel bequem auf Funktion und Vollständigkeit überprüfen. Und überdies befindet sich das Garagentor nicht im Blickfeld der Nachbarn, und die Verbindung zwischen Haus und Garage verbirgt zuverlässig alles, was darin vorgeht.

Besondere Aufmerksamkeit widmet Franz Huberts neuem Unterwasser-Metalldetektor mit einer neuen klappbaren Großschleife von fast einem Meter Durchmesser, wie ihn auch das Militär verwendet. Das Gerät arbeitet mit dem Puls-Induktionsverfahren, kann auf Edelmetall eingestellt werden und funktioniert in einem Temperaturbereich von -20 bis +60 °C. Von größter Wichtigkeit für die Anschaffung war auch die Betriebszeit der Batterien, die jetzt bei 22 bis 24 Stunden liegt. Sie hoffen, dass es ihnen mit diesem High-Tech-Equipment endlich gelingen wird, den Hauptteil des Zusatztanks im Schlick aufzuspüren.

Franz wird das Gerät bedienen. Das ersehnte Signal wird er über einen Kopfhörer empfangen, der mit einem druckwasserdichten Stecker versehen und in die Taucherhaube eingearbeitet ist.

Dieser Tauchgang ist für die beiden Männer von größter Bedeutung, denn nach ihren Berechnungen haben sie in den vergangenen Jahrzehnten höchstens ein Drittel der

Goldmünzen aus dem geborstenen Flugzeugtank vom Grund des Sees einsammeln können. Diese waren weit verstreut und daher mühsam zu orten und zu bergen. Da obendrein alle Aktionen illegal und strafrechtlich äußerst relevant sind, muss jeder Tauchgang effizient geplant und im Verborgenen durchgeführt werden.

Nach ihren Recherchen und Berechnungen muss der Zusatztank des Jagdbombers insgesamt 250 bis 300 Kilogramm Feingoldmünzen enthalten haben. Nachdem sie bislang zirka 80 Kilo italienische Feingoldmünzen im Wert von rund 2,7 Millionen Euro haben einsammeln können, müssten mehr als 200 kg davon noch auf dem Grund liegen – ein Verkaufswert von immerhin rund sieben Millionen Euro. Das ist aber nur ein Bruchteil der rund fünf Tonnen Feingold, die die Amerikaner damals in Hintersee sicherstellen konnten. Davon sind nach offiziellen Angaben der Österreichischen Nationalbank im Jahr 1945 aus dem Depot in Salzburg über Nacht rund 600 Kilogramm spurlos verschwunden. Der Schwund wurde nie aufgeklärt …

Nachdem Franz und Hubert sich Anfang der Siebzigerjahre zusammengetan, Tauchlehrgänge absolviert und das erste einfache Equipment im See zum Einsatz gebracht haben, sind sie auf Zwanzig- und Fünfzig-Lire-Münzen gestoßen. Die Fünfziger-Goldmünzen, die in Italien in der Zeit von 1864 bis 1911 geprägt worden sind, weisen eine Feinheit von 900, gleich 0,4667 Unzen, auf, was einem Goldgehalt von 14,506 Gramm entspricht. Bezogen auf den aktuellen Goldpreis liegt der Wert einer Münze heute also bei 533 Euro. Beide waren sofort durch das Gold angefixt. Was sie damals aber nicht überrissen haben, ist die Schwierigkeit, Goldmünzen, deren Herkunft sie nicht offenlegen können, zu verkaufen. Schließlich gibt es die Schwarzmärkte der unmittelbaren Nachkriegszeit seit Jahrzehnten nicht mehr. Ihnen war klar, dass sie einen sicheren Weg finden mussten, um die Münzen in D-Mark, Dollars oder Schweizer Franken umwandeln zu können.

Hubert hat versucht, Franz, der nach den ersten Funden glückselig durch die Welt gelaufen ist, die Problematik eindringlich klarzumachen: »Gold, mein lieber Franz, verschwindet nicht, denn Gold geht so gut wie nie verloren. Es ist zu wertvoll. Fast nichts in dieser Welt wird so exakt dokumentiert. Wir haben vielleicht Glück mit dem Fund, aber glaub mir, jedes Gramm, jeder Zentimeter seines Weges ist dokumentiert.« Und fast poetisch hat er hinzugefügt: »Und Gold ist wie ein ewiger Speicher, ein Register seiner eigenen Geschichte. Heiß wird es, wenn daran etwas nicht stimmt, wenn geraubt, erpresst, gefoltert oder sogar getötet wurde. Und mit unseren Goldmünzen, du weißt es genauso gut wie ich, stimmt überhaupt nichts. Wir müssen verdammt vorsichtig damit sein.«

Franz hat versucht, dagegenzuhalten: »Hubert, das ist falsch. Gold ist doch sauber. Es gibt kein Schmutzgold. Das Verbrechen klebt nicht an den Münzen, es klebt nur an den Händen der Täter.«

Hubert fühlt sich überlegen in seiner Argumentation. »Franz, lass uns darüber nicht streiten. Fakt ist, wir haben Feingoldmünzen entdeckt, die uns auf die dunkle Seite ziehen. Daher muss die glühend heiße Reinigung, die Ein- und Umschmelzung unser Ziel sein. Die Wäsche des Goldes ist zwingend erforderlich, um damit finanziell auf die Sonnenseite zu kommen, sonst landen wir mit absoluter Sicherheit bald im Knast!«

Hubert lag richtig. Erst die Verarbeitung der Münzen zu Feingold durch eine Goldhandelsfirma würde es möglich machen, die illegale Herkunft der Münzen zu verschleiern. Und nur eine lizensierte Firma, das war inzwischen auch Franz bewusst, konnte das Gold problemlos in den internationalen Goldhandel einfließen lassen, in der Regel in Form standardisierter Barren. Aber natürlich würde es sofort das Bundeskriminalamt auf den Plan rufen, sollte der Münzhandel plötzlich mit goldenen Liremünzen aus dem 19. Jahrhundert überschwemmt werden. Die Aufgabe, eine derartige diskrete Firma ausfindig zu machen und einen tragfähigen Kontakt herzustellen, hat damals Hubert übernommen – mit Erfolg, denn er ist ein Meister des strategischen Denkens.

Sein Kontaktmann Marc Brooks – der Name des zertifizierten Zwischenhändlers wurde ihm von einem schweizerischen Münzhändler genannt – pflegt bis auf den Tag exzellente Beziehungen zu einer der größten Goldraffinerien im Tessin mit Hauptsitz in Mendrisio. Das Tor zum Markt war gefunden. Sätze von Brooks wie: »Die Schweiz ist die Goldwaschanlage der Welt.« Oder: »Ein Großteil der Luxusgüterindustrie der Schweiz benötigt Gold und noch einmal Gold« haben damals Huberts Bedenken hinweggewischt.

Auf Huberts Frage, welche Reaktionen die alten Münzen hervorriefen, hat Brooks herzlich gelacht. »Das muss dich nichts angehen. Lass das meine Sorge sein, in welcher Form ich das Gold weiterreiche. Das Unternehmen raffiniert jedenfalls auch Gold von Zentralbanken. Das ist alt, und daher ist nicht mehr nachvollziehbar, woher es stammt. Bei unserem Münzgold läuft es ähnlich. Die Münzen selbst, die die Herkunft des Goldes verraten würden, existieren bei der Übergabe nicht mehr, und in der Raffinerie verglühen die restlichen Spuren der Herkunft.«

»Aber die Erinnerung, die verglüht nicht!«, hat Hubert damals stumm erwidert.

Marc hat stets pünktlich die vereinbarten Summen bezahlt. Es hat nie Probleme gegeben. Erst mit größeren Mengen an Münzen mochte es schwierig werden.

Franz hat nie erfahren, wohin und zu wem Hubert die Münzen gebracht hat. Aus Sicherheitsgründen, wie er ihm mehrmals klargemacht hat. Meine Kontaktleute dürfen nicht gefährdet werden, hat er gesagt. Das Misstrauen in Franz hat er mit diesem Hinweis nie gänzlich ausräumen können, stattdessen hat dieser über Jahre hindurch krampfhaft nach einem Ausweg gesucht, denn für das eingeschmolzene Gold hat es nach heutigem Wert nur rund 433 Euro gegeben anstatt der 533 Euro, die für die originale Goldmünze gezahlt werden. Zusätzlich waren, jedenfalls nach Huberts Darstellung, erhebliche Abschläge für den Hehlerdienst zu kalkulieren – ein herber, schmerzlicher Verlust mit einem explosiven Konfliktpotenzial. Jedenfalls empfindet Franz es bis heute noch so.

Er und Hubert sind inzwischen Tauchprofis. Mehr als tausend Tauchgänge haben sie in ihrem Leben an verschiedenen Tauchbasen der Erde absolviert, die ausnahmslos vom VDST, Verband Deutscher Sporttaucher, und dem SSI, Scuba Schools International, beides weltweit operierende kommerzielle Ausbildungsorganisationen, zertifiziert sind.

Ihre international anerkannten Tauchbrevets sind für den geplanten Tauchgang allerdings belanglos. Das Nachttauchen im kalten, rund 14 Meter tiefen See ist nicht mehr als eine Trainingseinheit. Tauchgangplanung, Einsatz der Nachttauchausrüstung, insbesondere Lampentechnik, Sicherheitsvorkehrungen und Hilfsmittel für die Unterwasserorientierung sind zur reinen Routine geworden. Der lange und mühsame Weg einer professionellen Tauchausbildung liegt längst hinter ihnen. Die harte Ausbildung in einigen eiskalten norwegischen Fjorden, auch bei Nacht, hat sich aber ausgezahlt. Hingegen haben beide die strafrechtliche Seite ihres Tuns im Soyensee immer wieder erfolgreich ausgeblendet.

Bevor sie losfahren, besprechen sie ihren Tauchgang noch einmal anhand einer selbst angefertigten Seekarte. Auf ihr sind detailliert alle relevanten Punkte verzeichnet, vom Einstiegspunkt in den See über die am Seegrund verankerte Führungsleine bis hin zu den Suchfeldern unter Wasser, alles GPS-markiert.

Hubert führt das Wort. »Über dieser Stelle ist der hintere Teil des Tanks beim Aufprall geborsten. Damit wurde der Teil der Münzen, den wir in den letzten Jahren mühsam haben einsammeln können, über den Grund verstreut. Der vordere Teil des Tanks muss also aus der theoretischen Aufschlaglinie nach links oder rechts ausgeschert und im Schlick versunken sein. Da wir geradeaus und links der Linie schon alles abgesucht haben, bleibt nur noch der rechte Sektor.« Hubert zeichnet über der Karte mit seinem Zeigefinger einen Kreis und deutet auf das Zentrum. »Ich habe die GPS-Daten des Mittelpunktes in meinen Tauchcomputer eingegeben. Du schwimmst mir nach, und ich gebe dir ein Zeichen, wenn wir vor Ort sind. Ich setze auf den Punkt eine lichtreflektierende Markierungsboje, darauf wenden wir die *Expanding-Square-Search-Regel* an.«

Hubert meint damit die Suchtechnik mittels Erweiterung der Quadratsuche, bei der sie vom Mittelpunkt aus mit dem Metalldetektor im Uhrzeigersinn immer größere Quadratflächen absuchen.

Hubert stößt Franz an. »Wenn wir die Suche beginnen, schwimmst du links vor mir, zeigst die Richtung an und leuchtest voraus, da ich mit der rechten Hand den Detektor führe und arbeite.« Daraufhin zeigt er auf den Kopfhörer mit dem druckwasserdichten Stecker. »Wenn ich fündig geworden bin, zeige ich dir fünf Finger. Okay?«

»Okay!« Eine kleine Erweiterung ihrer eingeübten Zeichensprache unter Wasser.

»Was machen wir, falls wir rasch fündig werden?«, fragt Franz, als sie im Wagen sitzen.

»Dann werden wir die Zeit nutzen und mit deinem Sauggerät die Stelle so weit wie möglich vom Schlick befreien.«

Schon seit ewigen Zeiten haben sie größere und kleinere Gerätschaften in zwei Alu-Gitter-Körben am Grund des Sees gelagert. »Hast du die vollen Akkus und die neue Druckpumpe für den Kobold dabei?« Hubert hat dem Spül- und Sauggerät, das Franz in seiner Werkstatt konstruiert und gebaut hat, diesen spaßigen Namen verpasst.

»Klar. Liegen hinten in der Materialtasche. Auch der neue Detektor. Du musst heute die Druckpumpe zusätzlich transportieren, ich den neuen Detektor und die Akkus.«

»Prima! Das Weitere entscheiden wir dann vor Ort.«

Das Garagentor öffnet und schließt mittels Liftronic-Technik. Ein fetter Vollmond strahlt am Himmel, es ist trocken, aber windig.

Franz blickt zum Seitenfenster hinaus. »Ideales Tauchwetter«, kommentiert er die Vollmondphase. Eine leichte

Bewölkung, glitzernde Wellen und unterschiedliche Intensitäten von Mondlicht werden in der Tiefe die Lichtkegel ihrer Tauchlampen kaschieren. Als sie parallel zur Alleestraße bei Weidgarten den kleinen Feldweg zum See hinunterrollen, beobachtet Franz die im Mondschein liegenden Häuser.

»Die pennen schon alle«, spottet er.

»Wie immer«, lästert Hubert. Was Franz aber nicht weiß: Hubert hat Xaver Schneeberger informiert, dass er am Wochenende eventuell in seiner Einliegerwohnung übernachten werde. Hubert hatte die strategisch ideal gelegene Wohnung noch bei Xavers Vater angemietet, da er von dort den herrlichen Blick auf den See und die Voralpenlandschaft genießt. Die Miete zahlt er immer drei Monate im Voraus, Cash und ohne Quittung von Beginn an. Das schweißt natürlich zusammen und verpflichtet zur Schweigsamkeit. Franz hat davon nie etwas mitbekommen. Weil vor dem Haus die Parkmöglichkeiten begrenzt sind, weicht Hubert seit Jahrzehnten auf den Seitenstreifen neben dem Feldweg aus. Die Anwohner von Weidgarten haben sich längst daran gewöhnt. Auch über diesen speziellen Punkt hat sich Franz nie Gedanken gemacht.

Er steigt als Erster aus dem Wagen, Stille umgibt ihn. Beide schnallen sich die Trageeinheiten auf den Rücken und schnappen sich je eine Materialtasche. Hubert verschließt den Wagen und klemmt den Zündschlüssel unter den linken Kotflügel in eine Haltevorrichtung. Franz steckt sich die Akkus in die beiden Beintaschen.

Der Wind legt zu, Blätter trudeln durch das trübe Licht zu Boden, die kühle Luft duftet nach durchweichtem Gras. Die Konturen der Umgebung schärfen sich langsam, die

Gesichter der Männer erscheinen im fahlen Licht grabsteinweiß. Dahinziehende Wolken verdunkeln hie und da das kalte Mondlicht und jagen Lichtinseln über feuchte, malzdunkle Äcker. Der See glänzt wie Milch und Perlmutt. Unterhalb von Kirchreit, am südlichen Ufer, hängt der Nebel so dicht wie ein Baumwolltuch.

Hubert bewegt sich mit sichtlichem Behagen durch das nasse Gras, während Franz erneut Probleme mit Triefnase und Hustenreiz bekämpft. Kurz darauf befinden sie sich an der gewohnten Einstiegsstelle in den See. Flossen, Tauchhaube, Handschuhe, Tauchmesser, Armband-Tauchcomputer, Tauchlampen und die lichtreflektierende Markierungsboje werden den Taschen entnommen, angelegt und befestigt. Akkus, Druckpumpe und Detektor teilen sie untereinander wie besprochen auf. Der Hit unter all den Geräten ist der neue 3-D-Kompass mit Neigungsausgleich. Besonders die Orientierung bei absoluter Dunkelheit hat sich dadurch enorm verbessert. Neben dem aktuellen Flaschendruck und dem restlichen Luftvolumen zeigt das Gerät auch detaillierte grafische Protokolle mit allen relevanten Tauchdaten an.

Franz nimmt mit Grimmen im Bauch noch einmal eine Dosis von beiden Medikamenten, während Hubert schon ins Wasser gleitet. Wenige Sekunden später sind beide in die Tiefen des Sees abgetaucht. Nach exakt zwanzig Metern findet Hubert die Führungsleine am Grund. Das Wasser ist um diese Jahreszeit erstaunlich klar. Der Lichtstrahl voraus pendelt rhythmisch, als wolle er sich an etwas Sichtbarem festhalten. Sanft geht es Meter für Meter tiefer. Nach knapp hundert Metern erfasst der Lichtkegel die beiden Alu-Gitterkörbe. Gleich daneben hat Hubert vor Jahren ein

Halteverbotsschild platziert und Franz einen alten Eisenstuhl mit Tisch, auf den er alte Bierflaschen gestellt hat. Das Ganze wirkt im Schein der Lampen wie ein Stillleben im Malstil des Realismus. Sie sind am Ziel angekommen.

Hubert gibt Franz das Zeichen zu warten. Er selbst driftet in die Richtung, die ihm sein GPS-Kompass vorgibt. In gut dreißig Metern Entfernung, im Winkel von 45° zur Nordrichtung, verankert er die lichtreflektierende Markierungsboje auf dem Grund, ohne viel Schlamm aufzuwirbeln. Schließlich kommt er zurück und gibt Franz das Zeichen, ihm zu folgen.

Als sie über der Boje schweben, klappt Franz am unteren Ende des Detektors die neue große Klappspule auf, nimmt das Gerät und stellt den vorprogrammierten Suchmodus auf »Gold«, damit alle anderen unerwünschten Metallobjekte wie Kronenkorken oder Dosenlaschen ohne Suchtiefenverlust ausgefiltert werden. Über den Drehknopf »Treshold« aktiviert er über seinen Kopfhörer den Grund-Ansprechton. Kommt die Suchspule in die Nähe von Edelmetall, wird er einen anhaltenden Piepton wahrnehmen, der an Intensität zunimmt, je kürzer die Distanz zwischen Spule und Gold wird.

Eine letzte Funktionsprüfung, dann beginnen beide wie geplant mit der Suche nach dem ersehnten Gros der italienischen Feingoldmünzen. Dreißig Quadratrunden um die Markierungsboje mit jeweils einem Meter Distanz sind geplant. Franz gibt die Richtung vor, die er mit dem GPS-Kompass exakt ermittelt. Ohne sich zu sputen, kommen sie zügig voran. Die ersten Runden sind bei diesem Verfahren die kürzesten, danach werden die Strecken, die sie abschwimmen, immer länger.

Kurz vor Ende der letzten Runde tritt am äußersten östlichen Rand ihres Suchfeldes einer jener Momente ein, die sich aus dem Nichts anschleichen, ohne Warnung oder Anlass, und das Leben für immer verändern. Hubert zuckt prompt zusammen, als der Piepton seines Detektors im Schädel wie eine Alarmsirene zu schrillen beginnt. Franz bemerkt diese Regung und deutet seine Reaktion richtig. Nachdem die Schrecksekunde vorbei ist, zeigt ihm sein Tauchkumpel fünf Finger. Daraufhin klatschen sie sich vor Freude unter Wasser ab. Franz schwimmt anschließend sofort zu der betreffenden Stelle, drückt die Memory GPS-Taste seines Tauchcomputers und markiert den Punkt zusätzlich mit einer Boje. Hubert drückt ebenfalls seine Memory-Taste.

Danach kontrollieren sie ihre Reserven und beschließen, sofort weiterzumachen. Der Kobold, das Spül- und Sauggerät, wird herangebracht und in Betrieb genommen. Die Hauptmenge des Schlamms wird nach vorn weggeschwemmt, dennoch beginnt sich das Umgebungswasser mit Schwebstoffen einzutrüben. Die neue Lampe am Kopf des Spülgeräts stiftet aber auch bei kräftiger Schlammaufwirbelung noch ausreichend Sicht.

Beide sind erstaunt, als schon in zwanzig, dreißig Zentimeter Tiefe zwei Säcke sichtbar werden, die aus einem geborstenen, schwarzkantigen Stahlbehälter hervorgucken. Hubert schwimmt zurück und holt aus der Materialkiste eine universale Tragetasche aus Kunststoff, die von zwei kleinen Bleigewichten am Grund gehalten wird. Wenig später haben sie die beiden noch gut erhaltenen Säcke geborgen. Schon am Gewicht wird deutlich, dass sich darin zahlreiche Münzen befinden müssen. Hubert gibt das Zeichen zum

Abbruch des Tauchgangs. Franz hat seine Erkältung für einen Moment vergessen. Jetzt wird ihm bewusst, dass er sich fix und fertig fühlt.

Wie jedes Mal schaffen sie es, ihre Beute und die Geräte unauffällig und geräuschlos in einem Rutsch zum Wagen zu bringen. Da die Sitze mit einem Kunststoffüberzug vor Nässe geschützt sind, geht es im Taucheranzug zurück nach Holzkram. Dort angekommen, pellen sie sich zuerst aus den Anzügen, ziehen sich wärmende Klamotten über und genießen den heißen Kaffee aus der Warmhaltekanne.

Anschließend holt Hubert die Tasche aus dem Wagen, Franz breitet ein Tuch auf dem Garagenboden aus. Aus der Art, wie Hubert die Tasche trägt, schätzt Franz ihr Gewicht auf gut zwanzig Kilo. Hubert stellt die Tasche ab, zieht einen der schlammigen Säcke heraus und schlitzt ihn mit dem Tauchmesser auf. »Dann wollen wir mal sehen.«

Ihre Augen weiten sich vor Aufgeregtheit. Hubert nimmt sich eine Handvoll Münzen und geht damit zum Waschbecken. »Ich fress' einen Besen, dass das alles 100- Lire-Feingoldmünzen sind. Donnerwetter!«

Die Reinigung und das Auswiegen der Münzen gehen ihnen rasch von der Hand. Rund zwanzig Kilo haben sie in einem einzigen Tauchgang vom Grund des Sees gehoben. Absoluter Rekord!

Franz wendet sich an seinen Kumpel. »Wir werden unseren Fund heute und hier teilen.«

Hubert fällt die Kinnlade herunter. »Hab ich richtig gehört? Du willst die Beute hier aufteilen? Warum?«

»Ich habe mir einen eigenen Vertriebsweg aufgebaut.«

»Lass den Unsinn, Franz. Wir sind doch bisher gut gefahren? Was ist los mit dir?«

»Ich habe damals deinen Vorschlag akzeptiert und ich bitte dich, jetzt den meinen zu respektieren.«

Hubert reagiert erzürnt. »Na und? Wer nimmt dir die Münzen ab?«

Franz triumphiert innerlich. »Aus Sicherheitsgründen kann ich dir das nicht sagen. Meine Kontaktleute dürfen nicht gefährdet werden. Deine Worte, erinnerst du dich? Genauso läuft's jetzt auch bei mir.«

»Du hast einen Vogel, Franz. Schlag dir das aus dem Kopf. Du gefährdest damit nur alles.«

Franz reagiert ruhig. »Ich werde mir gar nichts aus dem Kopf schlagen. Es ist beschlossen. Aus, basta! Und jetzt trinken wir zusammen einen Whisky. Das muss doch begossen werden.«

Hubert steht kurz vor einem heftigen Ausraster. Das, was ihm Franz gerade eröffnet hat, geht über verletzten Stolz weit hinaus. Es geht um einen integralen Bestandteil dessen, was man Vertrauen in den Partner und Achtung vor dem Geleisteten nennt. Hubert denkt, dass Franz überhaupt nicht begreift, was er damit unumkehrbar zerstört. Das gibt's doch nicht! Der steigt einfach mir nichts, dir nichts, aus dem laufenden Geschäft aus. Der aufwallende Zorn lässt ihn innerlich erbeben. Am liebsten hätte er Franz sofort und auf der Stelle gelyncht. Als er sich wie abwesend an die Hausbar lehnt, ist sein Gesicht mit grauen Sturmwolken der Enttäuschung überzogen.

Franz schiebt ihm einen 21 Jahre alten Single Malt über den Tresen und versucht einen Toast auszubringen: »Auf uns, Hubert, und auf unsere Freundschaft.«

Franz trinkt, Hubert rührt seinen Tumbler nicht an. Stattdessen knurrt er: »Revidier den Unsinn. Sofort!«

Franz lässt sich nicht provozieren, bleibt äußerlich freundlich und gelassen. »Ich mach dir einen Vorschlag: Du schläfst jetzt eine Nacht darüber und danach wirst du einsehen, dass dies eine längst überfällige Entscheidung meinerseits ist. Du managst deine Chose wie gehabt und ich ab morgen die meine. Wo liegt also das Problem?«

Hubert ist rot vor Zorn. »Fick dich ins Knie!«

Nachdem die Beute geteilt ist, verlässt Hubert mit seinem SUV die Garage. Das Misstrauen zwischen ihnen hat in dieser Nacht zerstörerische Dimensionen angenommen.

16

Rimsting, Montag, 13. Oktober 2014

Max geht im Haus die Treppen mehrmals auf und ab, um die Durchblutung seiner Wadenmuskulatur anzuregen. Ein ausgewachsener Muskelkater steckt in seinen Beinen. Zusammen mit Michaela hat er am Samstag bei herrlichstem Bergwetter eine Wanderung im Karwendelgebirge unternommen. Sie sind sehr früh aufgebrochen, und Max hat immer noch den frischen, unverwechselbaren Geruch von kalter Erde und Fels in der Nase. Es war die erste gelungene Umsetzung ihres Vorsatzes, in Zukunft die Wochenenden für gemeinsame Unternehmungen frei zu halten. Der Föhn hat die Luft seltsam mild erwärmt und den morgendlichen Nebelschleier im Engtal sanft aufgelöst. Ein paar Wolken, die sich gebildet hatten, sind rasch im Blau zerstoben. Vom Rißtal aus sind sie durch das idyllische Johannestal zum Oberen Ahornboden gewandert, um unter uralten Bäumen, vom strahlenden Bergmassiv umrahmt, ein Picknick zu genießen. Danach sind sie hinauf zur Falkenhütte gestiegen, die direkt unterhalb der wuchtigen Laliderer Steilwände auf einem Kamm zwischen zwei Talenden steht.

Es war eine grandiose Tour, vorbei an einer tosenden Klamm, entlang einem glasklaren Gebirgsbach und schroffen Berggipfeln, die alles bieten, was das Klettererherz begehrt. Die Stunden auf der sonnig gelegenen Hütte mit Blick auf die grandiose nördliche Karwendelkette und den herbstlich gefärbten Ahornboden am Fuß ihrer Felswände haben alle düsteren Gedanken vertrieben.

Der Abstieg durch das Laliderer Tal hat dann schon die Waden und Oberschenkel brennen lassen, wobei die durchtrainierte Michaela weniger zu kämpfen hatte. Ein weiterer Höhepunkt des Tages war aber das Abendessen mit Übernachtung in einer charmanten Tiroler Pension direkt am Achensee. Nach ausgiebigem Schlaf und einem reichhaltigen Frühstück haben sie am Sonntag die Heimreise angetreten und am Tegernsee noch eine Kaffeepause eingelegt. Zu Hause angekommen, war ihnen, als hätten sie eine Woche Urlaub hinter sich.

Max spürt die Veränderung nach solch einem Tag. Michaela zieht große Quanten an Energie gerade dort ab, wo er glaubt, dass sie unentbehrlich sei: bei seinem Fall. Sollte er, wie Micha schon mehrmals angedeutet hat, doch gerade etwas Grundlegendes in seinem Leben ändern? Sich endlich nur noch den schönen Seiten des Lebens zuwenden? Das wäre eine epochale Wiedergutmachung an meinem bisherigen Leben. Ach was, ich träume vom reich gedeckten Tisch der Illusion, revidiert er seinen eigenen Gedankenflug. Spätestens als er heimlich seinen Anrufbeantworter abhört, während Michaela sich eine Dusche gönnt, spürt er, wie sein entspannter Sonntagabend geradewegs vor die Hunde zu gehen droht. Johann hat schon am Samstag eine Nachricht hinterlassen und Stefan eine am Sonntagmorgen.

Am Montagmorgen, während des gemeinsamen Frühstücks, sprechen Micha und Max über die unerwartet starke Resonanz des Zeitungsartikels in der Region und über die Nachrichten auf dem Anrufbeantworter. Johann hat neue, sensationelle Informationen, wie er sagt, über das Aquastop-Ventil, die Pressluftflaschen und über den Tauchanzug eruieren können. Ferner hat Bürgermeister Graf am Samstag »Hofarchivar« Toni Semmler getroffen und ihn auf Max' geplanten Besuch angesprochen. Semmler ist zu einem Gespräch bereit. Auch der Bericht des Pfarrers über die Zustände rund um Soyen während des Zusammenbruchs Nazi-Deutschlands in den letzten Kriegsmonaten ist schon am Samstag auf seinem Server eingegangen. Bevor er Johann kontaktiert, vereinbart er mit Semmler für den späten Nachmittag noch einen Gesprächstermin bei diesem zu Hause in Rieden.

»Guten Morgen, Johann.«

»Na ja, das wird sich noch zeigen.«

Typisch Johann, der ist pessimistisch wie immer, denkt sich Max. »Du hast wirklich sensationelle Rechercheergebnisse vorliegen?«

»Denke schon. Kann ich bei dir vorbeikommen?«

»Ich bitte darum. Werde Benedikt anrufen. Vielleicht hat er Zeit und stößt mit dazu.«

»Gute Idee. Der freut sich, wenn er einsteigen darf. Kann nur von Vorteil sein. Also bis gleich!«

Benedikt Gassner, ein pensionierter Kriminalkommissar aus Rosenheim und enger Freund von Max, ist bei dessen Abschiedsfeier in München dabei gewesen und hat sich schon vor Monaten spontan bereit erklärt, beim Aufklärungsversuch »Toteissee« mitzumachen. Benedikt pflegt seine Kontakte zu Freunden aus seiner Dienstzeit als Kommissariatsleiter in Rosenheim. Zuvor ist er selbst als Sachbearbeiter in zahllosen Mordermittlungen tätig gewesen und beherrscht die Arbeit von der Pike auf. Natürlich kennt er die Akte

»Toteissee« in all ihren Details. Gut eine Stunde später sitzen die drei in Max' Arbeitszimmer zusammen.

Benedikts Gesicht zeigt Begeisterung. Ihm falle zu Hause die Decke auf den Kopf, meint er. Seitdem ihn Max das letzte Mal gesehen hat, hat er ein bisschen abgenommen, sodass seine Gesichtszüge markanter wirken. Dazu tragen auch seine gewittergrauen Augen und das kurz geschnittene Haar bei. Wäre er Schauspieler, würde ihn ein Regisseur sicher zum männlichen Kampagnegesicht der Kollektion »Alt-Herren-Rebell« küren.

Als sich seine Gäste sortiert haben, drückt Max aufs Tempo. Als Erstes gibt er einen kurzen Bericht über alle Gespräche ab, die er in der vergangenen Woche in Soyen geführt und über alle Eindrücke, die er nebenher gesammelt hat. Am Ende sind seine Gäste auf dem gleichen Wissensstand wie er.

Daraufhin wendet er sich an Johann, der offenbar auf glühenden Kohlen sitzt. »Schieß los, mein Freund.«

»Zunächst zum Atemgerät, genauer zum Aquastop-Ventil. Wir wissen, dass der Hersteller die französische Firma *La Spirotechnique/Aqualung* ist. Ihr erinnert euch an die Seriennummer, eingraviert unterhalb des Firmennamens. Und nun haltet euch fest. Ein langjähriger Freund und Profitaucher hat in meinem Auftrag wiederum über seine Tauchspezialisten direkt Antwort von der Herstellerfirma erhalten. Demnach bestellte in den Sechzigerjahren die University of San Diego im Rahmen eines Mentorenprogrammes im Auftrag von US Divers bei *La Spirotechnique/Aqualung* eine überschaubare Stückzahl für die US Navy mit dieser Seriennummer. Das war ein reiner Spezialauftrag für das Training des *Rebreather* Tauchens.«

»Was ist das denn?« Die Frage stellt Benedikt.

»Relativ einfach. Beim normalen Tauchen wird das Atemgas beim Ausatmen durch den Regler nach außen geleitet und an die Umgebung abgegeben. Wir sehen im Wasser Gasblasen aufsteigen. Bei unserem Atemgerät im See handelt es sich aber um ein Kreislaufgerät. Und dies ist nun wirklich etwas Spezielles, denn das Atemgas wird beim Tauchen mit »Rebreathern« in einem Kreislauf gehalten und nicht an die Umgebung abgegeben. Beim Ausatmen wird also das Gas aufgefangen. Atmet der Taucher nun wieder ein, wird das Atemgas über einen Kalkbehälter gereinigt. Damit wird der Luft das CO_2 entzogen und ein kleiner Teil wird durch frisches Gas ersetzt. Der Vorteil dieses Funktionsprinzips ist, dass der Taucher im Vergleich zur klassischen Technik mit einem offenen System weniger Atemgas benötigt, da ein Großteil des Ausstoßes wiederverwendet werden kann. Außerdem ist er schwerer zu entdecken, da weder im Wasser noch an der Oberfläche Gasblasen zu sehen sind.«

Max und Benedikt sind beeindruckt. »Und es gibt keinen Zweifel, wohin die Serie gegangen ist?«

»Die Seriennummer ist einmalig. Kein Zweifel, die Geräte gingen alle nach Kalifornien.«

»Hervorragende Arbeit, Johann«, lobt Max und beginnt zu grübeln. »San Diego, US Navy. Kann mir jemand verraten, wie das zusammenhängt?«

»Keine Ahnung. Unser Opfer kommt doch mutmaßlich aus Manchester«, bemerkt Johann.

»Du sagst es – mutmaßlich!« Max erhebt sich, geht zum Schreibtisch und macht sich die Notiz: Adam Gregory, National Crime Agency (NCA) kontaktieren! Dann kommt er zurück zur Sitzgruppe. »Ich gehe der Sache noch einmal auf den Grund.«

»Verkompliziert das nicht alles noch mehr?«

»Komplizierter kann es nicht werden, mein lieber Benedikt.« Max wendet sich nun an Johann. »Du hast auf meinem Anrufbeantworter die Pressluftflaschen, den Harpunenpfeil und den Tauchanzug des Opfers erwähnt. Hast du dazu auch etwas herausgefunden?«

»Klar. Die beiden Pressluftflaschen stammen aus dem Bestand eines ehemaligen Verleihers am Chiemsee.«

»Woher hast du die Info?«

»Vom Flaschen-TÜV.«

»So was existiert?«

»Natürlich. Ein Mann vom TÜV, der eine Tauchschule am Chiemsee betreut, hat mich an einen älteren Herrn verwiesen, der sich mit Pressluftflaschen aus den Sechzigerjahren auskennt. Das Foto, das ich ihm gezeigt habe, hat ihm ausgereicht. Er konnte sie eindeutig aufgrund der äußeren Form bestimmen. Die ehemalige Firma ›Submarine‹ in Seebruck hat diese Art von Flaschen damals im Verleih angeboten.«

»Super Johann. Und was ist mit dem Pfeil?«

»Mein Experte sagt, der Pfeil sei selbst gemacht. Schlecht für unsere Ermittlungen! Das Material dafür bekam man früher in jedem Eisenwarenladen.«

»Und der Tauchanzug?«

»Das Artefakt existiert noch. Das Problem: Wir brauchen eine offizielle Anweisung, um den Anzug einer eingehenden Materialprüfung unterziehen zu können. Übrigens bin ich wegen des verschollenen Surfbrettes am Mittwoch wieder in Landshut bei Karl Mooshammer.«

»Okay. Bleib dran. Die offizielle Anweisung zur Untersuchung des Neoprenanzuges werden wir bekommen. Ich kümmere mich sofort darum«, erklärt Max. Und nach einem Moment des Schweigens sagt er optimistisch. »Bei meinen Gliedern, ich spüre, die Sache nimmt Fahrt auf. Männer, wir sind auf dem richtigen Weg!«

»Und was kann ich ab morgen zur Recherche beitragen?«, fragt Benedikt etwas enttäuscht.

»Du bekommst noch genug zu tun. Ich habe das Gefühl, dass wir bald weitere dunkle Facetten ausleuchten müssen. Eine davon wird sein, ob sich in der Gemeinde Soyen Profitaucher tarnen. Warten wir den heutigen Tag ab, nachdem ich bei Semmler war. Kann sein, dass wir uns Freitagmorgen treffen müssen.«

»Ich hoffe darauf!«, sagt Benedikt zuversichtlich.

17

Rieden, Montagnachmittag

Toni Semmler erscheint in der Eingangstür seiner Wohnung und taxiert Fangeisen von oben bis unten. Langsam wendet er seinen leicht angeekelten Blick von Max ab, als entferne er ein Pflaster. »Kommen Sie rein«, sagt Semmler mit belegter Stimme, nachdem sich Max vorgestellt und versichert hat, dass er auf Empfehlung des Bürgermeisters Graf nach Rieden gekommen sei.

Max ist erstaunt. Unerwartet steht vor ihm ein Mann des Typs ewig junger Skilehrer. Die Gesichtshaut ausgezehrt und von der Sonne gegerbt wie Sattelleder, volles Haar, darauf eine schwarze Mütze von Nike, roter Schal über einem sportiven Lodenjanker im Country-Stil, die Beine stecken in einer engen dunkelblauen Jeans. Als Max die gute Stube betritt, fällt sein Blick auf einen teuren Apple-Computer, der auf einem schweren Eichentisch steht. Daneben befindet sich ein zweiter Rechner, offenbar ein älterer PC, der mit einer Plastikhaube abgedeckt ist. Ansonsten gleicht die Stube einem Lagerraum für gesammeltes Altpapier.

Max versucht Semmler mit ein paar netten Worten einzuweichen. Der jedoch fegt den Smalltalk beiseite wie eine Schmeißfliege, die ihm vorm Gesicht herumsurrt. »Sie sind hier, um Informationen über Personen im Römer-Verein abzusaugen, oder wollen Sie mir nicht mal erzählen, welches

Interesse einer der besten OFA-Beamten an meinem unbedeutenden Archiv sonst haben könnte?« Zeitgleich bietet er Max einen Stuhl an, nimmt selbst auf dem zweiten Platz, lehnt sich weit zurück und verschränkt die Finger hinter dem Nacken.

Max versteift ein wenig. Mit dieser Direktheit hat er nicht gerechnet. Dafür wirft er Semmler einen geübten Blick der Marke Respekt zu. »Stimmt. Ich habe vom Bürgermeister erfahren, dass Sie mir behilflich sein könnten – wenn Sie wollen.«

»Was glauben Sie? Wobei könnte ich Ihnen helfen?«

Max entscheidet sich ebenfalls für die direkte Art. »Bei der Suche nach dem Täter, der 1968 eine Leiche im See hinterlassen hat.«

»Ist denn die Wahrheit in diesem Fall immer noch mit Wasser verdünnt?«

»Wir sind gerade dabei, sie herauszudestillieren. Wenn Sie bereit sind, etwas Energie beizusteuern, geht es vielleicht ein bisschen flotter.«

»Flotter? Soll ich Ihnen etwa gleich einen Verdächtigen liefern?«

»Liefern? Nein. Das Etikett würde ich der Person dann schon selbst anheften.«

»Na denn, viel Erfolg!«, erwidert Semmler spitz.

Max bleibt gelassen. »Danke auch. Darf ich Sie etwas Persönliches fragen?«

»Kommt darauf an …«

»Sie selbst waren lange Jahre Mitglied im Römer-Verein *Raetia*. Warum sind Sie seinerzeit ausgetreten?«

Semmler zögert keinen Moment. »Es ging damals um den Verlauf von Römerstraßen in unserer Gegend, speziell um einen fraglichen Kreuzungspunkt zweier Fernstraßen, jene von Augsburg nach Wien und jene von Rosenheim nach Regensburg, und um die Verortung des Römerortes Turum. Historische Angaben von Meilenzahlen passten einem gewissen Herrn nicht ins Konzept. 44 Meilen waren auf der Strecke *Pons Aeni* bis nach *Castra Regina* rein rechnerisch nicht unterzubringen.«

Max muss nachfragen. »Wo liegt das Eine und wo das Andere?«

»Das Eine nahe bei Rosenheim, das Andere nahe bei Regensburg. Ich will es kurz machen: Heinlein, damals der 1. Vorsitzende, wollte von mir, dass ich die Altstraßenforschung in seinem Sinn zurechtbiege, indem ich die Meilenzahlen so manipuliere, dass Turum in Raetia bei Haag und nicht in Noricum, also bei Töging oder Burghausen, zu suchen sei. Da war viel Leidenschaft am gehobenen Blödsinn dabei. Als ich mich weigerte, wurde ich, heute würde man sagen, übel gemobbt. Der ganze Verein war damals ein Schrebergarten der Bosheiten. Eine hässliche Zeit, die Wunden hinterließ.«

»Wie tief?«

»Sehr tief!«

»Heinlein wurde doch irgendwann abgewählt, weil er es übertrieb, und Hofreiter setzte sich auf seinen Thron. Keine Genugtuung für Sie?«

»Keine.«

»Warum?«

»Hofreiter ist ein lebender Putschversuch und Heinlein für mich ein wandelndes rotes Tuch. Außerdem tanzt der Hofreiter nach Heinleins Pfeife. Er ist nichts als ein Würfel, den Heinlein in seinem Becher schüttelt.«

»Warum, weshalb?«

»Keine Ahnung. Aber das hab ich mich auch schon gefragt. Beide haben wohl ihre Abgründe, kaschiert durch idealistische Motive zwischen regionaler Geschichtsforschung, Artefakte-Sammlung und Vereinsführung.«

»Welche Abgründe?»

»Irgendetwas verbindet die beiden. Heinlein war ja nahezu bankrott, nachdem er seinen lukrativen Job als Prokurist bei der *Bavarian Milksea Business Group Excipients & Technology* verlor. Doch plötzlich ging es ihm wieder gut und immer besser, obwohl keine neue Karriere dahinter auszumachen war. Besonders erstaunt hat mich der Kauf eines Hauses in bester Hanglage im Stadtteil Burgau von Wasserburg. Auch Hofreiter gibt in meinen Augen mehr Kohle aus, als sein Laden abwirft. Da bin ich mir sicher.«

»Haben Sie dafür eine Erklärung?«

»Ich habe lange die Geschichte der Bauernhöfe in unserer Gegend recherchiert und viele, viele Gespräche mit den Alten geführt. Bei den Hofreiters geschahen merkwürdige Dinge. Sein Vater kam in den Wirren der Nachkriegszeit ums Leben. Ein Unglücksfall bei den Amis, wie es hieß, beim Reinigungsversuch eines noch mit Benzinresten gefüllten Fasses am Feldflughafen unterhalb von Polln. Die Mutter erzählte es ihrem Sohn eines Tages, und so hat er es mir wiedergegeben. Das, was von seinem Vater übrig geblieben sei, habe in einen Eimer gepasst. Eigentlich waren sie bettelarm, aber offenbar ging es gleich nach dem Krieg wirtschaftlich steil bergauf. Ein wahres Wunder!«

»Wie sah das aus?«

»Franz hat mir viel darüber erzählt, als ich noch im Verein war, besonders wenn der Alkohol seine Zunge löste.

Der Hof seiner Eltern in Hundsham, so verriet er mir, wurde gleich nach der Währungsreform saniert und später von seiner Mutter verkauft. Einige Gerüchte machten damals die Runde. Von Wiedergutmachung für den Tod seines Vaters bis hin zu Kriegsbeute war die Rede. Franz war das egal. Geld war offenbar immer da. Er schaffte seinen Meister als Feinwerkmechaniker, machte sich selbstständig und beschäftigt seit Jahren konstant fünf Mitarbeiter. Für seine Firmengründung musste er nie einen Kredit in Anspruch nehmen. Manch einer glaubt an hohe Rücklagen, nachdem seine Mutter den Hof einige Jahre nach dem Tod ihres Mannes verkauft hatte. Landwirt zu werden, war für den Franz nie eine Option. Vordergründig stellt er an sich und an das Leben keine hohen Ansprüche. Das stimmt aber nur bedingt, denn Geld und Unabhängigkeit sind ihm sehr wichtig. Daher betreibt er nach wie vor sein Geschäft und vielleicht auch noch andere lukrative Dinge.«

»Was hat er für Stärken?«

»Genauigkeit, Zuverlässigkeit und Anpassungsfähigkeit. Aber ich habe ihn auch als gierig, materialistisch, bedenkenlos und als risikobereiten Menschen erlebt.«

»Worin hat sich seine Risikobereitschaft gezeigt?«

»*Rafting* auf dem Colorado River, Winterbesteigung eines Viertausenders in den Dolomiten und Skifahren grundsätzlich auf gesperrten Pisten.«

Max ist erstaunt über die Fülle an Informationen. »Das alles hat er von sich aus erzählt?«

»Was ihn umtrieb und heute noch anstachelt, ist normalerweise kaum zu fassen. Aber wenn er sich erst mal einen Rausch angetrunken hatte, sprudelte es aus ihm nur so heraus. Ob das heute noch so ist, kann ich nicht sagen.

Aber damals wich er weit ab von dem, was man von ihm erwartete.«

»Was trinkt denn der Hofreiter gern?«

Semmler erwidert gelangweilt. »Whisky, Single Malt. Den kippt er, als wäre es Apfelsaft.«

Max geht nicht weiter darauf ein und lenkt das Gespräch auf Hubert. »Haben Sie auch etwas über die Heinleins herausgefunden?«

Semmler lacht und schüttelt dabei den Kopf. »Etwas völlig Mysteriöses. Als ob er vom Himmel gefallen wäre.«

»Wer?«

»Na, der Hubert Heinlein. Plötzlich war er da. Die Nachbarn seiner Eltern hier in Rieden erzählten mir damals, dass sie die Schwangerschaft seiner Mutter nie bemerkt hätten. Doch plötzlich war ein Kind da. Man muss sich das mal vorstellen! Damals wurde ja alles scharf beobachtet. Den Nachbarn entging praktisch nichts, schon gar keine Schwangerschaft.«

»Haben Sie eine Erklärung dafür?«

»Eine vage Vermutung. Von der gleichen Person wurde mir erzählt, dass die Schwester mütterlicherseits nach dem Krieg für knapp zwei Jahre in Rieden lebte, bevor sie mit einem amerikanischen Kampfpiloten, den sie damals wohl in Soyen kennengelernt hatte, in die Staaten ging. Die Frau muss ein echter Feger gewesen sein. Sie war gleich nach dem Krieg, wie die alte Nachbarin erzählte, sehr erfolgreich im Schwarzhandel.«

»Kennen Sie ihren Namen?«

»Da müsste ich in meinem Computer nachsehen.«

»Würden Sie es für mich tun?«

»Wenn es Ihnen weiterhilft.«

»Bitte.«

Semmler fährt seinen Computer hoch. Dabei sitzt er mit der Wachheit eines Fluglotsen vor dem Bildschirm, als wolle er einen Passagierjet zur Landung dirigieren. Schließlich öffnet er ein Genealogieprogramm, mit dem er Personen erfasst und verwaltet. Mit dem Cursor öffnet er ein Ahnenblatt. Sein Finger deutet auf den Bildschirm. »Da! Elisabeth Mittermeier, Tochter von Georg und Rosalie Mittermeier aus Teufelsbruck.« Semmler dreht sich um und blickt Max an, der mit dem Stuhl herangerückt ist. »Sehen Sie, es stimmt, denn die Mutter von Hubert und Schwester von Elisabeth ist die geborene Jutta Mittermeier, ebenfalls aus Teufelsbruck.«

»Ist über Elisabeths Verbleib in den USA etwas bekannt? Familienname? Wohnort?«

Semmler wirft einen Blick auf den Bildschirm. »Nein. Vielleicht fragen Sie den Hubert direkt nach seiner Tante.«

Max macht sich Notizen. »Gute Idee. Hat sich Heinlein Ihnen gegenüber einmal zu seiner Tante in den USA geäußert?«

»Ja, ich habe ihn einmal direkt gefragt. Seine Reaktion war ungewöhnlich unwirsch. Angeblich interessiere ihn das nicht. Schließlich wäre sie schon aus seinem Leben verschwunden, als er noch klein war. Dann wechselte er das Thema.«

»Können Sie mir bitte das Ahnenblatt der Mittermeiers ausdrucken?«

»Kein Problem.«

Während der Drucker arbeitet, insistiert Max noch einmal. »Fallen Ihnen noch weitere Besonderheiten zu den beiden ein?«

»Wie man hörte, waren sie in den letzten Jahrzehnten manchmal wochenlang von der Bildfläche verschwunden. Heute ist es nicht viel anders. So viel Urlaub ist seltsam.«

»Beide sind jetzt im Rentenalter«, gibt Max zu bedenken.

»Heute wie damals, es hat sich kaum etwas verändert. Sie können gut mit Geheimnissen.«

Max lenkt das Gespräch nun auf den See. »Sind Heinlein und Hofreiter Sporttaucher?«

»Das weiß ich nicht. Habe nichts Offizielles darüber gehört. Denkbar wär's.«

»Und Inoffizielles?«

Semmler nimmt sich Zeit. »Wissen Sie, ich bin all die Jahre im Verein und auch lange Zeit danach das Gefühl nicht losgeworden, dass mich die beiden ehemaligen Vereinskameraden aus ihrer trauten Freundschaft ausgegrenzt haben wie zwei Kater, die sich den Sheba-Fressnapf allein teilen. Das ging nicht nur mir so. Das können andere auch bestätigen. Gründe kann ich Ihnen für das Verhalten nicht nennen. Beide zeigen aber jedem, der mehr über ihre persönlichen Angelegenheiten und Aktivitäten wissen will, den Mittelfinger. Rein symbolisch, versteht sich.«

»Verstehe. Sie kennen sich ja wirklich bestens aus hier in der Gemeinde. Gestatten Sie mir noch einige Fragen zum See. Was könnte Ihrer Meinung nach da unten auf dem Grund schlummern, was Taucher in die Tiefe lockt?«

Semmler lächelt vage und hebt die Hände, begleitet von einem Schulterzucken. »Ich glaube, darin können Sie alle Ihre Spekulationen versenken. Angefangen von interessantem Kriegsschrott bis hin zu Juwelen ist alles möglich.«

»Dass da was Interessantes sein muss, ist doch inzwischen unstrittig.«

»Aber was? Spekulieren Sie ruhig«, grinst Semmler und erzählt weiter: »Okay, ich beiß mal an. Für mich gibt es da nichts, das weiter zurückreicht in die Vergangenheit als bis zum Kriegsende. Aber auch ich komme bis heute nicht dahinter, was es sein könnte. In der Nazizeit war hier wenig Betrieb. Da gibt es an manchen oberbayerischen Seen ganz andere Hotspots. Was da unten schlummert, wie Sie es formuliert haben, und was schon einen Toten gekostet hat, rechtfertigt sicher einen professionellen Einsatz mit lenkbaren Unterwasserkameras, Sonargeräten und Tauchern.«

»Sie haben recht, damit hätten wir vielleicht das Motiv, aber noch nicht den Mörder.« Max erhebt sich. »Ich danke Ihnen herzlich für die Zeit, die Sie sich genommen haben und ganz besonders für die Informationen.«

»Ich hoffe, sie helfen Ihnen bei der Tätersuche.«

»Davon können Sie ausgehen.«

Semmler geht voraus zur Eingangstür. Unvermutet bleibt er im Eingangsbereich stehen und scheint zu grübeln. »Eine Kleinigkeit hätte ich da noch, vielleicht völlig unbedeutend für Sie. Aber ich erinnere mich an ein Kürzel.«

Semmler erzählt eine Episode, die sich in Hofreiters Haus in Holzkram in den Siebzigerjahren zugetragen hatte. Damals war er zu dessen Geburtstagsfeier in das neu renovierte Haus eingeladen. »Ich war gerade auf der Toilette im Gang, unweit vom Telefon. Als es klingelte, nahm Franz den Anruf entgegen. Er sprach leise und durch die Tür war er schwer zu verstehen. Aber zwei Kürzel hab ich mir von damals gemerkt, da er sie wiederholte. ›VDST‹ wurde von ihm mehrmals erwähnt. Und es ging um irgendeinen Einkleber. Der wurde von ihm mit ›VDSTAK Nacht‹ benannt. Der Teufel weiß, worum es sich dabei gehandelt haben mag.

Jedenfalls war er da ziemlich ungehalten gegenüber seinem Gesprächspartner.«

Max zückt sein Notizbuch. »Das muss ich mir notieren, sonst vergesse ich es.« Als er damit fertig ist, bedankt er sich noch einmal für die Hinweise.

»Gern geschehen und viel Erfolg bei der Aufklärung«, verabschiedet sich Toni Semmler. Was er nicht bemerken kann: In Maximilians Kopf schrillen die Alarmglocken.

Max wählt den Weg zur B 15 über Soyen – Zeit um seine Gedanken zu ordnen. Bäume wiegen sich im Wind, der See resorbiert das letzte Licht vor der sinkenden Sonne am rotseidenen Horizont.

18

Aus der Erkenntnis heraus, dass es möglich ist, zu viel zu hören, hat Fangeisen während seiner Dienstzeit eine außergewöhnliche Fähigkeit zur selektiven Wahrnehmung entwickelt. Er weiß ganz genau, wann er hinhören muss und wann er besser die Ohren verschließt, wann Nachfragen angesagt ist und wann man besser Teilnahmslosigkeit vorgaukelt.

Im Falle Semmler war der Moment des genauen Hinhörens gekommen, als er die beiden Kürzel nannte, die er während eines Telefonats von Franz Hofreiter mitgehört hatte. Nach Rimsting zurückgekehrt, eilt Max an seinen Computer. Als er die Buchstabenfolge »VDST« in die Suchmaschine eingibt, findet er schon unter den ersten Treffern das, was er während der Rückfahrt schon vermutet hat. Das Kürzel steht für »Verband Deutscher Sporttaucher e. V.«. Schwieriger wird es, als er unter der gleichen Website nach der Bedeutung von »VDSTAK Nacht« sucht.

Nach zwanzig Minuten klatscht er zufrieden in die Hände. Er hat es herausgefunden. Die Buchstabenfolge bedeutet »Verband Deutscher Sporttaucher Ausbildungskurs Nachttauchen«. Offensichtlich ging es bei dem Einkleber um Hofreiters Zertifizierung seines Ausbildungskurses im Nachttauchen. Bingo!

Nach dieser erfolgreichen Vorarbeit greift Max motiviert zu seinem Smartphone und wählt gleich die Nummer seines

Freundes und Kriminalkommissars im Dienst, Thomas Reiter. Tom, wie ihn Fangeisen nennt, war ebenfalls bei seiner Verabschiedung in München anwesend und hatte Max seine Unterstützung bei der Lösung des Falls zugesagt – natürlich innerhalb der Leitplanken, die ihm die Dienstvorschriften setzen …

Tom zeigt sich keineswegs überrascht. »Servus, Max. Hab deinen Anruf schon erwartet. Lass mich raten: Geht es um die ewige Leiche im See?«

»Der Kandidat hat hundert Punkte«, erwidert Max gut gelaunt.

»Wo drückt der Schuh?«

»Könntest du über deine Jobbeschreibung hinaus aktiv werden?«

»Erzähl!«

Max bringt Tom mit knappen Worten auf den neuesten Stand seiner Recherchen.

Am Ende seiner Ausführungen fragt Tom: »Und was soll ich tun?«

»Du kannst für mich auf dem Dienstweg zwei Sachen herausfinden.«

»Schieß los!«

»Einmal den VDST kontaktieren und das Datenblatt der durchgeführten Tauchkurse für meine beiden Verdächtigen abfordern. Von besonderer Wichtigkeit wären die Spezialkurse, die beide absolviert haben.«

»Und das andere?«

»Der Tauchanzug des Opfers befindet sich noch in der Asservatenkammer. Wir müssen in Erfahrung bringen, wo der Neoprenanzug hergestellt wurde. Eine Materialprüfung nach heutigem Standard könnte zum Ziel führen. Vielleicht ergibt sich dann eine neue Spur, die zum unbekannten Opfer führt.«

Tom schweigt für einen Moment. Dann gibt er sein O.K. »Für dich werde ich ein paar Vorschriften umgehen und ein paar wichtige Leute ignorieren.«

»Es ist gut, einen Freund wie dich im Schützengraben zu haben, der seinen Job mit Bravour erledigt. Danke, Tom!«

»Übrigens, das passt ganz gut. Wir haben inzwischen eine Arbeitsgruppe Altfälle installiert. Einen Schwerpunkt bildet dabei die Anwendung einer neuen Auswertungstechnik, mit der ältere Asservate, die in unseren Kellern lagern, überprüft werden sollen.«

»Wie schnell wird es gehen?«

»Die Abfrage beim VDST wird sofort erfolgen und den Tauchanzug werden wir morgen aus der Asservatenkammer holen. Ich denke, in ein, zwei Wochen werden wir ein Ergebnis vorliegen haben.«

»Mensch, Tom! Geil!«

»Bei Gelegenheit gibst du einen aus.«

»Versprochen!«

Nach diesem Gespräch fühlt Max sich wie beflügelt. Er beschließt, als Nächstes Franz Hofreiter zu kontaktieren, um ein Treffen zu organisieren. Er wählt ihn an und hat Glück.

»Hofreiter hier!«

»Fangeisen. Maximilian Fangeisen ...«

»... der berühmte Profiler?«, reagiert Franz ohne Zögern mit krächzender Stimme.

»Berühmt? Na ja.«

»... was für eine Ehre.«

»Sind Sie erkältet?«

»Bronchitis. Wir haben Herbst. Aber geht schon.«

Max geht bewusst nicht weiter darauf ein. »Herr Hofreiter, Sie wurden mir von Bürgermeister Graf empfohlen. Ich interessiere mich für bestimmte Aspekte der Gemeindegeschichte und hätte mich mit Ihnen gern darüber unterhalten. Können wir uns zeitnah und unkompliziert einmal zusammensetzen?«

Franz, völlig überrascht, zögert. Schließlich erklärt er sich dazu bereit. »Wann?«

»Ich richte mich nach Ihnen.«

»Besser, wenn mein Gekrächze nicht mehr stört. Nächste Woche Montag?«

»Kein Problem für mich.«

»Montagnachmittag bei mir in Holzkram zum Kaffee? 16.00 Uhr?«

»Sehr gern. Ich wünsche Ihnen gute Besserung. Bis nächste Woche also.«

»Bis Montag!«

19

Obwohl die Atmosphäre zwischen Franz und Hubert von Ärger und Misstrauen vergiftet ist, fühlt Franz sich verpflichtet, seinen Tauchkumpel über Fangeisens Anruf sofort zu informieren. Schließlich sind sie sich einig, dass dessen Ankündigung in der Zeitung die Bergung der restlichen Goldmünzen in hohem Maße gefährdet.

Hubert ist entsetzt, als er von der Einladung erfährt. Würden sie sich gegenüberstehen, könnte Franz erleben, wie sich sein Kumpel in einen Brocken kalten Granits verwandelt. Seine Empörung bekommt er jedenfalls lautstark zu hören. »Bist du jetzt wahnsinnig geworden? Alles, was uns in direkten Kontakt mit dem Schnüffler bringt, ist die Quintessenz von Scheiße!«

Franz erwidert spöttisch: »Wie sagst du immer? Feinde beständig in Spucknähe halten!«

Huberts Spruch bedeutet, dass Feinde allzeit unter Kontrolle zu halten sind. Dieser ist aber nicht in der Stimmung für aufmunternden Spott, denn Zorn ist die einzige Konstante, auf die er seit dem Wochenende zurückgreifen kann.

»Der war bei der Kripo in Rosenheim schon ein Vollstreber, bevor er in die obere Liga beordert wurde. Einen verdammt verfickten Superbullen hast du dir da eingeladen. Der sucht krampfhaft einen Mörder, der zu seiner Leiche im See passt. Jeder Taucher ist da sofort verdächtig. Kannst dir gleich eine Klapperschlange um den Hals legen.«

»Das ist und bleibt ein Tabuthema. Du machst dir zu viele Sorgen, Hubert«, versucht Franz ihn zu beruhigen.

»Und du dir zu wenige. Wenn ich nur an die Ausstattung deiner Hütte denke. Da heulen doch alle Sirenen auf. Ich fass es nicht! Ich gebe mir alle Mühe, uns vom Radar der Schnüffler und Schatzjäger fernzuhalten, und du bittest gleich Deutschlands ehemaligen Oberprofiler zum Kaffee in dein Haus. Wir dürfen unsere Sache nicht aufs Spiel setzen. Gerade jetzt, wo wir kurz vor dem Gipfel stehen. Verdammt!«

»Hör zu: Unsere Namen stehen in keiner Akte. Ich kann da nicht zurückrudern. Lass mich hören, was er will. Danach wird er sich verflüchtigen wie Dampf aus einem Teekessel.«

»Ich fass es nicht!«, grollt Hubert und drückt den roten Knopf.

20

Rimsting, Donnerstag, 16. Oktober 2014

Michaela wird von ihrem Max über den Fortgang seiner Recherchen im Fall »Toteissee« ständig auf dem Laufenden gehalten. Auch wenn sie dem Fall nichts abgewinnen kann, so findet sie doch das Herantasten an den Tathergang samt der Betrachtung der Verdächtigen sehr spannend. Auf der anderen Seite ist für sie das erhoffte unbeschwerte Leben durch das Ausbuddeln alter »mörderischer« Fakten derart blockiert, dass sie sich schon Sorgen um den Bauplan ihrer gemeinsamen Zukunft macht. Der ganze »Mord-Schrott«, so ihre tiefe Überzeugung, ist kaum geeignet, dem faszinierenden, erlebnishungrigen Geist eine günstige Perspektive zu bieten. Wäre da nicht sein Versprechen, dies sei sein letzter Fall, müsste sie die Beziehung ernsthaft infrage stellen.

»Ich hoffe, das Büro von Gregory meldet sich heute bei mir«, sagt Max zu Michaela während des Frühstücks. Adam Gregory, um den es geht, ist sein Freund und gehört zu den hauptamtlichen Fallanalytikern in England, die zentral bei der *National Crime Agency* angesiedelt sind und wiederum von verantwortlichen Ermittlern des *New Scotland Yard* angefordert werden. In den Jahren 2005 und 2007 wurde Fangeisen von der NCA nach England gebeten, um bei der Fallanalyse zweier Serienmörder mitzuwirken. Seit der Zeit sind sie immer in Kontakt geblieben.

»Wie schätzt du die Situation ein? Wird es einen Durchbruch geben?«

»Gregory hat mir versprochen, dass er für mich noch einmal die Vermisstendateien in Manchester abfragen wird. Vielleicht haben wir Glück, und Bill Traser taucht jetzt in der Datei auf.«

Michaela erhebt sich und macht sich schick für die Fahrt nach München. »Ich halte dir die Daumen. Ansonsten seid ihr, wie ich feststelle, in den wenigen Tagen überraschend gut vorangekommen.«

»Ja, ein wenig schlauer sind wir geworden. Aber wir können noch keinen mordverdächtigen Beschuldigten vorweisen. Weder Mann noch Frau. Kein Durchbruch. Kann sich aber rasch ändern.«

»Good Vibrations?«

Max nimmt Micha in den Arm und flüstert: »Wenn du in meiner Nähe bist, immer.«

»Lüstling! Wünsche dir bis heute Abend ein Höchstmaß an Konzentration und Ausdauer bei der Arbeit.« Sie lächelt und gibt ihm einen dicken Kuss.

»Dir auch einen erfolgreichen Tag«, erwidert Max und begleitet sie bis zur Tür. »Fahr vorsichtig«, ruft er ihr nach.

Wenig später meldet sich Gregory. Was sich zunächst enttäuschend anhört, wandelt sich rasch zum hellen Hoffnungsschimmer am Erkenntnishorizont.

Gregorys Stimme klingt zunächst ernüchternd. »Ich habe die Vermisstendateien in Manchester abfragen lassen. Das Ergebnis, mein lieber Max, dürfte dich nicht zufriedenstellen: Ein Bill Traser wird nicht vermisst. Auch in dem von dir angegebenen Zeitraum 1968 bis 1970 ist keiner abgängig. Sorry!«

»Ja, da haben wir Pech gehabt. Manchester wurde vom Opfer vielleicht wissentlich falsch angegeben?«

»Manchester, Manchester …«, grübelt Gregory laut. »Hey Max, es gibt vielleicht nicht nur ein Manchester auf dieser Erde. Ist dir der Gedanke schon einmal gekommen?«

Ein Aha-Erlebnis! Wieso ist er nicht selbst darauf gekommen?

»Klingelt etwas?«, fragt Gregory nach.

»Ich höre Sturmglocken!«

»Na, wenigstens das kann ich bewirken.«

»Super Idee. Ich danke dir von Herzen.«

»Ich danke dir für die Hilfe in der Vergangenheit. Endlich kann ich mich einmal revanchieren.«

»Und ob.«

Max googelt. Nach wenigen Klicks hat er gefunden, was er geahnt hat. In den Staaten existieren 39 Orte mit dem Namen Manchester, aber nur einer davon liegt in Kalifornien. Wurden nicht die Aquastop-Ventile des französischen Herstellers *La Spirotechnique/Aqualung* nach Kalifornien exportiert? Max weiß instinktiv, dass er mit Manchester, England, am falschen Ort gesucht und somit Unmengen an Zeit verplempert hat. Damit bewahrheitet sich wieder einmal die alte Ermittlerweisheit, dass nichts die Polizeiarbeit so blockiert, wie unklare und fehlerhafte oder falsch bewertete Informationen.

Noch ist Manchester-Kalifornien ein fahler, huschender Schatten an der Wand.

Max denkt an seinen ehemaliger Chef Rupert Knecht und das Datenbanksystem *ViCLAS, Violent Crime Linkage Analysis System*, das in Kanada entwickelt wurde und inzwischen weltweit mit nationalen Datenbanken, auch mit der des BKA, vernetzt ist. Innerhalb von wenigen Minuten dürfte ein Ergebnis vorliegen, denn in diesem Datenbanksystem werden Vermisstenfälle gespeichert, wenn die Gesamtumstände auf ein Verbrechen hindeuten. Wenn nicht dort, so überlegt er weiter, bleibt mir noch das FBI, das für jeden US-Staat eine gesonderte Datenbank aufgebaut hat, in der nicht nur die Daten der Vermissten, sondern auch die der Angehörigen gespeichert werden.

Max hegt keine Zweifel, dass es bei der Identifizierung des Opfers Bill Traser zum Durchbruch kommen wird.

»Mein lieber Max, das Erfolgspotenzial einer Falldatei wie *ViCLAS* hängt natürlich zunächst einmal von der Quantität und Qualität der eingespeisten Daten des Vermissten Bill Traser ab«, versucht Knecht die Erwartungshaltung von Max zu dämpfen.

»Lass einfach den Computer schuften. Ich bin ganz optimistisch.«

»Ich rufe zurück. Einverstanden?«

»Klar! Wann kann ich mit einem Ergebnis rechnen?«

»In ein, maximal zwei Stunden.«

»Klasse!«

»Zwei Stunden«, murmelt Max, blickt zum Flur hinaus und überlegt, welchen Schritt er als Nächstes gehen soll. Schließlich beginnt er mit der Überprüfung seiner technischen Lausch- und Beobachtungsausrüstung, die am nächsten Montag während seines Besuchs bei Franz Hofreiter eventuell zum Einsatz kommen soll. Die Wahl fällt auf seine *SpyCam* Stiftkamera, denn damit hatte er entscheidende Augenblicke während einer Festnahme oder einer ersten Vernehmung noch nie verpasst. Mit dieser »Kugelschreiberkamera« konnte man nicht nur Gespräche aufzeichnen, sondern auch schnell ein paar Bilder machen sowie Videos in HD-Qualität aufnehmen. Er öffnet einen der Rollcontainer in seinem Büro, entnimmt einem Fach den Spionagekuli und dockt das USB-Kabel samt Kuli an seinem Laptop an, wodurch das Gerät nicht nur aufgeladen, sondern auch die Datenübertragung auf den Computer möglich wird.

Max blickt auf die Uhr. Neunzig Minuten sind rum. Nach der x-ten Tasse Kaffee ertönt »Hotel California« als Klingelton. Ein Blick auf das Display beschleunigt seinen Puls: das BKA.

»Hier ist ein Bundesbeamter, der Sie sprechen möchte.«

»Bitte sehr!«

»Max, du bist ein Glückspilz«, ertönt die blecherne Stimme Knechts an seinem Ohr.

Max erwidert zweifelnd: »Etwa fündig geworden?«

Knechts Stimme klingt triumphierend. »Das kannst du von Profis wie uns durchaus erwarten. Sitzt du gut auf deinem Stuhl?«

»Jaaaaaa ...«

»Gut, sehr gut. *ViCLAS* war erfolgreich für uns.«

»Das ist ja Folter. Leg los, Mensch!«

Knecht dehnt seine Stimme. »Alsoooo. Da hätten wir zunächst einmal keinen Bill Traser, sondern einen Bill Fraser in der Datei.«

»Fraser statt Traser?« Max ist irritiert. »Mach weiter ...«

»Dieser Fraser wurde von seiner Familie im Juni 1968 als vermisst gemeldet. Ein Tauchunfall nahe Point Arena Cove an der Westcoast am Pazifischen Ozean wird vermutet. Sein Wagen wurde damals auf dem Parkplatz eines Wassersporthotels mit dem Namen ›The Wharf Master Inn‹ von seinen Freunden gefunden, keine zehn Kilometer von Manchester entfernt. Die Adresse seines Freundes, der die Polizei alarmierte, war 44301 Kinney Road, Manchester, CA 95459. Bill Frasers Leiche wurde nie gefunden. Den Vermissten hat man nach zwanzig Jahren für tot erklärt.«

»Das ist ja mysteriös. In Kalifornien als vermisst gemeldet und möglicherweise bei uns im See als Lipidleiche aufgetaucht! Wann genau wurde Bill geboren?«

»13. Januar 1948.«

Das würde passen. Max ist bewegt. Professor Feist lag richtig. »Wenn Bill das Opfer im Soyensee ist, dann ist er gerade mal zwanzig Jahre alt geworden. Was habt ihr noch herausgefunden?«

»Sitzt du noch auf deinem Stuhl?«

Max steht und lügt. »Ja!«

»Seine Mutter heißt Elisabeth Fraser, sie ist eine geborene Mittermeier und als Geburtsort wird hier Teufelsbruck angegeben.«

Max lässt sich fassungslos auf seinem Bürostuhl nieder. »Das gibt's doch gar nicht«, stammelt er ungläubig. »Wer war sein Vater?«

»Jack Fraser lese ich hier. Fliegerass im Zweiten Weltkrieg, später Testpilot. Bill lebte bis zu seinem Verschwinden bei seinen Eltern.«

»Leben die beiden noch?«

»Das ist nicht vermerkt. Dafür haben wir Adresse und Telefon vorliegen.«

»Gib sie mir bitte.«

»Als Wohnort seiner Eltern wird Palmdale angegeben. Liegt im nördlichen Teil von Los Angeles County, ebenfalls im US-Bundesstaat Kalifornien. Adresse: 1707 Ashberry Drive Palmdale, CA 93551, Telefon +1-661-947-4204.

»Das ist ja der Hammer!«

»Max, das war noch nicht alles. Wir haben in der Personendatei auch ein feines Foto von Bill Fraser entdeckt. Im selben Jahr aufgenommen, als er von der Bildfläche verschwand.«

»Sensationell Rupert! Schick mir das Foto bitte per E-Mail. Dann können wir es dank der Video-Bildmischtechnik mit dem Schädel abgleichen. Ich bin mir sicher, die Spur ist heiß! Wir kennen jetzt das Opfer im See.«

»Der Fakt liegt zwar noch nicht auf dem Tisch, aber ich bin mit dir einer Meinung. Die Spur glüht geradezu. Freut mich ganz besonders, dass wir deinen *Cold Case* auf Temperatur bringen konnten.«

»Das habt ihr. Und wenn wir das Opfer eindeutig identifiziert haben, glaub mir, werden wir auch auf den Täter stoßen.«

»Toteissee wird ja noch richtig spannend.«

Max seufzt ein wenig. »Dafür generiert die Entwicklung neue Fragen, auf die wir momentan noch keine Antworten haben.«

»Du bekommst sie schon und wirst den Fall lösen, da bin ich mir sicher. Wenn du weitere Unterstützung brauchst, melde dich.«

»In einem Punkt könntest du wahrlich helfen. Kannst du feststellen lassen, ob Bills Eltern noch leben und Wohnort und Telefonnummer stimmen? Ihr seid näher dran, und die Amis werden dankbar sein, wenn sie einen ihrer Vermissten aus ihrer Datenbank löschen können.«

»Okay, machen wir. Und halte mich auf dem Laufenden. Die Entwicklung des Falles interessiert mich ab heute brennend.«

»Nichts ist einfacher als das, Rupert. Du bist mir eine große Hilfe. Danke!«

Kaum ist das Gespräch beendet, trommelt Max seine Männer für den morgigen Freitag zusammen. Danach ruft er Michaela an, die noch in München weilt, und berichtet ihr über die außergewöhnliche Wendung der Geschichte.

»Bin stolz auf dich, mein Schatz«, flötet sie.

Bevor er seine Notizen überprüfen und ordnen will, wählt er die Nummer von Maja Ambesser, Professor Adalbert Feists Sekretärin.

»Sie haben wie immer Glück, Herr Fangeisen, der Chef ist am Platz. Ich stell durch …«

»Lieber Herr Fangeisen«, vernimmt Max die gut gelaunte Stimme des Professors. »Sie rufen im richtigen Moment an, denn wir haben das DNA-Ergebnis vorliegen. Schädel und Rumpf stammen von ein und derselben Person.«

»Dann befinden wir uns auf der sicheren Seite. Ich bedanke mich sehr, sehr herzlich.«

Daraufhin setzt Fangeisen Professor Feist über die neueste Entwicklung im Fall »Toteissee« in Kenntnis und bittet um Hilfe bei der Verifizierung des Schädels mittels der Video-Bildschirmtechnik. Gleichermaßen interessieren ihn die neuesten Erkenntnisse im Hinblick auf Schnelligkeit und Aussagefähigkeit der Methode.

Professor Feist zeigt sich beeindruckt über die bahnbrechende Wendung des Falles nach 46 Jahren. »Hut ab vor Ihrer Beharrlichkeit und Ihrem Instinkt. Senden Sie mir das Foto. Wir haben eine Spezialistin, die exakt zu dem Thema an ihrer Habilitation arbeitet. Dabei setzt sie eine neue Konfiguration verschiedener Aufnahme- und Wiedergabegeräte ein, die elektronisch absolut exakt arbeiten. Dahinter steht ein namhaftes IT-Unternehmen. Ein Patent ist angemeldet. Sie selbst wird von der Realitätsnähe begeistert sein.«

»Ist ja von der Methode her nicht ganz neu, Herr Professor. Wie beurteilen Sie daher denn die Leistungsfähigkeit dieser neuen High-Tech-Anlage?«

»Wir werden Frasers Schädel erneut scannen und eine bessere 3-D-Darstellung bekommen. Wir brauchen dann nur noch festzustellen, welche Formindividualität der Schädel aufweist und was wir bei der Identifizierung zu berücksichtigen haben. Dank der neuen IT-Technik werden wir Bills profiliertes Foto-Gesicht passgenau mit den Schädelkonturen hinterlegen können, und das mit einer Präzision, wie wir sie vorher noch nie erreicht haben. Danach wird es keine Fragen mehr geben«, führt Feist aus. »Ich gebe zu, ein gespenstisch anmutendes Verfahren. Aber, salopp formuliert, ein todsicheres!«

Max ist beglückt von seiner Antwort. »Mit Verlaub, wann wird ein Ergebnis vorliegen?«

»Die Anlage ist in Betrieb. Wenn wir Frasers Foto vorliegen haben, ist das Ergebnis eine Frage von Stunden.«

»Sie werden es heute noch von mir bekommen«, versichert Fangeisen.

»Dann haben wir das Ergebnis spätestens am Montag auf dem Tisch.«

»Super, super!«, begeistert sich Max spontan. »Ich fühle mich tief in Ihrer Schuld, Herr Professor.«

»Keine Ursache. Bis Montag, Herr Fangeisen.«

Auf Knecht ist Verlass. Eine Stunde später hat Max ein hochauflösendes Foto von Bill Fraser auf dem Computer und leitet dieses sofort an Professor Feist weiter.

Zur Krönung des Tages meldet sich auch noch Thomas Reiter, der Max informiert, dass er bei seiner Recherche beim *Verband Deutscher Sporttaucher, VDST*, einen Volltreffer gelandet hätte. Er muss ihn allerdings auf später vertrösten. »Max, ich habe noch einen Termin. *Open End*. Komme morgen so rasch wie möglich vorbei, um zu berichten. Es lohnt sich für alle Beteiligten.«

»Einen Moment noch, Tom! Das Opfer im See hat ab heute einen Namen: Bill Fraser! Mehr dazu morgen.«

21

Rimsting, Freitag, 17. Oktober 2014

Max ist guter Stimmung. Die Ergebnisse zur Opferidentifizierung haben sich in seinen Augen als beweiskräftig erwiesen. Gerade sind Johann Förstl und Benedikt Gassner eingetroffen, um die Neuigkeiten zu bewerten und selbst über die Resultate ihrer Aktivitäten zu berichten.

Max instruiert seine Gäste. »Thomas hat wichtige Informationen im Gepäck. Er kommt auf uns zu, sobald sein Dienst es erlaubt.« Darauf drückt er eine Taste auf dem Keyboard. Das Foto von Bill Fraser erscheint auf dem Bildschirm. »Das mutmaßliche Opfer im See …«

Es ist still im Raum. Johann reagiert als Erster. »Sieht aus wie Carl Wilson von den Beach Boys.«

»Da ist was dran«, pflichtet Benedikt bei. »Was macht dich so sicher, dass er das Opfer ist?«

Auf dem Bildschirm öffnet sich ein neues Fenster. Neben dem *ViCLAS*-Foto erscheint ein zweites von Bill, eines vom Campingplatz aus dem Jahr 1968. Max zoomt bei beiden Bildern Bills linke Gesichtshälfte heran. »Seht ihr die Narbe auf der linken Wange?«

»Stimmt überein«, sagt Johann.

»Völlig«, bestätigt Thomas.

»Und noch etwas Männer: Semmler erzählte mir, Hofreiters Tante lebt in den USA.«

Dreißig Minuten später befinden sich Johann und Benedikt auf dem gleichen Erkenntnisstand wie Max, was die weiteren Rechercheergebnisse zur Person Bill Frasers anbelangt. »Der endgültig und wissenschaftlich gesicherte Beweis wird spätestens am Montag mit dem Ergebnis der Video-Bildschirmtechnik vorliegen«, schließt Max seine kleine Präsentation ab.

»Du ahnst es nicht!«, kommentiert Johann die überraschende Wendung. Beide sind wie vom Donner gerührt.

Benedikt vergräbt das Gesicht in seinen Händen. »Was hat den jungen Mann nur angetrieben, dass er erst eine falsche Spur in seiner Heimat gelegt hat und daraufhin nach Soyen gekommen ist, um im See seinen Mörder zu treffen?«

»Das gleiche Motiv, das den Täter antrieb«, erwidert Max.

»Wir müssen endlich da unten nachsehen«, fordert Johann kategorisch.

Max zeigt sich einverstanden. »Daran führt wohl kein Weg vorbei.«

Benedikt dagegen äußert sich skeptisch. »Wahrscheinlicher ist doch, dass in den vergangenen Jahrzehnten alles hochgeholt wurde, was für den Täter von Interesse war.«

»Mit dem müssen wir rechnen. Aber nur die Gewissheit schafft Klarheit. Uns stellt sich die Frage: Was unternehmen wir? Mit welchen Mitteln wollen wir die Sache angehen?«, hält Max dagegen.

»Da wir bis jetzt rein privat unterwegs sind, werden die anfallenden Kosten an uns kleben bleiben«, gibt Johann zu bedenken.

Max winkt ab. »Dazu lass ich mir schon was einfallen.« Dann fährt er fort. »Ich stelle fest: Weniger ergiebig sind für uns die bisherigen Recherchen zur Tätersituation verlaufen. Nach meinem Besuch bei Semmler gerät nun das Duo Hofreiter und Heinlein in unser Visier.«

»Eine einzige Stimme«, mahnt Johann.

»Richtig. Und ich komme mir vor wie ein Schachspieler, der einem Gegner gegenübersitzt, dessen Figuren im Nebel stehen und daher nur schemenhaft zu erkennen sind.«

»Willst du den Nebel lichten, nimm als Erstes eine Bestandsaufnahme der vorliegenden Informationen vor: Fakten, Wahrnehmung und Hypothesen ...«, antwortet Benedikt, als ob er aus einem Lehrbuch für angehende Kriminalkommissare zitieren würde.

»Exakt! Die Fakten, meine Herren: Johann hat festgestellt, dass Bills Tauchanzug noch in der Asservatenkammer liegt. Thomas hat die Sache mit der Materialprüfung übernommen. Vielleicht kann er später noch etwas dazu sagen. Die Pressluftflaschen hat sich Bill, wie wir dank Johanns Nachforschungen wissen, am Chiemsee ausgeliehen. Kannst du was zum Surfbrett sagen?«

»Nein, das bleibt verschollen. Gewissheit haben wir, was den Anstrich betrifft. Er war schwarz. Und in der Woche, in der Bill ermordet wurde, hatten wir Vollmond.«

»Das erklärt den Anstrich und sein Tauchverhalten von damals, aber nicht das Motiv.« Max Stimme klingt etwas resigniert. Schließlich atmet er tief durch. »Bevor wir weitermachen, sag ich euch was. Der Schlüssel zu allem sind Bills Mutter und sein Vater. Elisabeth ist immerhin Hubert Heinleins Tante, und nach Semmlers Darstellung war sie eine gewiefte Schwarzhändlerin, die sich in jener Zeit einen Kampfpiloten geangelt hat und mit ihm in die USA abgehauen ist. In dieser Zeit muss hier etwas geschehen sein, das ihren Sohn zwanzig Jahre später veranlasste, im Soyener See zu tauchen.«

»Wenn sie ihn aber in Kalifornien als vermisst gemeldet haben und später für tot erklären ließen, dann wussten sie nichts von seiner Reise nach Oberbayern, sonst hätten sie hier nachforschen lassen. Es passt einfach nicht zusammen«, wirft Benedikt ein.

»Noch nicht! Wer von uns weiß schon, was in der Familie Fraser in der Zeit los war, und wer weiß schon, ob 1968 nicht doch noch Verbindungen nach Rieden bestanden haben? Meine Hypothese: Vielleicht haben seine Eltern in den Nachkriegswirren darin etwas versenkt, was der Sohn rausholen sollte. Hoffen wir also, dass von den beiden noch jemand lebt.«

Benedikt ergreift noch einmal das Wort: »Max, eine Sache bleibt dennoch völlig unverständlich. Warum kam er allein? Warum nicht mit seinen Eltern? Die kennen sich schließlich hier aus. Warum galt ihr Sohn bis vor wenigen Tagen noch als vermisst? Seine Eltern ahnten demnach absolut nichts von seinem Plan, nach Deutschland zu fliegen. Das beweisen seine absichtlich falsch gelegten Spuren von Manchester bis hin zur Verfremdung seines Namens.«

»Dem kann ich nicht widersprechen. Wir können sicher noch andere Hypothesen kreieren, die Wahrheit werden wir wohl nur aus Palmdale, Kalifornien, zu hören bekommen.«

»Vielleicht«, zweifelt Benedikt.

Max geht nicht darauf ein, sondern verteilt postwendend Arbeit an ihn. »Zurück zu den Fakten. Du bekommst viel zu tun, mein lieber Beni.«

»Na endlich«, freut sich dieser und reibt sich die Hände. Fehlt nur noch, dass er hineinspuckt, denkt sich Johann.

»Es geht um unser Duo H und H. Johann hat hier völlig recht mit seiner Auffassung. Wir haben nur Semmlers Hinweise, die sie verdächtig erscheinen lassen. Warten wir noch ein wenig. Thomas wird sicher bald erscheinen, dann werden wir wissen, ob die beiden heimliche Tauchprofis sind. Wenn ja, haben wir Fakten, die Heinlein und Hofreiter als Verdächtige markieren. Das wird aber immer noch nicht für eine offizielle Ermittlung ausreichen, daher musst du ran, Benedikt.«

Benedikt grinst. »Kann mir schon denken, auf was das rausläuft.«

»Stürz dich auf Hubert Heinlein. Finde Personen aus seinem näheren Umfeld heraus und befrage sie nach seinen Tauchambitionen und sonstigen Neigungen. Die ganze Flöte rauf und runter: Verwandte, Freunde, ehemalige Kollegen, Nachbarn, Personal von Reisebüros, die Tauchurlaube anbieten. Vielleicht besucht er ein Fitnesscenter. Dir sind keine Grenzen gesetzt. Wir müssen alles über ihn wissen. Du kennst das.«

»Und ob.«

Im gleichen Moment ertönt die Türglocke. Max blickt überrascht auf die Uhr. »Das wird doch nicht schon unser Tom sein?«

Mit dieser Vermutung liegt er genau richtig. Thomas Reiter, Kommissar im Dienst, betritt das Arbeitszimmer mit einer abgewetzten, rindsledernen Collegemappe und begrüßt seine Kollegen. Dabei bleckt er seine Zähne wie Arnold Schwarzenegger, tut es aber mit einer Menge Charme. Tom ist 57, volles Haar, dabei kaum ergraut. Er wirkt kultiviert und pflegt jedes Wort, das er sagt, sorgsam abzuwägen. *Keep it short and simple*, ist seine Devise. Was er im Gepäck hat, muss bedeutsam sein, denkt sich Max, denn sonst wäre er sicher erst später gekommen.

Tom blickt in die Runde. Alle Augen sind auf ihn gerichtet. Max sagt nur: »Leg einfach los.«

Der Kommissar im Dienst sammelt sich. »Maskierung, Täuschung, Verheimlichung. Liebe Freunde, die Begriffe passen zu allem, worüber ich euch jetzt berichten werde. Max hat mich gebeten, den *Verband Deutscher Sporttaucher* dienstlich zu kontaktieren. Mein Ziel war es, Auskunft zu erhalten, ob für die Herren Hofreiter und Heinlein Tauchscheine vorliegen. Nach meiner Authentifizierung als Ermittler gegenüber dem Verband wurde dies bejaht.« Er macht eine Pause. »Wenn mein Chef davon erfährt, gibt's Ärger, Freunde.«

»Wir wissen deinen Todesmut sehr zu schätzen«, frotzelt Johann.

Tom fährt ruhig fort. »Meine nächste Frage an den Mann vom Verband zielte auf diverse *Dive-Professional*-Programme ab, die die beiden Herren möglicherweise absolviert haben könnten, und wenn ja, welches *Dive-Professional*-Anerkennungslevel aktuell in ihren Tauch-Logbüchern eingetragen ist.«

»Bist du etwa auch Tauchprofi? Was ist darunter zu verstehen?«, fragt Benedikt.

Tom zieht einige DIN-A4-Seiten aus seiner Collegemappe. »Es gibt im Tauchsport unglaublich viele Trainingsangebote zur Spezialisierung, die zertifiziert und damit auch international anerkannt werden.« Darauf hebt er das Papier hoch. »Stellt euch bloß vor: Unsere beiden Herren haben in den letzten 47 Jahren einen Weiterbildungs- und Anerkennungslevel erreicht, der inzwischen mit dem Platinum 1000

Diver ausgezeichnet wurde. Konkret: Dahinter stehen mehr als 1000 Tauchgänge. Außerdem haben sie Zertifizierungen für folgende Spezialkurse.« Tom liest vor. »Suchen & Bergen, Wracktauchen, Nachttauchen, Navigation, *Diver Stress & Rescue,* Tieftauchen, Bergseetauchen und Spezialkurse in Tarierungen. Damit trainiert man das Schweben in verschiedenen Wassertiefen mit unterschiedlichen Tauchausrüstungen.«

Toms Zuhörer geraten immer mehr ins Staunen, während er die Seiten mit der Aufstellung der Zertifizierungen verteilt. Damit nicht genug, Tom verteilt zusätzlich die Kopien zweier *SSI Open Water Diver Brevets*, also Tauchscheine, die Hofreiter und Heinlein als sogenannte *Dive Leaders*, Tauchlehrer, ausweisen.

Tom stellt fest: »Damit erfüllen beide die Anforderungen, die zum selbstständigen Führen von Gruppen ausgebildeter Taucher im offenen Wasser berechtigen.«

Benedikt bringt es auf den Punkt. »Da haben wir es ja mit professionellen Tauchlehrern zu tun.«

»... und gleich mit zwei Verdächtigen, die Bill auf dem Gewissen haben könnten«, spinnt Johann den Faden weiter.

Tom überhört die Feststellungen seiner Freunde und fährt fort. »Ob sie den Tauchlehrerberuf ausüben, ist nicht bekannt. Aber die nötige Qualifikation dazu haben sie allemal.« Dann tippt er auf die Zertifizierungen. »Ich habe mir die Stempel der Tauchschulen und Orte angesehen, die unsere beiden Tauchprofis besucht haben. Eindeutiger Favorit im letzten Jahrzehnt waren die *Orca-Dive-Clubs*. Ob auf Sardinien, den Kap Verden, Ägypten, Oman, Mauritius oder Indonesien, sie haben keine einzige der renommierten Tauchbasen ausgelassen.«

Johann bemerkt trocken: »Dann dürfte ein Tauchgang im Soyensee für das Duo in etwa so sein, als würden sie auf eine Zigarettenlänge um ihr Haus schlendern.«

Max ist platt, aber auch froh über Toms Ermittlungsergebnisse. »Präzisionsarbeit!«, sagt er lobend.

Benedikt zeigt sich begeistert. »Absolut irre. Sie passen ins Profil.«

Max reagiert nicht weniger enthusiastisch: »Danach haben wir gesucht. Glaubt mir, damit haben wir einen wertvollen Ansatzpunkt, der die Aufklärung des Falles voranbringen wird, auch wenn wir jetzt davon ausgehen müssen, dass möglicherweise beide den Mord verübt haben könnten.« Dabei reibt sich Max pausenlos das Kinn. »Es wird keinesfalls einfacher, Freunde.«

Darin zeigen sich alle einig.

Tom wendet sich an Max. »Jetzt will ich im Gegenzug aber wissen, was es mit dem Opfernamen Bill Fraser auf sich hat.«

Max wiederholt die Fakten seiner Recherche.

»Da kann man ja aus Überzeugung von einer erfolgreichen Woche sprechen«, kommentiert Tom die Ergebnisse.

Johann hakt noch einmal nach: »Haben die Materialprüfer schon etwas über den Neoprenanzug herausgefunden?«

»Nein, noch nicht. Das Ergebnis erwarte ich nächste Woche«, antwortet Tom.

»Wetten, der stammt aus amerikanischer Produktion«, sagt Benedikt.

»Nach dem neuesten Stand unserer Erkenntnisse würde mich das nicht wundern«, erwidert Tom.

»Ja, wir sind alle schon gespannt, wie die nächste Woche verlaufen wird. Ich gehe davon aus, dass die Ergebnisse der

Video-Bildschirmtechnik und die Zuordnung des Neoprenanzuges bestätigen werden, dass unser Opfer eindeutig Bill Fraser ist. Auf der Täterseite wird es spannend, da Benedikt sich in Hubert Heinleins Vergangenheit stürzen wird und Johann mich bei meinen Recherchen rund um Franz Hofreiters Leben unterstützt. Parallel dazu werde ich meine Fühler nach Kalifornien ausstrecken. Und Tom, dich bitte ich zu klären, mit welcher Begründung wir unsere Polizeitaucher zu einem Einsatz im Soyensee bewegen könnten. Aber ein Versprechen muss ich euch allen abnehmen: Kein Wort über unseren Erkenntnisstand, wenn wir mit anderen über unsere Verdächtigen sprechen müssen«, schließt Max die Diskussion.

Die Runde nickt zum Zeichen ihres Einverständnisses. Max sieht in den Gesichtern der versammelten Kollegen, dass jeden Einzelnen das Jagdfieber ergriffen hat. Bestens gelaunt und mit Blick auf die Uhr sagt er spontan: »Wisst ihr was? Ich lad' euch auf eine Pizza ein.«

22

Rimsting, Holzkram, Montag, 20. Oktober 2014

Fangeisen greift nach der neuen Spiegel-Ausgabe Nummer 43-2014, blättert darin und bleibt beim Artikel über den mysteriösen Tod der jungen Kadettin Jenny Böken auf dem Segelschulschiff Gorch Fock hängen, die in der Nacht vom 3. auf den 4. September 2008 unter ungeklärten Umständen über Bord ging. Zwölf Tage später wurde die Leiche der 18-Jährigen aus der Nordsee geborgen. Im Text heißt es: Die Ermittlungen wurden rasch zu den Akten gelegt, es handle sich um ein tragisches Unglück, sagte die Staatsanwaltschaft Kiel. Doch nun hat sich nach rund sechs Jahren ein ehemaliges Besatzungsmitglied gemeldet und erhebt schwere Vorwürfe gegen den damaligen Schiffsarzt …

»Sechs Jahre sind keine Zeit«, murmelt Max vor sich hin, da er automatisch die Zeitachse mit seinem Fall abgleicht.

Da meldet sich um 9.21 Uhr sein Smartphone mit »Hotel California«. Der rasche Blick auf das Display bewirkt eine erhöhte Adrenalinausschüttung: Forensik LMU! Das Warten auf die erhoffte Bestätigung, dass der Schädelfund aus dem Soyensee von 1970 mit dem Foto Bill Frasers übereinstimmt, scheint beendet. Die Anspannung ist Max deutlich anzumerken.

»Schönen guten Morgen, Frau Ambesser!«, meldet sich Max erwartungsvoll.

»Ebenso, ebenso, Herr Fangeisen«, kommt es fröhlich zurück. »Professor Feist möchte Sie sprechen. Ich stelle durch. Wiederhören!«

Nach der Begrüßung kommt Professor Feist sofort auf den Punkt. »Der Schädel des 1968 vermissten Bill Fraser wurde von meinem Team noch einmal präzise vermessen und anschließend fotografiert. Die von Ihnen erhaltene alte Fotografie von Fraser haben wir durch das Verfahren der Bildmischtechnik eingefügt. Es ergaben sich perfekte Übereinstimmungen in all unseren Messpunkten. Durch das Resultat können wir die unbestreitbare Identität Bill Frasers feststellen. Er ist es eindeutig.«

»Auch wenn ich es geahnt habe, bin ich doch sehr, sehr froh und erleichtert über das Ergebnis Ihrer Arbeit. Ein Rätsel ist mit Ihrer Hilfe nach 46 Jahren endlich gelöst, Herr Professor. Danke, danke, danke!«

»Ihre Hartnäckigkeit, lieber Herr Fangeisen, ist die Basis dieses Erfolges. Sie bekommen das gerichtstaugliche forensische Gutachten über unsere Untersuchungen am Schädel umgehend zugestellt. Falls Sie irgendwann den Zahnstatus von Bill Fraser aus den USA beschaffen könnten, wäre das dankenswert, denn meine Mitarbeiterin könnte damit ihre Habilitationsschrift vervollständigen.«

»Ich werde mich umgehend darum kümmern. Versprochen!«, versichert Max.

»Ich weiß, Sie bleiben dran …«

Vor einer halben Stunde ist ein starker, kalter Regenguss niedergegangen, jetzt reißt die Bewölkung wieder auf. Fangeisen fährt über die Auenstraße nach Rechtmehring hinein und biegt bei der Kirche St. Korbinian in die Schulstraße ab. Von der Anhöhe Holzkrams wandert sein Blick Richtung

Süden zu einem grandiosen Alpenpanorama. Vor der Gebirgskette steht eine mächtige, futuristisch anmutende Wolkenbank wie eine dunkle Brandungswelle vor einer Steilküste. Ein Ort zum Verweilen.

16.00 Uhr. Langsam lässt er seinen BMW auf dem nassen Asphalt bis zu Hofreiters Haus rollen, das im Stil einer Landhausvilla gebaut ist. Plötzlich öffnet sich das Doppelflügeltor wie von Geisterhand, eine aufwendige Kunstschmiedearbeit im St. Peterburger Stil. Max entdeckt die Kamera, mit der die Einfahrt überwacht wird. Er nimmt die stumme Einladung an und parkt seinen Wagen auf dem Vorplatz, der mit edlen, rötlich gefärbten Granitsteinen gepflastert ist. Rasch blickt er sich um. Das Gebäude scheint rundum kostspielig renoviert worden zu sein. Das lässt sich an der Verwendung und Auswahl repräsentativer und gediegener Materialien von hoher Qualität ablesen.

Bevor Max den Wagen verlässt, prüft er seine spezielle Spionageausrüstung. Die Minikamera im Kugelschreiberformat nimmt er in die linke Hand und schnappt sich mit der anderen das Gastgeschenk. Gleich darauf erkennt sein geübtes Auge eine zweite Überwachungskamera, die den Eingangsbereich abdeckt. Nachdem er ausgestiegen ist, macht er unauffällig Aufnahmen von der Einfahrt sowie vom Haus mit dem angegliederten Garagengebäude und lässt danach das Gerät in der Brusttasche seines Sakkos verschwinden.

Eine friedliche Stille herrscht innerhalb des Areals, das einer kleinen Parkanlage gleicht. Das Geäst der Bäume hängt voll Nässe. Es riecht nach modernden Blättern und frisch geschnittenem Rasen. Von seinem Standplatz aus hat er einen großartigen Ausblick auf die Chiemgauer Alpen, und in der Ferne ist sogar noch das Kaisergebirge auszumachen. Die Terrasse wirkt abgeräumt, dafür ist der Wintergarten mit Topfpflanzen übersät. Auf jeden Fall sieht es für Max so aus, als habe eine Frau mit grünem Daumen oder ein Gärtner seine Hand im Spiel.

Franz befindet sich in seinem Arbeitszimmer. Von dort aus beobachtet er, am Monitor stehend, die Einfahrt. Als Max parkt, schlendert er hinaus, um seinen Gast an der Haustür in Empfang zu nehmen.

»Treten Sie ein.« Hofreiters Stimme klingt kränklich.

Max streckt ihm freundlich die Hand hin. »Danke für die Einladung.«

Doch Franz verweigert den Händedruck und deutet auf seinen Brustkorb. »Lieber nicht.«

Max nimmt den Geruch von Waschlotion wahr.

Das massive Eingangsportal ist elektronisch gesichert. Der Eintritt in Hofreiters Landhaus erfolgt über die fast 50 Quadratmeter große, repräsentative Eingangshalle mit Galerie, die direkten Zugang zu allen Räumen des Erdgeschosses sowie zur Südterrasse gewährt. Max folgt der Aufforderung, bedankt sich für die Einladung und überreicht als Gastgeschenk eine Flasche Riesling. Im Garderobenraum hängt er seinen Trenchcoat auf einen freien Bügel.

Max lässt seinen Blick schweifen, während Franz ihn in die sogenannte Bauernstube geleitet. Die Vorhalle ist gefliest mit Sonthofener Marmor, Deckenspots sorgen für optimale Beleuchtung, überall sieht man maßangefertigte Türen und Einbauten vom Schreiner, Sprossenfenster mit Segmentbögen, von außen eingerahmt durch massive hölzerne Fensterläden, dazu in Marmortechnik gespachtelte Wände mit Stuckabschluss, alles luxuriös und teuer.

In der Bauernstube sticht der französische Sandsteinkamin ins Auge, Wände sowie die Kassettendecke sind in Schreinerqualität gefertigt. Eine Überraschung bilden die beiden schlichten Designersofas und der Sessel, deren Formen und stilvolle Muster sich perfekt in den Raum integrieren. Die Sitzgruppe strahlt die Ruhe selbst aus. Was Hofreiter Bauernstube nennt, entpuppt sich als luxuriöser Salon.

Ein Kater schleicht sich heran.

»Das ist Blacky«, stellt Franz seinen Stubentiger vor.

Blacky buckelt an Max' Beinen und schnurrt. Die vier Pfoten sind weiß, als wäre er soeben durch Schlagsahne spaziert.

»Fabelhaft schön haben Sie es hier, Herr Hofreiter. Die Möblierung hat sicher ein Innenarchitekt für Sie komponiert«, lobt Max das exklusive Ambiente.

»Ja, das alles ging natürlich nicht von heute auf morgen.« Es klingt wie eine Entschuldigung.

Im Haus ist es warm. Franz bietet Max einen Platz auf dem Sofa an, während er den Sessel wählt.

»Ich hole uns den Kaffee.«

»Kann ich Ihnen behilflich sein?«

Franz hustet schwer. »Danke. Ich komme zurecht.«

Als er die Tür zur Küche öffnet, nimmt Max' Nase einen schwachen Geruch von Gulasch, Kartoffeln und geschmortem Blaukraut wahr.

Wenig später rollt Franz einen Servierwagen aus der Küche – offensichtlich der Ferrari unter den multifunktionalen Begleitern in Küche, Wohnbereich, Garten und auf der Terrasse. Max hätte hinter dem recht kleinbürgerlich wirkenden Franz nie und nimmer diesen luxuriösen Stil erwartet.

Wie selbstverständlich ist das Kaffeeservice aus der Serie Rosenthal meets Versace, Kanne, Milchkännchen und Zuckerdose aus Sterlingsilber.

Semmler liegt genau richtig mit seinen Vermutungen, denkt sich Max. Das alles kann man sich mit ehrlicher Arbeit nicht verdienen. Jedenfalls nicht in Hofreiters Branche.

Franz füllt die Tassen, pult aus der Brusttasche seines Hemdes Tabletten, drückt eine durch den Blister und nimmt sie mit einem Schluck Kaffee zu sich.

»Was schlucken Sie da?«, fragt Max höflichkeitshalber.

»Ein Antibiotikum gegen die bösen Tierchen in meiner Lunge.«

»Bronchitis noch nicht überwunden?«

»Sitzt tief. Scheiß Gartenarbeit!«

»Gartensport ist Mord!«

Franz zuckt unmerklich zusammen. Max hat unbewusst eine Wortwahl erkoren, die Hofreiter berührt und in seinem Kopf Assoziationen weckt. Tauchsport ist Mord, formuliert Franz tonlos seine Version. »Kann man so sehen. Mein Arzt sagt mir, das dauert. Ich hol mir noch eine Decke.«

Max nimmt ihm die Erkrankung ab. Kurz darauf hat sich Hofreiter in seine Decke eingewickelt und liegt wie ein Schulkind im Sessel, das sich dem Tag nicht stellen will. Aber schon überrascht er Max mit einer gezielten Frage. »Sie wollen einen längst vergangenen Mordfall klären, bei dem Sie damals die Ermittlungen geführt haben. Was erhoffen Sie sich nach 46 Jahren?«

»Ich bin jedenfalls nahe daran, das Motiv für den Mord im See herauszufinden.«

Das ist der Moment, indem sich Franz' braune Bernhardineraugen in die eines Dobermanns verwandeln.

»Motiv im See? Was für eines soll das sein?«

»Meine Hoffnung beruht darauf, von Ihnen eine Antwort oder gar eine Bestätigung zu erhalten.«

»Eine Bestätigung von mir? Was kann ich schon dazu sagen?«

»Was ruht nach Ihrer Meinung auf dem Grund des Sees, das einen Mord motivieren würde?«

Franz bekommt einen Hustenanfall, muss sich aufrichten, räuspert sich und verschwindet Richtung Gästetoilette. Zeit für Max, sich intensiv umzusehen. Er ist sich sicher, dass auch dieser Raum videoüberwacht wird und vielleicht auch abgehört werden kann. Er erhebt sich, blickt interessiert in alle Richtungen und macht dabei mit seiner Minikamera unauffällig Aufnahmen. Gleich neben dem Eingang zur Bauernstube befindet sich ein Raum, dessen Tür ein wenig offen steht. Ein Stück eines deckenhohen Bücherregals ist zu sehen. Max vermutet dahinter Franz' Arbeitszimmer. Seine Erfahrung sagt ihm, dass er um jeden Preis einen Blick dort hinein werfen muss. Ein Arbeitszimmer ist wie ein Archiv, voll mit Erkenntnissen, die es zu entdecken gilt. Man muss nur darin wühlen können. Eine zweite große doppelflügelige Tür ist geschlossen. Wahrscheinlich liegt ein weiterer großer Raum dahinter.

Franz hat aufgehört, den Schleim abzuhusten. Das Geräusch von fließendem Wasser dringt durch die Tür. Max setzt sich wieder. Franz kehrt zurück, sein Gesicht ist bleich.

»Ich glaube, unsere Unterhaltung ist zu anstrengend für Sie«, gibt sich Max verständnisvoll.

Franz winkt ab. »Entschuldigen Sie, aber das passiert nur noch zwei bis drei Mal am Tag. Jetzt hab ich wieder für ein paar Stunden Ruhe. Wo waren wir stehengeblieben, Herr Fangeisen?«

»Beim Motiv im See …«

»Es gibt vermeintliche Schätze, die nie gehoben werden, aber laufend Menschenleben kosten«, nimmt Franz den Faden wieder zügig auf. »Im Soyensee kann ich mir das nicht vorstellen. Gut, ausgeschlossen ist nichts. Wir haben bei unserem nächsten Treffen einen Referenten, der sich intensiv mit dem Dreißigjährigen Krieg beschäftigt und über diese Zeit auch in unserer Region geforscht hat. In jenen Dekaden ist sicher viel versteckt worden, besonders vor den Schweden, die bis nach Wasserburg gekommen sind. Kann sein, dass in jenen Zeiten etwas im See versenkt worden ist.«

Max schmunzelt. »Von wem auch immer …«

Darauf folgt ein kurzer Gedankenaustausch über die Tätigkeiten und Ziele des Vereins *Raetia*, garniert mit Informationen über die Historie der Gemeinde Soyen. Nichts davon ist Max unbekannt.

»Vielleicht liefert Ihnen unser Professor ja einen neuen Anhaltspunkt, vielleicht sogar ein Motiv – oder auch nicht«, versucht Franz ernsthaft glaubwürdig zu wirken.

»Könnte vielleicht am Ende des Zweiten Weltkriegs etwas vorgefallen sein, das in dieses Raster passt – wenn Sie beispielsweise an die Amerikaner denken, die hier stationiert waren, und an die Geschichten, die man sich aus dieser Zeit erzählt?«

Franz nestelt nervös an seiner Decke. »Oh, da weiß ich herzlich wenig darüber.«

Max schießt nun ohne Vorwarnung einen Böller ab. »Haben Sie jemals Tauchsport ausgeübt?«

Franz unterdrückt mit aller Macht einen zweiten Hustenanfall. Seine Gesichtszüge entgleisen. »Nein, hab ich nicht«, lügt er frech, aber schlecht.

Die gleiche Art von Gesichtsausdruck hat Max bereits bei anderen Tätern gesehen und weiß ihn zu deuten. Keiner außer ihm kann nachvollziehen, was Ermittler in solch einem Moment bewegt. Franz' dreiste Lüge wirkt wie ein Geständnis. Warum leugnet jemand einen derart schönen Sport wie das Tauchen? Die verbissene Suche nach einer Spur, die vermeintliche Aussichtslosigkeit in diesem einen besonderen Fall, alles das ist von einer Sekunde auf die andere wie weggeblasen.

»Dann will ich Sie auch nicht länger mit meinen Fragen behelligen«, erklärt Max ebenso sachlich wie heuchlerisch.

»Tun Sie nicht …«

Am Hauseingang ertönt ein Summton. Franz streift die Decke ab, erhebt sich wieder und drückt einen Knopf. Ein kleiner Bildschirm leuchtet an der Gegensprechanlage auf. »Ach Gott, das hatte ich ganz vergessen. Ich habe für heute die Rohr- und Kanalreiniger bestellt. Der Dreck da draußen in den Rohren zur Sickergrube muss unter Druck kommen. Herbstlaub von mindestens fünf Jahren steckt da drin. Das ist der Trupp mit der Hochdruck-Spültechnik, die meine Rohre durchpusten will. Einen Moment bitte …«

Franz begibt sich eilends nach draußen.

Max ist sofort auf den Beinen und betritt schnell den Raum gleich neben dem Eingang zur Bauernstube. Franz Hofreiters Arbeitszimmer! Die Videofunktion auf seinem Stift hat Max auf Aufnahme eingestellt. Ohne Hast scannt er den Raum. In wenigen Augenblicken ist mehr auf dem Chip gelandet, als er sich erhofft hat.

Auf Augenhöhe im Bücherregal befinden sich auf einer Länge von fast drei Metern Fachbücher und Broschüren über das Sporttauchen. In der Glasvitrine, die als Raumteiler dient, stechen drei Goldmünzen in sein Auge, die dekorativ auf einem schwarzen Samtkissen ruhen. Mit ruhiger Hand zieht er die kleine Kamera darüber, öffnet die Glastür und macht obendrein Einzelfotos von den Objekten. Darauf zieht er ohne Skrupel eine Schublade des Schreibtisches auf. Doch außer Geschäftskorrespondenz findet er auf den ersten Blick nichts. Für einen zweiten reicht die Zeit nicht mehr, da er hört, wie Franz zurückkommt. Rasch wirft er noch einen Blick zur Decke. In der Mitte entdeckt er eine Kuppelkamera, die in eine der Kassetten eingelassen ist. Max kennt die Dinger. Die Kameras werden einfach an ein drahtloses Netzwerk angeschlossen und mit Strom versorgt. Danach kommunizieren sie mit dem Festplattenrecorder. Sollte ich aufgenommen worden sein, wird das bei Hofreiter zusätzlichen Druck aufbauen, denkt er zufrieden und huscht eilends zur Tür hinaus.

Als Franz die Bauernstube wieder betritt, sitzt Max ruhig auf dem Sofa.

»Tut mir leid, ständig diese Unterbrechungen.«

»Kein Problem.« Max hält die Kaffeetasse hoch. »Kann ich noch eine haben?«

»Selbstverständlich.«

»Herr Hofreiter, ich nehme gern Ihre Einladung zu dem Vortrag an. Wann und wo findet er statt?«

»Ich glaube, wir sind diesmal wieder in Soyen im Dorfwirt. Unser Treffen findet in der Regel jeden ersten Dienstag im Monat statt.«

»Das passt«, sagt Max gut gelaunt.

Franz plagen die Andeutungen seines Gastes. »Ich möchte noch einmal auf das Motiv im See zurückkommen. Glauben Sie, dass der Täter noch lebt?«

»Ich habe eine Vermutung. Mehr nicht.«

»Also keinen echten Verdächtigen?«

»Das will ich nicht sagen. Aber wenn die Zeit gekommen ist, werden Sie es sicher erfahren.« Max kann die Nervosität seines Gegenübers spüren und verstärkt diese absichtlich. »Wir sind uns alle sicher, dass es jemand war oder ist, der eine Tauchausbildung hat. Außerdem werden wir bald den gesamten Seegrund professionell absuchen lassen.«

»Gute Idee!« Franz' Stimme klingt fremd. »Wann wird das sein?«

»Sie werden es aus der Presse erfahren.« Mit diesen Worten erhebt sich Max. »Ich muss mich wiederholen. Ein fantastisches Haus bewohnen Sie hier.« Darauf bewegt sich Max drei Schritte zu der zweiten Tür und zeigt darauf. »Entschuldigen Sie meine Neugierde, Herr Hofreiter. Darf ich fragen, was sich hinter diesem kleinen Tor befindet?«

»Ach, kein Problem. Sie können gern einen Blick hineinwerfen.« Franz öffnet die Flügeltüren und betätigt einen Lichtschalter.

Max verschlägt es den Atem. Nach Westen hin befindet sich ein Swimmingpool, und vor dem Eingang leuchtet ein zwölfteiliges Bild auf, das einen Schwimmer beim Sprung in einen Pool zeigt. Die farbliche Komposition ist umwerfend.

Franz postiert sich stolz davor. »Paper Pool! Das Original von David Hockney befindet sich in der *National Gallery of Australia* in Canberra. Ich habe es entdeckt, als ich auf der Durchreise zum Great Barrier Reef …« Seine

Stimme stockt »... am Great Barrier Reef eine Bootstour gemacht habe.«

»Und die Kopie haben Sie anfertigen lassen?«

»Ja. Vor einigen Jahren. Die gerasterte Unterteilung der Arbeit in Parzellen und Spalten ist für mich eine Offenbarung. Und erst die Symbolik! Wir kommen aus dem Urmeer und tauchen dort gern ein. Wussten Sie, dass manche Körperflüssigkeiten vom Salzgehalt her die gleiche Zusammensetzung haben wie das Meer?«

»Nein.«

Franz läuft zur Hochform auf. »Wussten Sie, dass der menschliche Körper zu 70 Prozent aus Wasser besteht, dass man bereits ab 0,5 bis 3 Prozent Wasserverlust das Verlangen zu trinken verspürt? Weitere Auswirkungen wie Sprachstörungen und ein unsicherer Gang stellen sich bei einem Wasserverlust ab zehn Prozent ein, und eine Dehydratation über einen Zeitraum von drei bis vier Tagen kann bereits tödliche Folgen haben?«

»In etwa. Deswegen tauchen Sie auch gern in das Urmeer ein. Stimmt's?«

Franz merkt sofort, dass er sich heillos verplappert hat. »Ja, es ist einfach der Mythos Wasser ...«

Max zeigt auf das Gemälde »Paper-Pool«. »... und der Taucher dort. Auch ein Mythos?«

Franz erwidert nichts auf die Anspielung.

»Herr Hofreiter, einmalig schön haben Sie es sich hier eingerichtet. Sie haben einfach ein goldenes Händchen und sich obendrein eine goldene Oase geschaffen. Glückwunsch! Sie haben sicher noch zu tun mit Ihrem Puste-Trupp da draußen, und ich muss zurück nach Rimsting.«

Die Verabschiedung ist kurz. »Wir sehen uns!«

»Ja, bis dahin. Gute Fahrt.«

Kaum ist Fangeisen aus dem Tor gerollt, stürzt Franz in sein Arbeitszimmer und betätigt einen Schalter unterhalb der Schreibtischplatte. Ein Teil der langen Bücherwand bewegt sich zur Seite und gibt eine Wand frei, auf der zwei brandneue 27-Zoll-Monitore montiert sind.

Er nimmt die Fernbedienung in die Hand und fährt die Aufzeichnungen zurück. Was er zu sehen bekommt, versetzt ihm einen Tiefschlag.

»Verdammter Hurensohn«, brüllt er trotz seiner Bronchitis. »Diese falsche Klapperschlange!« Die Worte bleiben ihm im Hals stecken.

Huberts Mahnung kommt ihm wieder in den Sinn: Jeder Taucher macht sich da sofort verdächtig. Kannst dir also gleich eine Klapperschlange um den Hals legen …

Das Herz hämmert plötzlich panisch in seinem Brustkorb. Er schlägt die Hände vors Gesicht. »Ich Blödian habe sie mir um den Hals gelegt, und sie hat zugebissen. Mehrmals!« Jammernd beklagt er seine Dummheit und lässt sich kraftlos in den Sessel plumpsen.

Als Max die »Rohrpuster« grüßt, denkt er sich: Franz und Hubert strudeln bereits auf den Abfluss zu. Sie wissen es nur noch nicht.

23

Die Flut von freigesetztem Adrenalin ist in Franz abgeebbt. Immer noch sitzt er wie paralysiert in seinem Sessel. Die Whiskyflasche neben ihm ist der einzige Trostspender weit und breit. Er fühlt sich unfähig, Hubert zu kontaktieren, obwohl er ahnt, dass dieser wie auf glühenden Kohlen sitzt. Was soll ich ihm bloß sagen? Er bringt mich um, wenn ich ihm den wahren Ablauf schildere. Franz kippt den halben Tumbler hinunter, als läge auf dem dicken Glasboden die Lösung.

Im gleichen Moment ertönt der Klingelton auf seinem Smartphone. Die Nummer ist kodiert. Hubert! Etwas in ihm sträubt sich, das Gespräch anzunehmen. Er drückt die Mithörtaste der Sprachbox.

Huberts aggressive Stimme martert seinen Gehörgang. »He Francesco! Was denkst du dir dabei? Ich warte hier wie ein vergessenes Osterei. Bist du jetzt völlig durchgedreht? Wo steckst du? Hat er dich gleich mitgenommen, oder bist du auf der Flucht? Vielleicht haben sie dich schon zur Fahndung ausgeschrieben ... Melde dich! Sofort!«

Jedes Wort erzeugt eine blitzartige Schmerzattacke in seinem Kopf. Franz fürchtet Huberts mentale Härte. Dessen Gleichgültigkeit angesichts der Schicksalsschläge, die auch er hat hinnehmen müssen, ist ihm immer unverständlich geblieben, seine Fokussiertheit und Skrupellosigkeit, auch wenn sie doch oft zu einer erfolgreichen Problemlösung führten, ließen Franz oft daran zweifeln, dass sein Partner wirklich ein Mensch aus Fleisch und Blut ist. Noch schlimmer empfindet Franz aber Huberts emotionalen Tunnelblick, wenn es um die Durchsetzung seiner Vorstellungen geht. Nach zwei weiteren Gläsern Scotch kehrt sein Mut zurück. Vermeintlich! Franz ist fest entschlossen, über seine Fahrlässigkeit kein Wort zu verlieren.

»Was ist los bei dir? Warum rufst du erst jetzt an?«

Franz ist sich seines Alkohollevels bewusst und hoch konzentriert, sodass er in der Lage ist, leidlich besonnen zu antworten. Seine Stimme hat er auf »krank« gestimmt. »Beruhige dich. Nichts ist passiert, alles im grünen Bereich.«

»Sülz nicht rum. Was wollte er? Worüber habt ihr so lange gesprochen?«

»Er war nur kurz hier. Ich hatte vergessen, dass ich für heute Nachmittag die Rohrreiniger bestellt hatte. Das hat die Kaffeestunde zerschlagen.«

»Worüber habt ihr gesprochen?«

»Über unsere regionale Geschichte und über den kommenden Vortrag im Verein. Der Superbulle hat Interesse gezeigt. Hab ihn dazu eingeladen.«

»Du bist ein Wahnsinniger! Kein Wort über See, Leiche und Motiv?«

»Doch. Eine Frage. Ob ich wüsste, was für ein Motiv am Grund des Sees ruht. Ich sagte ihm natürlich, ich hätte keine Ahnung.«

Huberts Misstrauen ist zu spüren. »War das alles?«

»Das war's. Ich bin durch meine Bronchitis immer noch schwer angeschlagen. Dazu musste ich zweimal nach den Kanalarbeitern sehen. Der Schnüffler hat darauf Rücksicht genommen.«

Hubert scheint sich mit der Darstellung abzufinden. »Wir müssen das Zeug dringend nach oben bringen. Die Zeit läuft uns davon.«

»Machen wir, sobald ich dazu in der Lage bin.«

»Ich glaub nicht, dass ich darauf warten kann.«

Für Franz ist damit nun eine rote Linie überschritten. Er nimmt allen Mut zusammen. Mit gepresster Stimme erwidert er: »Hubert! Ich muss dich vor einem Alleingang warnen. Damit brichst du vorsätzlich alle Vereinbarungen. Überleg es dir gut.«

»Komm einfach mit, dann kannst du ihn verhindern.«

24

Die Sonne ist gerade untergegangen, doch im Westen dehnt sich noch ein Streifen blutroter Wolkenriffe. Fangeisen befindet sich auf der Rückfahrt nach Rimsting und zieht Bilanz. Die forensische Absicherung der Opferidentifizierung ist ohne Zweifel das Highlight des Tages. Auch die weiteren Informationen über die mutmaßlichen Täter sind bis jetzt sehr befriedigend, aber jeder Versuch, eine Wiederaufnahme des alten Falles durch die Staatsanwaltschaft zu erwirken, wäre auf dieser Basis von vornherein zum Scheitern verurteilt. An einen Indizienprozess will er gar nicht denken. Allein die Frage nach einem überzeugenden Motiv bleibt noch unbeantwortet.

Trotzdem kommt nach 46 Jahren mächtig Bewegung in den Fall. Der Kreis der Verdächtigen fokussiert sich ab heute auf Hofreiter und Heinlein. Allerdings scheint die stringente Entschlossenheit, zumindest bei Hofreiter, völlig zu fehlen. Jedenfalls konnte Max nichts in dieser Richtung wahrnehmen. Damit passt das »Profil« besser auf Heinlein als auf Hofreiter.

Wäre der Mord erst gestern passiert, hätte man die beiden sofort professionell verhört, Hausdurchsuchungen angeordnet, Bankdaten und Kontobewegungen geprüft, ihre Aufenthaltsorte geortet und daraus ein Bewegungsprofil erstellt. Das Verbrechen würde in diesem Fall schnell aufgeklärt werden.

Hätte, hätte – Fahrradkette … Was habe ich damals alles versäumt? Leider lassen sich die Fehler zurückliegender Ermittlungen im Nachhinein nicht mehr korrigieren. Mit derartigen Wissenslücken zurechtzukommen, ist die größte Kunst der Fallanalyse. Zugegeben, Analysemethoden und Ermittlungstechniken haben sich seit dieser Zeit enorm weiterentwickelt und verfeinert. Damals, 1970? Aus der heutigen Sicht war das eher Steinzeit.

Egal, bis jetzt kann Max niemandem versprechen, Bills Mörder tatsächlich entlarven zu können. Was hilft es zu wissen, dass die Harpune und der damit erzielte Treffer ein Beleg für den Vernichtungswillen des Täters ist, der von seiner Entschlossenheit getragen wurde? Für den Mörder muss Bill ein Rivale gewesen sein, der von seinem Seegrund »entfernt« werden musste.

Die Realität ist ebenso schonungslos wie die Fantasie, geht es ihm durch den Kopf. Was er am meisten bedauert, ist die Tatsache, dass sich Bills »Hinrichtungsstätte« durch Wasser und Tiefe einer fallanalytischen Beurteilung komplett entzieht. Hinzu kommt noch die Schwierigkeit, dass es keinen Parallelfall in der deutschen Kriminalgeschichte gibt, aus dem man Erkenntnisse hätte ziehen können. Damit verhält es sich genauso wie mit dem Ortsnamen »Soyen«. Auch der ist einmalig.

Noch gibt es genügend Spuren, die es zu verfolgen gilt. Vielleicht sind die Goldmünzen der Schlüssel zu einem stark verrosteten Schloss, das damit doch noch zu öffnen ist. Jedenfalls sind sie die nächste Spur, die er verfolgen wird.

Max wird aus seinen Gedanken gerissen. Thomas Reiter ruft an. Über die Freisprechanlage ist die Annahme kein

Problem. »Hallo, Tom, fahre gerade zurück nach Rimsting. Habe gute Nachrichten über die Identität von Bill Fraser und war auf einen Kaffee beim Hofreiter. Erzähl ich dir später. Was gibt's?«

»Details über die Untersuchung des Neoprenanzuges.«

»He! Das ist ja super!«, kommt es spontan über Max' Lippen. »Schieß los!«

»Die Materialprüfung hat ganz eindeutig ergeben, dass der Tauchanzug damals von der Firma *Pinnacle Aquatics* hergestellt wurde, die in Marathon-Livermore ansässig ist.«

»Wo liegt das denn?«

»Halt dich fest: Etwa 70 Kilometer östlich von San Francisco, Kalifornien. Dieser spezielle Neoprenanzug wurde von der Firma 1968 hauptsächlich an Kunden der Ostküste Kaliforniens, nach Florida und auf die Bahamas geliefert. Nach Europa ging kein einziges Stück. Inzwischen fusionierte die Firma mit *Zeagle Systems*, einer der renommiertesten Firmen in den USA, was die Originalherstellung von Tauchgeräten und Zubehör anbelangt. Für Taucher die Rolex unter allen Anbietern.«

»Satte Leistung, Tom. Wie es scheint, führen inzwischen alle Wege nach Kalifornien. Ich bin mehr denn je davon überzeugt, dass der Schlüssel zur Lösung unseres Falles in Kalifornien, bei Heinleins Tante, liegt. Ich hoffe, dass Bills Vater oder seine Mutter noch lebt.«

»Da bin ich optimistisch. Was ist mit Bill Fraser? Und wie ist es in Holzkram gelaufen?«

Max berichtet Tom ausführlich über die Nachricht von Professor Feist, über das Gespräch mit ihm und seine Entdeckungen in Hofreiters Haus. Die Beschreibung der Münzen lässt Tom aufhorchen.

»Das sind ja echte Fortschritte. Die Spur von Fraser wird uns zum Täter führen.«

»Das wäre dann wirklich spektakulär.«

»Glaub mir, eines Tages werden wir den oder die Mordverdächtigen verhören. Übrigens, wir haben für Fragen zu Goldmünzen einen erstklassigen Numismatiker in Hall, in Tirol. Er ist gleichzeitig Mitglied der Tiroler Numismatischen Gesellschaft. Den Namen such ich dir morgen raus und stelle auch gern den Kontakt her.«

»Klasse, Tom!«

Tom antwortet trocken: »Die Schlinge zieht sich zu. Gibst du das Signal, wenn wir uns treffen?«

»Klar. Ich denke, wir sehen uns noch in dieser Woche.«

»Okay. Komm gesund heim.«

Zu Hause angekommen, überspielt Max Videos und Bilder auf seinen Computer. Als Michaela eintrifft, informiert er sie als Erstes über die erfreuliche Nachricht von Professor Feist. »Das Opfer ist eindeutig identifiziert. Es ist tatsächlich Bill Fraser aus Palmdale.«

Michaela umarmt ihn stolz. »Gratuliere, es werde Licht! Ein riesiger Erfolg nach 46 Jahren absoluter Dunkelheit. Max, wer hätte das gedacht? Du kannst stolz auf dich sein!«

Max scheint sich über dieses Kompliment gar nicht recht freuen zu können. »Ja, so ist das. Manchester, Kalifornien, anstatt England. Bei aller Freude, Micha, den Treffer hätte ich schon viel früher landen können.«

»Es ist nie zu spät.«

»Aber jetzt, wo wir Gewissheit haben, kann ich meinen Erfolg kaum fassen.«

»Komm, darauf heben wir einen.« Micha geht zum Barschrank, holt zwei Obstbrandgläser heraus und füllt sie mit einem edlen Himbeergeist. Dann reicht sie eines Max. »Auf dich!« Nachdem sie getrunken haben, spricht sie ihm weiter Mut zu: »Du hast das Opfer identifiziert, jetzt ist der Mörder dran.« Daraufhin füllt sie noch einmal beide Gläser. »Wie war's in Holzkram?«

Max geht mit ihr zum Computer und schildert Michaela anhand des Materials in allen Facetten Ablauf und Eindrücke seines Besuches. Besonders die Goldmünzen und das Gemälde »Paper-Pool« von Hockney steigern ihr Interesse.

»Was glaubst du? Haben Franz Hofreiter und Hubert Heinlein die Münzen etwa vom Grund des Sees geborgen?«

»Hypothetisch könnte es durchaus sein. Wir müssen erst feststellen, um welche Art von Münzen es sich handelt. Ich habe auf der Rückfahrt schon mit Tom darüber gesprochen. Er hat einen Numismatiker vorgeschlagen, der Experte auf diesem Gebiet ist. Dann sehen wir weiter.«

Später, während des gemeinsamen Abendbrotes, zitiert Micha Joseph Conrad, den englischen Schriftsteller und Kapitän: *What is art all about? To make you see!* »Was ist der Sinn der Kunst? Dich zum Sehen zu bringen! Das gilt auch für die Kunst deiner heutigen Recherchereise. Nach meinem Geschmack waren das eindeutig zu viele Neins von Franz Hofreiter. Damit ist mehr als klar, dass beide mit dem Mord zu tun haben.«

»Beide? Da bin ich mir keinesfalls sicher.« Max reibt sich wieder mehrmals das Kinn. »Micha, ich sehe eine Litfaßsäule mit unterschiedlichen Plakaten vor mir, die widersprüchliche Botschaften zeigen. Die wichtigste von allen aber scheint darauf überklebt zu sein. Rate mal …«

Michaela zögert keinen Moment. »Das Motiv!« Und nach einer langen Pause: »Gold! Gold ist das Motiv.«

25

Rimsting, Freitag, 24. Oktober 2014

Ein herbstlicher Freitagnachmittag in Grau. Max will erst noch den Römerverein besuchen, bevor sein Recherche-Rudel sich wieder trifft. Die vergangenen Tage hat er unter anderem damit verbracht, Widersprüche und Divergenzen seiner Hypothesen zur Frage der mutmaßlichen Täter zu überdenken. Schön, ich weiß, wer das Opfer ist, und habe Indizien, die auf den oder die Mörder hinweisen. Aber die Informationen darüber wachsen im gleichen Ausmaß wie meine Hoffnung schrumpft, den oder die Täter doch noch ihrer gerechten Strafe zuzuführen.

Das Profil des Täters habe ich längst im Kopf, den Ablauf des Verbrechens rekonstruiert. Lediglich das Motiv, obwohl es schwach vom Grund des Sees heraufglänzt, ist lange noch nicht gesichert. Katzengold glänzt schließlich auch. Handelt es sich tatsächlich um Goldmünzen, dann wären die beiden Verdächtigen gleichzeitig meine *Golden Boys* in dem Fall, kombiniert er. Auch wenn ich damals nur den Endzustand eines Verbrechens gesehen habe, bin ich mehr denn je davon überzeugt, dass allein die Entscheidung des Täters am Tatort sein Motiv verrät. Da mir dies versagt bleibt, wird die Aufklärung der Tat nur durch einen eindeutigen Sachbeweis oder durch ein Geständnis des Täters möglich sein.

In den verbleibenden Stunden will er sich die verschiedenen Aufnahmen der Münzen genauer ansehen und im Internet darüber recherchieren. Die Fotos hat Max schon am nächsten Tag an Richard Theis, Numismatiker in Hall, gesendet. Vielleicht gibt es dazu bald eine neue, durchschlagende Erkenntnis, die zum »goldenen« Motiv im See führt, von dem Michaela so überzeugt ist.

Kaum hat er eine Webseite über historische italienische Goldmünzen geöffnet, wird er wieder von der Melodie des Smartphones aus seiner Konzentration gerissen. Aber dann geschieht das Unwahrscheinliche: Rupert Knecht ist dran. Max' kühnste Hoffnungen scheinen in Erfüllung zu gehen.

Small talk war gestern! Gleich nach der Begrüßung stellt Max die entscheidende Frage. »Leben Bills Eltern noch?«

»Max, du hast es aber eilig.«

»Ist das ein Wunder? Sag schon …«

»Na gut. In den Staaten hat unser Verbindungsmann beim FBI gediegene Arbeit geleistet.« Knecht lässt Fangeisen bewusst etwas zappeln. »Ich habe hier zwei Nachrichten. Eine schlechte und eine gute. Welche zuerst?«

Max platzt nun fast vor Ungeduld. Trotzig erwidert er: »Scheißegal – schieß los!«

Gut, dass Max sein Grinsen nicht sehen kann. »Dann erst mal die schlechte Nachricht: Jack Fraser, Bills Vater, war bis 1968 Testpilot auf der *Edwards Air Force Base*, einer Luftwaffenbasis der *United States Air Force* im Antelope Valley nahe Lancaster in Kalifornien, rund 100 Kilometer nördlich von Los Angeles. Er kam in dem genannten Jahr bei einem Testflug ums Leben. Und nun die gute Nachricht für dich …« Knecht lässt sich ein paar Sekunden Zeit. Dann dröhnt seine Stimme an Max' Ohr: »Elisabeth Fraser, geborene Mittermeier aus Teufelsbruck. Sie lebt noch! Ist inzwischen 89 Jahre alt.«

Auf der anderen Seite ist es still.

»He, Max! Was sagst du dazu?«

»Entschuldigung! Ich muss das erst verdauen. Ich fühle mich glücklich und dennoch wie zerschlagen. Vielleicht weil ich in diesem Punkt zwischen Hoffen und Bangen hin und her gerissen war.«

»Nun freu dich darüber. Ist die Nachricht nicht gleichbedeutend mit einem Durchbruch im Fall ›Toteissee‹?«

»Das ist sie! Ganz sicher auf der Opferseite. Aber vielleicht führt uns das auch direkt zum Täter.«

»Hier in deiner alten Abteilung zweifelt niemand daran. Wir verfolgen inzwischen mit großem Interesse die Entwicklung.«

Fangeisen informiert Knecht über die sichere Identifizierung von Bill Fraser durch Professor Feist, ebenso über die neueste Entwicklung und Erkenntnisse zu den beiden Verdächtigen Hofreiter und Heinlein, wobei Heinlein als Neffe Elisabeth Frasers weiter in den Focus rutscht. »Das Institut will zur Komplettierung noch Frasers Zahnstatus abgleichen. Dürfte nunmehr kein Problem sein. Danach kannst du das komplette Gutachten an die Kollegen vom FBI senden, damit sie Bill Fraser endlich aus der Vermisstendatei löschen können.«

Knecht bedankt sich, hat für Max aber noch zwei elementare Mitteilungen aus Kalifornien. »Apropos Palmdale, Kalifornien: Die Adresse von Elisabeth Fraser ist immer noch dieselbe. Nur die Telefonnummer hat sich geändert. Zudem haben wir eine Handynummer und eine E-Mail-Adresse von ihr. Außerdem hat sie noch einen zweiten Sohn.

Sein Name ist hier mit Matthew Fraser angegeben. Jahrgang 1960, also inzwischen 54 Jahre alt. Lebt ebenfalls in Palmdale, gleiche Straße und, wie es aussieht, nur ein paar Häuser weiter. Bekommst von mir alle Angaben im Detail per E-Mail.«

Max stattet Knecht seinen Dank ab und kündigt an, dass er umgehend mit Bills Mutter in Kontakt treten werde.

»Kein einfacher Anruf für dich«, meint Knecht.

»Ja, ich werde mir sehr genau überlegen müssen, wie ich in dieser Situation vorgehe. Es ist immer schwierig, wenn man alte Wunden aufreißen muss.«

»Ich wünsche dir viel Fingerspitzengefühl …«

Max will eigentlich keine Stunde länger abwarten als nötig. Schnell eruiert er die Zeitdifferenz zwischen Rimsting und Los Angeles. Der Zeitzonenrechner wirft das Ergebnis aus: minus neun Stunden. Michaela ist auf einer Veranstaltung in München, und Max erwartet sie nicht vor 23.00 Uhr. Er wird seinen ersten Anruf nach Palmdale um 19.00 Uhr Ortszeit tätigen – noch drei Stunden, um sich bis dahin ein Gesprächskonzept zu überlegen.

26

Sein erster Versuch in Palmdale ist ein Fehlschlag. Max kann die Nummer zwar anwählen, aber niemand meldet sich. Nach gefühlten zehn bis fünfzehn Versuchen probiert er es mit der Handynummer. Schon der erste Versuch gelingt.

»Elisabeth Fraser!« Ihre Stimme klingt wesentlich jünger, frischer und wacher, als Max es bei einer Frau von 89 Jahren erwartet hätte.

»Maximilian Fangeisen. Ich rufe aus Ihrer ehemaligen Heimat Oberbayern an. Genauer gesagt aus Rimsting bei Rosenheim. Können wir uns auf Deutsch unterhalten?«

»Können wir.« Pause. »Verzeihung, aber ich bin völlig überrascht.«

»Das konnten Sie auch nicht erwarten.«

»Wie war gleich Ihr Name …«

»Maximilian Fangeisen.«

»Maximilian, was veranlasst Sie, mir zu dieser frühen Tageszeit bis nach Hawaii hinterherzutelefonieren?«

»Entschuldigung! Das konnte ich nicht wissen. Ich vermutete Sie in Palmdale, Kalifornien. Dort ist es jetzt gerade 10.00 Uhr Vormittag.«

»Akzeptiert. Da Sie schon mal dran sind, was verschafft mir das Vergnügen?«

Max lässt sich Zeit mit der Antwort. Er will die richtige Stimmlage erwischen. »Frau Fraser, es geht um Ihren vermissten und für tot erklärten Sohn Bill.«

Max schließt die Augen, lauscht gespannt auf jeden Ton. Totenstille. Kein Atmen, kein Schluchzen – nichts. »Frau Fraser? Sind Sie noch dran?«

»Bin noch dran. Ich muss mich erst mal sammeln …«

»Verstehe. Lassen Sie sich Zeit.«

Nach einer Weile fragt Elisabeth. »Was ist mit ihm?«

»Ich habe leider eine traurige Nachricht für Sie, die ich Ihnen nur sehr ungern über das unpersönliche Telefon übermittle. Andererseits kann ich jetzt nicht mehr zurück. Ich bedaure, Ihnen mitteilen zu müssen, dass Ihr Sohn 1968 Abschied genommen hat von dieser Welt.«

Elisabeth scheint gefasst zu sein. »Das überrascht mich nun nicht mehr, da wir ihn selbst schon vor langer Zeit für tot haben erklären lassen. Was mich aber verblüfft, ist der Umstand, dass ich die Nachricht erst heute, noch dazu aus Ihrem Munde, Herr Fangeisen, und aus Oberbayern bekomme. Mit wem habe ich eigentlich die Ehre?«

Max erklärt in kurzen Sätzen, welchen Beruf er ausgeübt hat und dass er sich damals wie heute um den Fall des vermissten Bill kümmere. Dabei vermeidet er es bewusst, sich über Details auszulassen oder gar von einem Mordfall zu sprechen.

»Wo haben Sie damals seine Leiche gefunden?«

»Das war zwei Jahre später, 1970, im Soyensee.«

»Soyen? Oh Gott! Ertrunken?«

»Ein Tauchunfall.«

»Ich habe es vermutet!«

Max spürt instinktiv, dass er damit den Nerv getroffen hat. »Darf ich Sie fragen, was Sie vermutet haben?«

»Nein, nein. Es sind nur düstere, längst verschüttete Erinnerungen. Sie dürfen jetzt nicht wieder hervorkriechen.«

»Ich verstehe. Auf der anderen Seite kann aber ein Gespräch darüber auch erleichternd wirken.«

Wieder entsteht eine lange Pause. »Nein, nicht über das Telefon. Außerdem kenne ich Sie überhaupt nicht.«

»Das kann ich nachempfinden und ich respektiere auch Ihre Haltung. Ich werde Ihnen daher alle meine persönlichen Daten und elektronischen Nabelschnüre übermitteln, sodass Sie alles überprüfen können.«

»Tun Sie das!«

»Und wenn Sie von Hawaii zurück sind, werde ich Sie, Ihr Einverständnis natürlich vorausgesetzt, in Palmdale besuchen kommen.«

»Mit Verlaub, das ist aber sehr ungewöhnlich.«

»Der Tod Ihres Sohnes Bill ist auch ein sehr ungewöhnlicher Fall für mich. Ich habe mir für alle meine Toten Zeit genommen. Außerdem soll Kalifornien ein sehr sehenswertes Land sein.«

Nach langen, langen Sekunden hört Max endlich die erlösenden Worte. »Ich bin erst wieder ab dem 6. November zurück in Palmdale.«

»Dann darf ich den 14. November vorschlagen?«

Elisabeth fasst Vertrauen. »Ja, kommen Sie nach Palmdale, Herr Fangeisen!«

Kurz vor Mitternacht trifft Michaela aus München in Rimsting ein. Bei einem Brandy berichtet Max von seinem erfolgreichen telefonischen Kontakt mit Bills Mutter und über seine Absicht, der alten Dame einen Besuch in Palmdale abzustatten.

Im ersten Moment ist Micha von der Idee ihres Mannes überhaupt nicht begeistert. Die Wendungen ereignen sich zu schnell und Max' Turboentscheidung, nach Kalifornien zu reisen, verschlägt ihr den Atem. Im zweiten Moment wird ihr die Bedeutung der geplanten Reise bewusst. Auch will sie sich nicht zieren, was schließlich dazu führt, dass sie ihn noch in gleicher Nacht in seinem Vorhaben bestärkt.

»Aber dann hab' ich auch etwas bei dir gut«, zwitschert sie und ringt ihm das Versprechen ab, noch vor seiner USA-Reise ein verlängertes Wochenende auf ihrer Lieblingsinsel Sylt im »Haus Rechel« in Kampen zu verbringen – und Max ist auf einmal begeistert von Michas Idee …

Verrückte Zeitläufe, denkt sich Micha, als sie in seinen Armen liegt und sich an ihn kuschelt.

27

Soyen, Dienstag, 4. November 2014

Kalt, nass und nebelig präsentiert sich der Novemberabend. Menschen huschen zum Eingang, der Römerverein *Raetia* trifft sich im Dorfwirt. Fangeisen mischt sich darunter. Vor der Tür stauen sich die verschiedenen Mitglieder. Seine Nase registriert unterschiedliche Gerüche: Aroma-Shampoos mit Duftkomponenten von Granatapfel und Jojobaöl bis hin zu nassem Hund und Kuhstall. Drinnen mischt sich noch Pizzageruch hinzu. Eine Frau erzählt lauthals von einem Vierer im Lotto, während neben ihr ein Mann kräftig seine Nase schnäuzt.

Gut 15 Minuten vor Beginn ist der reservierte Nebenraum gut gefüllt. Als Fangeisen im Vortragsraum erscheint, nimmt ihn Hofreiter gleich in Empfang. »Welche Ehre, Sie heute hier in unseren Reihen begrüßen zu dürfen«, schnarrt er mit einer Stimme, die immer noch nach Bronchitis klingt.

»Die Ehre liegt ganz auf meiner Seite. Danke für die Einladung. Freue mich sehr auf den interessanten Vortrag.«

Das ist natürlich reine Heuchelei. Fangeisen ist nur aus einem einzigen Grund hier: Er will das Duo Hofreiter & Heinlein selbst in Augenschein nehmen und das in eindeutiger Absicht.

»Ich werde Sie mit Herrn Heinlein bekannt machen.« Hofreiter weist mit einer Handbewegung auf einen großen, auffallend bunt gekleideten Mann mit dünnem goldblondem, gegeltem Haar, der sich offensichtlich gerade mit dem Referenten des Abends unterhält.

»Herr Fangeisen ist gerade eingetroffen. Ich wollte euch bekannt machen.« Hofreiters Stimme klingt unterwürfig. Max fällt Semmlers Bemerkung wieder ein: »Er ist bloß ein Würfel, den Hubert in seinem Becher schüttelt.«

»Willkommen zu unserem Vereinsabend, lieber Herr Fangeisen.« Nahtlos wendet sich Heinlein an den Referenten. »Professor Konrad, darf ich Ihnen unseren heutigen Gast vorstellen? Herr Fangeisen, ehemals Leiter der Operativen Fallanalyse beim BLK.«

Die Herren geben sich die Hand. »Freue mich, Ihre Bekanntschaft zu machen«, sagt Konrad lapidar. Im Gegensatz zum markant aussehenden Heinlein, dessen eckiges Brillengestell ihn hart und unsympathisch wirken lässt, erscheint der Professor mit seiner gut rasierten Glatze, seinem ausrasierten Kinnbart, dem karierten Sakko und einer dicken, goldschimmernden Uhr eher wie ein Mann, der ein Wettbüro betreibt.

Heinlein beginnt zwischen Konrad und Fangeisen zu moderieren. »Herr Fangeisen, bitte korrigieren Sie mich, wenn ich etwas Falsches sage, aber wie ich höre, wollen Sie einen lang zurückliegenden Mord aufklären und suchen im See nach dem Motiv.« Daraufhin blickt er zu Konrad und meint spöttisch: »Gewissermaßen verborgene Schätze am Grund des Soyensees. Möglicherweise aus der Zeit des Dreißigjährigen Krieges.« Und wieder an Fangeisen. »Interpretiere ich Ihre Ambitionen richtig?«

Max kann Menschen lesen und fährt daher sein »Psychopathenradar« aus. Heinlein provoziert und tastet mich gleichzeitig wie ein Profi-Pokerspieler ständig nach verräterischen emotionalen Hinweisen ab.

Umgekehrt bietet sich für Max die einmalige Chance, Heinleins Furchtlosigkeit und mentale Härte auf die Probe zu stellen. »Herr Heinlein, ich habe die Frage schon Ihrem langjährigen Freund Hofreiter gestellt: Haben Sie jemals einen Tauchkurs absolviert?«

Heinlein blickt Max ohne eine einzige Regung in die Augen. Ähnlich einem Reptil scheint ihm auch das Blinzeln abhandengekommen zu sein. Seine Stimme klingt dabei ruhig und emotionslos. »Nie so etwas probiert. Warum fragen Sie?«

»Ich dachte mir, vielleicht kennen Sie sich auf dem Grund des Sees genauso gut aus wie mit den Römerstraßen im Rosenheimer Landkreis.«

Max hat immer die Schieberegler und Stellknöpfe eines Tonmischpultes im Kopf, wenn es um die Entdeckung psychopathischer Merkmale geht. Heinleins Regler für Eigenschaften wie Furchtlosigkeit, mentale Härte, Unberechenbarkeit und manipulatives Verhalten sind für ihn auf maximal gestellt.

Heinlein kontert entspannt. »Da haben Sie sicher viele Stunden Ihrer kostbaren Freizeit am Spinnrad verbracht, um derartige Zusammenhänge zu spinnen. Ob Ihnen solche Überlegungen bei der Aufklärung weiterhelfen?« Dann lächelt er Max charmant an. »Also, Herr Kommissar, ich habe da begründete Zweifel.«

Max lächelt zurück. »Sie irren. Nichts gewoben. Eher halte ich schon eine schmiedeeiserne Kette in der Hand, wenn ich an verschiedene Tauchzertifikate denke, die Ihnen natürlich völlig unbekannt sind.«

Heinlein reagiert auch diesmal kalt und emotionslos. »Ich liebe Märchenstunden!« Schließlich blickt er auf seine Armbanduhr. »Wenn Sie gestatten, wenden wir uns nun konkreteren Dingen zu.«

»Bitte sehr«, erwidert Max höflich.

Hofreiter, der alles mitbekommen hat, zittern die Knie und die Stimme. Seine Stirn glänzt, als hätte er Fieber. Franz führt Fangeisen an den langen Tisch, stellt ihn kurz vor und macht ihn auf den Stuhl aufmerksam, der für ihn reserviert ist. »Sie sind heute unser Gast. Das Fräulein fragt gleich das Essen ab. Was darf ich Ihnen zu trinken bestellen?«

Max überlegt nicht lange. »Ich hätte gern ein dunkles Weißbier.«

Mit seinem Platz ist er zufrieden, kann er doch von dieser Stelle aus den Raum gut überblicken. Dann legt er sein kleines Moleskine-Büchlein vor sich hin, als wolle er sich Notizen machen. In dem Moment deutet Heinlein mit dem Kinn an, dass Franz zu ihm kommen soll. Heinleins Umgangsformen sind blanker Hohn, denkt sich Max. Als Hofreiter zu ihm geht, schaltet Max unauffällig seinen Video-Kugelschreiber ein und startet die Aufzeichnung, während Franz und Hubert in gedämpftem Ton offensichtlich eine ernste Kontroverse ausfechten. Ziel erreicht, denkt Max und behält die beiden im Auge. Plötzlich wendet sich Franz ab und tritt entschlossen ans Rednerpult.

Max ist der Letzte, der sein Essen ordert. Der 1. Vorsitzende heißt mit den üblichen Begrüßungsfloskeln die Mitglieder, den Referenten Konrad und Fangeisen als Gast willkommen. Nach einer kurzen Überleitung bittet er Professor Konrad um sein Referat. Dieser wählt als Eröffnung eine Dankesrede für seine Einladung, die er genauso gut bei der

Oscar-Verleihung hätte halten können. Während des Vortrages würdigen sich Franz und Hubert keines Blickes, obwohl Hofreiter ohne Zweifel innerlich aufgewühlt wirkt.

Am Ende von Vortrag und Diskussion nebst Dank des Vorsitzenden wird das Essen aufgetragen. Max sieht, wie Heinlein mit dem Zeigefinger Hofreiter wieder zu sich zitiert. Max erhebt sich, da die meisten sich kurz bewegen wollen, um verborgen, aber sauber filmen zu können. Halb abgewendet funktioniert das tadellos, ohne aufzufallen.

Aus dem Augenwinkel heraus erscheint es so, als wolle Hubert seinen Freund geradezu einschüchtern. Eine tiefe Empörung sitzt in ihm, und er lässt sie erkennbar heraus. Max liest die Wirkung seiner Worte an Franz gepeinigter Körperhaltung ab.

Kurz darauf verlässt Hubert den Dorfwirt, ohne sich zu verabschieden.

Franz hat Mühe, das Gesicht zu wahren. Referentenbetreuung und pausenlose Fragen der Mitglieder quer über den Tisch lassen ihm kaum Zeit zum Essen. Max harrt geduldig aus. Er will Hofreiter eine Lösung anbieten, die ihn allerdings im Kern ein gehöriges Stück weiter in den Konflikt mit Heinlein treiben wird.

Als er und Franz sich als Letzte vom Tisch erheben und dem Ausgang zusteuern, legt Max freundschaftlich den Arm um Hofreiters Schulter. »Sie haben Stress mit Heinlein, wie ich bemerkt habe. Sein Durchsetzungsvermögen ist schon furchterregend. Stimmt's?« Dann steckt er ihm seine Visitenkarte zu. »Wenn Sie mir etwas mitteilen oder Ihr Gewissen erleichtern wollen, rufen Sie mich einfach an. Ich bin mir sicher, es gibt noch einen Ausweg aus der Sackgasse, in der Sie sich befinden. Gute Nacht!«

Franz Hofreiters panisch-verzerrte Miene verschluckt die Dunkelheit.

Max weiß, dass er bei beiden Verdächtigen brutalen Druck aufgebaut hat. Bei Heinlein hätte er ihn noch erhöhen können, wenn er ihn nach seiner Tante Elisabeth in Palmdale gefragt hätte. Das wäre aber ein Fehler gewesen, zumal Max nicht weiß, ob überhaupt noch eine Verbindung besteht. Eine Sensibilisierung in diese Richtung hätte Heinlein vielmehr zu einer verschlossenen Auster mutieren lassen.

Franz ist in seinen Augen dagegen angstgetrieben. Er wird nicht mehr wissen, wohin die Reise geht. Die Auswertung der Videobänder gleich am morgigen Vormittag mithilfe einer der besten Lippenleserinnen wird Max obendrein verraten, was die beiden so sehr beschäftigt hat.

Was aber weder Fangeisen noch Hofreiter ahnen, ist der Umstand, dass Heinlein beide Pkws mit einem GPS-Ortungsgerät unter dem Heck versehen hat, das ihm eine Fahrzeugortung in Echtzeit und eine einfache Spurenverfolgung ermöglicht.

28

Rimsting, Mittwoch, 5. November 2014

Am späten Nachmittag hat sich Fangeisens kleines Rechercheteam versammelt. Die Stimmung ist sonderbar ausgelassen. Äußerst munter geht es zwischen Thomas, Benedikt und Johann hin und her. Bevor Max loslegt, scheinen die Gespräche untereinander fast nur aus Witzen und Pointen zu bestehen. Gut eine halbe Stunde später hat er dargelegt, was in den vergangenen Tagen an Gesprächen amüsant, wahnsinnig, hoffnungsfroh und abgründig war. Als geradezu sensationell empfinden seine Freunde die Nachrichten und Entwicklungen im Fall des Opfers Bill Fraser. Max' Entscheidung, demnächst nach Kalifornien zu reisen, wird mit Beifall bedacht. Jeder der Anwesenden ist überzeugt davon, dass dieser Besuch Aufschluss über das Motiv geben und gegebenenfalls zum Täter führen wird. Außerdem hat Max eine Überraschung parat. Julia Frühwein, eine exzellente Lippenleserin, wird in der nächsten Stunde hinzustoßen, um die von ihr inzwischen ausgewerteten Videoaufzeichnungen vom Vorabend zu interpretieren.

Die Zeit bis zu ihrem Eintreffen wird genutzt, um sich gegenseitig über den Fortgang der speziellen Einzelrecherchen auszutauschen. Thomas macht den Anfang mit der Antwort auf die Frage, auf welchem Weg Polizeitaucher für einen Einsatz im Soyensee gewonnen werden könnten. Die

Antwort ist ernüchternd. Da Boote und Geräte nur auf Anweisung der Dienstbehörde zum Einsatz kommen dürfen, zudem im Spätherbst Reparaturarbeiten im großen Umfange stattfinden, bliebe nur der Weg der Freiwilligkeit. Dies würde aber erhebliche Kosten verursachen. Eine andere Lösung wäre ein Vier-Mann-Team aus dem Umfeld des Technischen Hilfswerkes, das mit privater Ausrüstung bereit wäre, den Grund des Sees abzusuchen. Es handelt sich um persönliche Bekannte von Thomas, die aus Interesse und gegen eine Aufwandsentschädigung bereit wären, das Abenteuer anzugehen. Thomas stellt jedoch fest: »Sollten sich im Fall »Toteissee« Fakten ergeben, die ein neues Ermittlungsverfahren in Gang setzen würden, wäre der Einsatz von Polizeitauchern natürlich geritzt.«

Zum Schluss kündigt er noch eine interessante Expertise rund um die Fotos der italienischen Goldmünzen an, die Max im Hause Hofreiters gemacht hat. Vom Numismatiker Richard Theis erstellt, wird sie in den nächsten Tagen an Thomas übergeben.

Im Anschluss berichtet Benedikt über die Ergebnisse seiner Nachforschungen über Hubert Heinleins Umfeld. »Die Ausbeute, meine Freunde, ist nicht gerade üppig.«

»Darf ich der Erste sein, der dich tröstet?«, ulkt Johann zurück.

»Das hat schon meine Frau für dich getan«, kontert Benedikt. »Im Ernst, Freunde, mir war, als erkundige ich mich über zwei völlig unterschiedliche Personen. Während seine ehemaligen Arbeitskollegen und Vereinsmitglieder Heinlein nur als Kotzbrocken in Erinnerung haben, scheint sein privates Umfeld wie Nachbarn, Fitnessstudio und der Wirt seiner Lieblingskneipe ihn eher als reserviert, kontrolliert und weitestgehend emotionslos wahrzunehmen. Das Einzige, was ihn unter seinen Stammgästen herausheben würde, meinte der Kneipenwirt, wären die vielen kurzzeitigen Beziehungen, von denen er Kenntnis hätte. Ihm war aber kein einziger Name geläufig. Die Damen kämen offenbar alle von außerhalb.«

»Ist der Kerl in seinem hohen Alter etwa noch ein Weiberheld?«, fragt Tom schmunzelnd.

»À la carte nennt man das heute«, spottet Johann.

»Mensch, Johann? Du bist ja richtig *en vogue*«, entgegnet Tom im gleichen Tonfall.

»Das bin ich schon immer, Schnarchnase. Du hast das bloß noch nicht geschnallt.«

Benedikt Gassner bringt die Sache wieder aufs Gleis zurück. »Ihr könnt euch hinterher darüber austauschen, wer von euch hier angesagter ist. Ich möchte jedenfalls zu Ende kommen.«

»Niemand hält dich auf, edler Bene!«, pflaumt Johann noch einmal zurück.

Dieser ignoriert die Bemerkung. »Erfolgreicher verlief meine Suche nach seinen Tauchurlauben. Nachdem ich einige Nachtstunden am Bildschirm verbracht habe und mir Deutschlands Taucherelite reingezogen habe, fand ich ein attraktives Bild von ihm, das wohl eine Tauchschülerin, die in Sharm el Sheikh auf Sinai in seiner Tauchgruppe war, gepostet hat. Das gleiche Foto fand ich noch einmal in der Bildergalerie eines Reisebüros in Wien, das sich auf Tauchurlaube spezialisiert hat. Die Informationsbeschaffung in Österreich hat für mich ein Freund im Dienst mittels eines kleinen Amtshilfegesuches erledigt. Über dieses Reisebüro hat er in den letzten Jahren alle seine Tauchurlaube gebucht.

Die Liste mit Daten habe ich hier. Sein nächster Tauchgang ist Ende Januar auf den Bahamas fällig.« Benedikt reicht die Liste an Maximilian weiter. »Eine Ergänzung zu dem, was du schon über den Verband Deutscher Sporttaucher herausgefunden hast.«

»Wir können nie genug Beweismittel in der Hand haben. Jedenfalls ist das, was du recherchiert hast, ein Trumpf, der stechen wird. Danke!«, sagt Max anerkennend.

Kurz darauf trifft Frau Frühwein, die Lippenleserin, ein. Max stellt sie seinen Freunden vor. Lediglich Tom hat die Dame schon bei einer ähnlichen Videoauswertung kennengelernt. Julia ist 1,70 Meter groß, um die dreißig, trägt Stretch-Jeans und dazu eine Langarmbluse in gewaschener Optik. Um den Hals hat sie kunstvoll ein passendes XXL-Tuch mit Fransen und floralem Muster gelegt, das ihren schweren, streng geflochtenen blonden Zopf perfekt zur Geltung bringt.

Selbstbewusste Frauen tragen solche Zöpfe. Julia ist selbstsicher. Sie muss sich nicht hinter ihrem Haar verstecken, denkt sich Benedikt.

Hübsches Gesicht und die Haare streng am Kopf. Vielleicht ist auch ein bisschen bayerischer Patriotismus dabei, denkt sich Johann, als er sie genießerisch betrachtet.

Max schließt ihren Laptop an seinen Beamer an und platziert eine kleine Leinwand davor. Als die Technik läuft, übernimmt Frau Frühwein die Regie.

»Wir sehen gleich zwei kurze Videosequenzen, die ich Ihnen ohne die Geräuschkulisse vorführe. Dabei ist das visuelle Erkennen des Gesprochenen meine einzige Aufgabe. Manche Sätze kommen verstümmelt daher, da die Gesprächspartner ihre Köpfe abwenden. Trotzdem werden Sie den Sinnzusammenhang verstehen. Wir können die Sequenzen jederzeit wiederholen. Ich werde nun versuchen, beiden Akteuren synchron meine Stimme zu geben. Sie werden ohne Mühe erkennen, wer da gerade spricht. Herr Fangeisen kann gleich sagen, wer wer ist.«

Die erste Sequenz startet. »Hofreiter geht hier auf Heinlein zu …«, kommentiert Max.

Julia beginnt sofort von den Lippen zu lesen. »Herrgott! Warum hast du mir verschwiegen … dich nach Tauchkurs gefragt …«

»Wieso … Ich habe …«

»Red nicht rum. Warum sagst du mir das …«

»Entschuldige … Vergessen …«

»… ist eine Klapperschlange. Hörst du! … ist uns auf den Fersen.«

»… kein Drama …«

»Bist du noch … Sinnen …«

»Entschuldige …«

»Wir müssen reagieren … Sofort …«

»Worauf …«

»Hernach … Vortrag beendet ist …«

Die erste Sequenz ist damit vorüber. »Wollen Sie eine Wiederholung?«

Die Männer bitten darum. Darauf wiederholt Julia das Ganze noch einmal.

Max ergreift das Wort. »Wenn es um ihre Tauchausbildung geht und ihre Tauchgänge im See, lügen beide, was das Zeug hält. Aber wir spüren geradezu den Druck, der sich dadurch zwischen beiden aufgebaut hat. Mal sehen, wie sie darauf reagieren wollen. Julia, beginnen Sie bitte mit der zweiten Sequenz.«

Julia beginnt mit dem Lippenlesen. Heinlein eröffnet: »Wir müssen … Rest … bergen …«

»Kann nicht … Bronchitis auskurieren …«

»Mir egal … eben allein …«

»Warne dich zum …«

»Scheiß drauf … Ruf an.«

»Ich will doch nur …«

»Versager … Leck mich …«

Heinlein verlässt den Dorfwirt.

Auch diese Sequenz lassen sich die Herren noch einmal vorführen. Darauf applaudieren sie Frau Frühwein. Max bedankt sich bei ihr für die Unterstützung.

Daraufhin packt sie wieder ihren Laptop ein und verabschiedet sich. Max bringt sie zur Tür und verspricht, dass er sich bald wieder melden wird, um einen Abend gemeinsam mit den jeweiligen Partnern zu verbringen. »Einladung folgt demnächst!«

Zurück bei seinen Mitstreitern, diskutieren sie lebhaft beide Sequenzen.

Max zieht ein Fazit: »Heinlein ist sauer, weil Franz ihm nicht die ganze Wahrheit über meinen Besuch erzählt hat. Es herrscht großes Misstrauen. Heinlein ahnt, dass wir ihm auf der Spur sind. Sie wollen einen imaginären Rest bergen. Hofreiter kann nicht wegen seiner chronischen Bronchitis. Heinlein droht mit einem Alleingang. Hofreiter warnt ihn massiv davor. Heinlein will sich darüber hinwegsetzen.«

Benedikt stellt fest: »Es steht garantiert ein weiterer Tauchgang bevor. Wir müssen sie daher observieren.«

»Rund um die Uhr, wie es nötig wäre? Das können wir vier Leute nicht leisten«, gibt Tom zu bedenken. »In meinen Augen besteht nun doch schon zumindest ein

Anfangsverdacht. Sollten wir nicht handeln und mit der Staatsanwaltschaft reden?«

Die Diskussion über das weitere Vorgehen zieht sich noch eine gute Stunde hin.

Max sieht sich gezwungen darzulegen, dass sie noch nicht in der Lage sind, strafrechtlich in die Offensive zu gehen. »Freunde, wir wissen doch, wie der Hase läuft. Ein Ermittlungsverfahren wird von unseren Strafverfolgungsbehörden erst dann eingeleitet, wenn sie Kenntnis erlangen, dass eine Straftat begangen wurde. Bis jetzt haben wir noch keinen einzigen Beweis dafür. Nehmen wir an, unsere Hypothese mit den Goldmünzen greift, dann müssen wir beweisen, dass unsere mutmaßlichen Verdächtigen dort unten einen Goldmünzenhort plündern. Es wäre dann egal, ob es sich um einen Keltenschatz, Sesterzen oder Denare aus der Römerzeit, Silbermünzen aus der Zeit des Dreißigjährigen Krieges, Besitztümer, die am Ende des Zweiten Weltkriegs versenkt wurden, oder ob es sich gar um Nazigold handelt. Erst der Anfangsverdacht aufgrund eines stichhaltigen Beweises würde die Voraussetzung erfüllen, um ein Ermittlungsverfahren einzuleiten. Wir haben bis jetzt lediglich Fotos von Münzen aus einer Vitrine vorzuweisen, die Hofreiter als Familienerbstücke deklarieren könnte. Die Zeit ist also noch nicht reif, um Strafanzeige zu erstatten. Ob damit auch schon der Mord aufgeklärt wird, wage ich zu bezweifeln. Lasst uns einfach gezielt weitermachen wie bisher. Wir treiben sie vor uns her, und sie werden Fehler machen.«

Tom meldet sich zu Wort. »Ich stimme dem voll und ganz zu. Wir dürfen davon ausgehen, dass unsere beiden Taucher Jahrzehnte hindurch etwas Wertvolles vom

Seegrund einsammeln. Wir sind uns fast sicher, dass es sich vermutlich um weit verstreute Goldmünzen handeln könnte. Das wäre ein starkes Motiv! Ich schlage daher vor, dass wir uns einige Münzhändler vornehmen, wenn die Expertise aus Hall vorliegt.«

»Gute Idee!,« stimmt Johann dem Vorschlag zu.

Max fährt fort. »Weitere Klarheit im Fall ›Toteissee‹ werde ich versuchen in Palmdale zu bekommen. Da Bills Vater im Krieg Pilot war, könnte es sein, dass er hier stationiert war. Frau Fraser wird mir das sagen können. Also, wir warten meine Reise in die USA ab. Eine lückenlose Observierung in dieser Zeit können wir nicht leisten, wie Tom schon festgestellt hat. Aber eine Aktion mit Profitauchern ist nach den jetzigen Erkenntnissen absolut erforderlich. Die Aktion wird sofort nach meiner Rückkehr durchgeführt. Ist das so in Ordnung?«

Es herrscht Einstimmigkeit.

»Wer kümmert sich inzwischen um die Recherche bei den Münzhändlern?«

Drei Hände gehen in die Höhe.

»Prima! Angenommen!«

Max informiert die Runde noch über seinen Kurztrip mit Michaela nach Sylt. Sie vereinbaren, dass Tom bei akuten Ereignissen und überraschenden Entwicklungen mit ihm in Kontakt tritt.

Daraufhin lädt er seine Kumpels wohlgelaunt wieder in die Pizzeria ein.

29

Holzkram, Donnerstag, 6. November 2014

Franz wählt auf seinem Smartphone die Nummer von Hubert. Als dieser sich meldet, sagt er in versöhnlichem Ton: »Ich setze auf deine Einsicht. Warte ab, bis ich gesundheitlich wieder völlig okay bin. Außerdem appelliere ich an dich, dass du dich an unsere Abmachungen hältst.«

»Abmachungen? Was ist mit deinem Alleingang in der Frage des Weiterverkaufs?«

»Das ist eine völlig andere Sache und war unter uns nie klar geregelt. Du hast die Sache damals einfach an dich gerissen.«

»Das ist mir jetzt auch wurscht. Wir müssen sehen, dass wir unseren Arsch schleunigst in den See bewegen.«

»Ende des Monats bin ich vielleicht wieder dazu in der Lage.«

»Darauf kann ich mich nicht einlassen. Jeder Tag, den wir abwarten, führt uns näher an den Abgrund. Wir müssen den Rest der Münzsäcke komplett rausholen. Sie dürfen nichts mehr finden. Dieser Superbulle macht ernst.«

»Mag sein. Vorbereitungen sind aber keine erkennbar. Der Presse kannst du so eine Aktion nicht verheimlichen. Die springen sofort auf so was an. Wenn überhaupt, wird die Ankündigung sicher erst im neuen Jahr umgesetzt, und das erfahren wir aus dem OVB.«

»Wie hoch willst du noch pokern? Da mach ich nicht mit. Ich jedenfalls werde mir meinen Anteil holen.«

»Trau dich!«

»Wieso? Wir haben Gewicht und Menge berechnet. Ich hole mir nur meinen Anteil. Du kannst dir dann den Rest holen. Und wenn du aus gesundheitlichen Gründen immer noch nicht tauchen kannst, hole ich dir in aller Freundschaft und zu unserem Schutz deinen Anteil auch noch hoch.«

Franz ist echt sauer. »Hubert, wie weit willst du es noch treiben?«

»Mach, was du willst. Ich mach mein Ding.«

30

Sylt, Kampen, Freitag, 7.–Mittwoch, 12. November 2014

Der Flieger München-Sylt hat seine Reiseflughöhe erreicht. Die Turbulenzen sind heftig. Ein kräftiges Sturmtief zieht von Schottland heran, und die ersten Windböen haben die Mitte Deutschlands schon erreicht. Michaela sucht Max' Hand, als ob sie Flugangst hätte. Nein, hat sie nicht. Micha freut sich wahnsinnig, dass es ihr gelungen ist, ihren geliebten Max endlich einmal nach Sylt entführt zu haben – für ihn der erste Urlaub dort.

Max blickt erfreut zu ihr. »Sei so lieb, erzähl mir etwas über die Insel.«

»Es gibt viele Aspekte, unter denen man sie sehen kann.«

»Verrate mir deinen.«

»Ich habe nur einen, und ich hoffe, ich kann dich dafür begeistern. Was ich liebe, ist in vielen Augen einfach nur von gestern. Wenn ich auf die Insel reise, will ich eigentlich nur zur Besinnung kommen und den Alltag vergessen. Will am Strand laufen, mir den Wind, besser noch den Sturm um die Nase wehen lassen und mich nur von Weite und Stille umgeben lassen, dazu gut essen und mich diesmal die Nacht über von deinen Armen umschlingen lassen.«

Max erwidert lächelnd: »Da bin ich ganz auf Linie …«

Die Fahrt mit dem Leihwagen vom Flughafen Sylt zum Kampener Kleinod »Haus Rechel« am Kroghooger Wai im

Norden Kampens dauert nur wenige Minuten. Micha hat bei Inge Henke die »Kuschelkoje« gebucht. Trotz ihres Alters hat sich Inge ihre mädchenhafte Ausstrahlung bewahrt – kein Wunder, schließlich hat man sie 1958 zur »Miss Kampen« gekürt. Haus Rechel, ein kultiviertes und liebevoll eingerichtetes kleines Hotel garni auf der Kampener Heide, inmitten eines großen Naturgartens mit altem Baumbestand in Strandnähe gelegen, wird bald 60. Geburtstag feiern. Alle Zimmer sind individuell und aufwendig gestaltet. Inge hat an nichts gespart, weder an geschmackvollen Lampen noch an ausgesuchten Accessoires. Gästezimmer und Flure schmücken zudem kunstvolle Öl-, Bleistift- und Kreidezeichnungen aus der Hand der Hausherrin. Zeichnen und Malen ist ein wesentlicher Teil ihres Lebens. Micha liebt die Gemütlichkeit unter dem Reetdach, wo die Gäste noch miteinander reden, mitunter Freundschaften schließen und Ankömmlinge sich sofort herrlich entspannt fühlen. Das haben auch Igel, Feldhasen und Fasanen mitbekommen, die treue Gartengäste sind.

All dies, so hofft sie, soll auf Max befreiend und entspannend wirken.

Die Tage verfliegen. Max ist der Insel schon am ersten Tag verfallen. Am Dienstagabend lässt er in der Sansibar bei einer sensationellen Hummercremesuppe und einem edlen Lofoten-Skrai Orte und Momente Revue passieren. List-Gosch-Austernkompanie, Strandwandern bei Sturmflut auf dem »Ellenbogen« den Strand Kampen-Wenningstedt entlang und rund um den Südzipfel der von schweren Brechern heimgesuchten Hörnum-Odde. Tiefe Empfindungen, die sich beim Anblick der donnernden Brandung in ihrer Endlosigkeit einstellen, garniert mit fliegendem Sand,

Nebel aus Gischt, Salzgeschmack auf der Zunge, sturmzerzausten Wolkenwalzen im Wechsel mit einem verwaschenen Graublau des Himmels – nachhallende Tage wie aus einer anderen Welt …

»Unsere raue Bergwelt und das tosende Meer haben vieles gemeinsam«, sagt er mehrmals zu Micha, während sie sich den Elementen ausdauernd entgegenstemmen. Angenehm erschöpft genießen sie die Nächte in ihrer Kuschelkoje und erzählen sich die eindrucksvollsten Erlebnisse des Tages und spekulieren darüber, wie lange die Insel angesichts der zunehmenden Sturmfluten und der Meeresspiegelerhöhung noch überleben wird.

Nur ab und an scheint es, als wäre Max geistig völlig in sich gekehrt. Micha spricht ihn darauf an, als er in Königs Weststrandhalle die legendäre »Scholle große Fahrt« genießt und dabei wie versonnen an ihr vorbeisieht.

»Du warst in Gedanken? Was hast du gerade überlegt?«

Max erwidert entwaffnend ehrlich: »Wie ich in Palmdale das Gespräch mit Elisabeth Fraser führen soll.«

»Und ich dachte schon, du gewinnst in diesen Tagen endlich einmal Abstand von den unschönen Dingen, die dich beschäftigen.«

Max greift über den Tisch nach ihren Händen. »Das habe ich auch die meiste Zeit hier mit dir auf Sylt. Nur in wenigen Augenblicken wandern meine Gedanken zurück zu der offenen Baustelle. Bitte verstehe mich. Ich kann das nicht ganz ausblenden.«

Im gleichen Moment hält sie seine beiden Hände fest und blickt ihn liebevoll an. »Ich habe Verständnis, glaub mir. Ich vermisse dich jetzt schon, obwohl du erst in einigen Tagen über den Teich fliegen wirst.«

»Ich hätte mir die Reise auch gern erspart, aber gerade der direkte Kontakt mit Menschen, die eng mit dem Geschehen verwoben sind, hat mir häufig zum Durchbruch in der Sache verholfen – möglicherweise läuft es wieder so gut.«

»Ich weiß. Der Satz ›Die Hoffnung stirbt zuletzt‹ hatte noch nie so viel Gültigkeit wie im Fall ›Toteissee‹.«

Max blickt tief in Michas Augen. »Versprich mir, dass du mich weiterhin auf der Suche nach dem Mörder unterstützt, auch wenn es noch ein langer Weg bis zum Ziel sein kann.«

Micha steht auf, rutscht zu Max auf die Bank und gibt ihm einen Kuss auf die Lippen. »Versprochen!«

31

Palmdale, Donnerstag 13.–Sonntag, 16. November 2014

13.00 Uhr Pacific-Standard-Time. Der Airbus befindet sich im Landeanflug auf Los Angeles International Airport. Nach rund zwölfeinhalb Stunden Non-Stop-Flug registriert Fangeisen die übliche Durchsage: »Wir haben soeben unsere Reiseflughöhe verlassen und beginnen mit dem Anflug auf unseren Zielflughafen. Bitte vergewissern Sie sich, dass Ihr Handgepäck sicher verstaut ist. Schnallen Sie sich an und bringen Sie in Vorbereitung zur Landung Ihre Rückenlehne in die Senkrechte und klappen Sie Ihren Tisch hoch. Vielen Dank.«

Der Pilot fliegt die Landebahn von Westen an, nachdem er eine Schleife über den nahen Pazifik gezogen hat. Max erkennt in nördlicher Richtung den riesigen Yachthafen *Marina del Rey* und dahinter den endlos langen Strand von Santa Monica. Die Dimension des Airports erschlägt einen. Mit mehr als 70 Millionen Passagieren ist »LA« nach Atlanta der zweitgrößte Flughafen in den USA und rangiert weltweit auf Platz fünf.

Max genießt die Atmosphäre, als er die Haupthalle des Tom Bradley International Terminals quert. Das Gebäude ist für die Olympischen Sommerspiele 1984 errichtet und erst im letzten Jahr modernisiert worden, sodass an den Gates jetzt auch der große Airbus A 380 abgefertigt werden kann. Das Gebäude ist vom Baustil her eine Ikone. Die Dächer aus Aluminium wirken von außen wie eine Serie von Pazifikwellen, die am Strand auslaufen. Allerdings gibt es auch eine Schattenseite. Der *World's Worst Travel Survey* platzierte den *L. A. International Airport* auf den zweiten Platz der unbeliebtesten Flughäfen der Welt.

Max empfindet das völlig anders. Vielleicht war das vor fünf Jahren so, murmelt er vor sich hin. Auf jeden Fall ist das hier ein würdiges Durchgangstor für jeden, der nach Kalifornien kommt, denkt er sich.

Als er sowohl Sicherheitskontrollen als auch Einreiseformalitäten hinter sich und endlich sein Gepäck in Empfang genommen hat, wählt er die Nummer von Michaela. Es ist in Rimsting zwar schon weit nach Mitternacht, aber so hatten sie es vereinbart.

»Bin gut in LA gelandet, mein Schatz«, meldet er sich.

Micha wirkt schläfrig, denn sie ist schon zu Bett gegangen und hat das Handy neben sich auf das leere Bett von Max gelegt. »Gut, mein geliebter Sherlock Holmes. Wie war der Flug?«

»Absolut ruhig. Konnte mich noch einmal gut auf das kommende Gespräch vorbereiten.«

»Fährst du gleich weiter nach Palmdale?«

»Vielleicht esse ich noch eine Kleinigkeit und hole mir danach erst den Wagen. Jedenfalls fahre ich zügig weiter, denn meine innere Uhr verlangt nach Schlaf.«

»Okay. Übrigens hat Knecht angerufen. Er hat den Zahnstatus von Bill Fraser über das FBI bekommen. War in den Akten.«

»Dann sind die Unterlagen endlich vollständig.«

»Sonst noch was gewesen?«

»Deinen Wagen habe ich wie ausgemacht in die Werkstatt gebracht. Sie machen den TÜV gleich mit.«

»Sehr gut. War was in der Post?«

»Nichts von Bedeutung.«

»Dann schlafe gut, mein Engel, und träume süß. Und Bussi, dass du mich zum Flughafen gebracht hast.«

»Für dich fahre ich bis ans Ende der Welt.«

»Dafür liebe ich dich.«

»Ich dich auch. Halte dir ganz fest die Daumen. Ruf mich bitte an, wenn alles überstanden ist.«

»Mach ich!«

Bevor Max den Wagen holt, lockt ihn das berühmte »Theme Building«, eines der bekanntesten Gebäude der Welt, zum Lunch. Berühmt geworden ist das Bauwerk durch die Filme *Diamonds are Forever* oder *Speed*, in denen die Regisseure das futuristische Gebäude als beeindruckende Kulisse verwendeten.

Nach einem saftig gebratenen T-Bone-Steak begibt Max sich zu AVIS, um seinen reservierten Ford Focus in Empfang zu nehmen. Die Dame vom GPS führt ihn auf den Interstate Highway 405, auf dem er die westlichen Gebiete der Metropole umfährt. Das Verkehrsaufkommen verschlägt ihm den Atem. Kein Wunder, denn die I-405 zählt zu den wichtigsten Nord-Süd-Verbindungen in Südkalifornien und ist die meistbefahrene Straße der USA mit täglich etwa 390 000 Fahrzeugen auf einigen Abschnitten.

Was ihm auffällt, ist das braune verdorrte Gras nicht nur auf dem Mittelstreifen, sondern auch vor Häusern, in Gärten und ehemaligen Parkanlagen. Braun ist wohl hier das neue Grün, denkt er. Max war schon während des Überflugs des LA-National-Forest von der braunen Landschaft unter der Maschine überrascht, obwohl im November an Regen und Schnee eigentlich kein Mangel herrschen sollte. Da es aber seit vier Jahren in Folge zu wenig regnet, treten die verheerenden Auswirkungen des Wassermangels von Monat zu Monat immer mehr zutage. Ein Ende der Trockenheit ist nicht in Sicht. Kieselsteine, Mulch und Kunstrasen haben Konjunktur. Max denkt an das allgegenwärtige satte Grün in Oberbayern. Wenn der Regen weiter ausfällt, werden die Kalifornier sich wohl vom Anblick eines sattgrünen Rasens verabschieden müssen.

25 Meilen später, und Max ist davon überzeugt, dass dieser US-Staat austrocknet. Schon jetzt ist der »Golden State« gegenüber den vielen Filmreportagen und Dokumentationen der Vergangenheit nicht mehr wiederzuerkennen. Vielleicht, sinniert Max weiter, wird Kalifornien weltweit zum einmaligen Testfeld für Verfahren zum Sparen und Recyceln von Wasser.

Beim San-Fernando-Pass wechselt er auf den Antelope-Valley-Freeway, State Route 14, der direkt nach Palmdale führt. Nach gut 30 Kilometern überquert er den Soledad-Pass, der zwischen der Sierra Nevada und den San Bernardino Mountains hindurchführt.

Ohne diesen Mord wäre ich nie hierher gekommen, denkt Max und beginnt, erneut über die kommenden Tage zu brüten. Morgen um 10.00 Uhr hat er sich mit Elisabeth Fraser in deren Haus verabredet. Gleich nachdem sie aus Hawaii zurückgekehrt war, hat sie ihm den Besuchstermin bestätigt. Er soll auch zum Mittagessen bleiben.

Gleich hinter dem Soledad-Pass weitet sich der Taleinschnitt und gibt den Blick auf Palmdale frei, eine Stadt mit rund 160 000 Einwohnern im halbwüstenähnlichen

Antelope Valley. Baumlos ist die Landschaft, beherrscht von vertrocknetem Gras und staubtrocken! Mojave-Klapperschlangenland – kein Ort zum Verweilen.

Dafür entschädigt das mondäne Hotel *Spring Hill Suites Lancaster* mit seiner eleganten Auffahrt und Fassade, einer komfortablen Lobby, freundlichem Personal und modernen Hotelsuiten. Max fühlt sich wohl in seiner »Upgrade-Ballsaal-Zimmer-Suite«.

Die Sehnsucht nach einer Dusche ist groß, doch im Bad hängt eine Tafel, auf der das Hotel seinen Gästen Hinweise zum Wassersparen gibt: Lassen Sie das Wasser beim Zähneputzen nicht laufen! Händewaschen: Stellen Sie beim Einseifen das Wasser ab! Duschen: Seifen Sie sich nicht bei laufendem Wasser ein! Unterstützt werden die Sparappelle mit Effizienz-Duschköpfen, Perlstrahlern an Waschbecken und geizenden Toilettenspülungen.

Max greift nach der Dusche in die Minibar, fällt später in sein Bett und versinkt sofort in einen tiefen, erholsamen Schlaf.

Am anderen Morgen ist sich Max der Bedeutung des kommenden Tages sogleich bewusst. Meine Rolle erklärt sich nicht aus meiner eigenen Sicht, sondern aus der meiner Gesprächspartnerin. Elisabeth Fraser allein ist es, die ihre eigene Aussagebereitschaft definiert. Sie und niemand anderes entscheidet darüber, was sie von ihrem Wissen preisgeben will. Natürlich hängt dies wiederum davon ab, wem sie es erzählt. Und sie wird mir alles erzählen. Davon ist Max überzeugt.

Seinen Fragenkatalog und die umfangreiche Akteninformation hat er im Kopf. Da ich tief in Elisabeths Privatsphäre eindringen muss, wird das ohne Vertrauensbildung kaum gelingen. Akzeptiere also ihre Wertevorstellungen und ihre Subjektivität, befiehlt er sich in Gedanken, und dieses echt und mit Freundlichkeit. Du musst gleich herausfinden, wie die alte Dame von 89 Jahren tickt. Erst wenn sie dich akzeptiert, wird sie sich öffnen.

Max hat noch Blumen besorgen lassen. Dann macht er sich auf den Weg. Der Westen von Palmdale scheint die Schokoladenseite der Stadt zu sein. Das Haus 1707 Ashberry Drive, Ecke Highmeadow Drive, ist leicht zu finden, wenn man weiß, dass die Hausnummern auf den Randsteinen der Straße vor den Häusern aufgepinselt sind. Das Haus ist im kalifornischen Stil der Fünfzigerjahre erbaut, scheint völlig renoviert zu sein und bietet einen herrlichen Blick auf das Antelope Valley und die Tehachapi Mountains. Ein freundliches, helles Haus mit dominanter Garageneinfahrt samt Torgebäude, flachem Ziegeldach, großen Sprossenfenstern, Erker mit kleinem Dach und einem hohen, lichtspendenden Bogenfenster vor einer großzügig gerundeten Terrasse mit einem Kunstrasen davor. Max schätzt die Wohnfläche auf gut 200 Quadratmeter.

Er parkt seinen Leihwagen direkt vor dem Haus. Es ist 9.55 Uhr. Mit Blumenstrauß und Aktenmappe in der Hand betritt er das Grundstück. Die Eingangstür öffnet sich, und eine Stimme sagt mit oberbayerischem Akzent: »Deutsche Pünktlichkeit! Ich liebe es.«

Die Magie einer guten Ausstrahlung bleibt selten ohne Wirkung. Elizabeth ist trotz ihres hohen Alters von einer seltsamen, ästhetischen Anmut. Ihr rosiger Teint, ihre perfekten unaufdringlich rot geschminkten Lippen, ihre ebenmäßigen Züge, die großen türkisen Augen mit Wimpern, die wie kleine schwarze Nadeln aussehen, der wache Blick – all das lässt die Frau aus Teufelsbruck unergründlich und geheimnisvoll erscheinen wie eine Sphinx.

»Maximilian Fangeisen«, sagt Max so sanft, wie es ihm möglich ist, und überreicht ihr die Blumen mit den Worten: »Ich bin mir der Ehre bewusst, dass Sie mich in Ihr schönes Heim eingeladen haben.«

»Na, wenn Sie sich schon auf eine solch weite Reise machen, um Licht ins Dunkel zu tragen, dann halte ich das für eine Selbstverständlichkeit. Wie war Ihr Flug?«

Max berichtet kurz, während er den Eingangsbereich des Hauses betritt.

Elisabeth trägt über einer schwarzen Hose eine flauschige Strickjacke in einem kontrastreichen, aufwendigen Strickdesign. »Treten Sie näher, Herr Fangeisen. Ihr Name verheißt ja eigentlich nichts Gutes. Es sind doch Totschlagfallen damit gemeint, wenn ich nicht irre.«

Max ist von ihrer Direktheit verblüfft. »Dem kann ich nicht widersprechen. Indogermanischer Ursprung. Kommt von Zwinge oder so ähnlich …«

Augenfältchen verraten, dass Elisabeth Fraser ihr Leben lang gern gelacht hat. Sie lacht auch über Max' Erklärung. »Wie auch immer. Ich habe uns einen Kaffee gemacht. Trinken Sie eine Tasse mit?«

»Sehr gern!«

»Dann nehmen Sie am besten dort Platz.«

Frau Fraser zeigt auf eine helle Sitzgruppe mit einem Glastisch in der Mitte. Das Haus ist offen gestaltet, die Räume gehen ineinander über. Schräg gegenüber, gleich am großen Bogenfenster, befindet sich eine Bilderwand. Alte gerahmte Fotos befinden sich darunter. Aus der Distanz meint Maximilian die Kirche von Soyen zu erkennen und auch einige Militärmaschinen. Es scheint eine Art »Heimatgedenkecke« zu sein. Am liebsten wäre er aufgestanden, um sich zu vergewissern. Die Zurückhaltung fällt ihm schwer, doch er ist sich sicher, dafür ausreichend Gelegenheit zu bekommen. Außerdem hat er wie immer bei solchen Exkursionen seine Spycam dabei.

Während Elisabeth Fraser den Kaffee serviert, fordert sie Max auf, von sich zu erzählen. »Wo sind Sie geboren, was haben Sie alles gemacht, wo leben Sie?«

Max ist froh über diese Chance, entspannt sie doch die Atmosphäre und gibt ihm Gelegenheit, Vertrauen aufzubauen. Über den Fall »Toteissee« und über Bills Tod verliert er zunächst kein Wort. Am Ende zieht er den Bildband »Gemeinde Soyen, zwei Jahrhunderte« aus seiner Aktenmappe und überreicht ihn ihr.

Elisabeths Augen bekommen einen feuchten Glanz. »Meine Heimat, ach wie schön …« Sie blättert ausgiebig darin und ruft ab und zu: »Da war ich als Kind! Das kenne ich! Mein Gott, den Leuten bin ich in meiner Jugendzeit begegnet, habe mit ihnen gesprochen, und viele davon sind schon abgetreten.«

Dabei verrinnt die Zeit. Max fühlt, dass er sich auf diesem Weg näher an ihre Nachkriegsjahre in Soyen herantasten kann. Im gleichen Moment klingelt es an der Tür.

»Das wird mein Sohn sein. Er hat Besorgungen für mich gemacht.«

Wenig später steht Matthew vor ihm, Elisabeths jüngster Sohn, 54 Jahre alt, wie Max aus den Akten weiß.

»Wir wollen heute noch versuchen, das Schicksal deines Bruders zu klären. Ich komme heute Abend zu euch rüber, sobald wir damit durch sind«, sagt sie auf Englisch zu ihm.

Matthew versteht das Signal, gibt seiner Mutter einen Kuss auf die Wange und verabschiedet sich. Als sie wieder unter sich sind, fragt sie Max: »Was mögen Sie zum Lunch? Ich kann Ihnen Pute oder Fisch und Gemüse anbieten. Alles feine Fertiggerichte.«

»Ich nehme die Pute«, entscheidet sich Max.

Während die Dame des Hauses das Mikrowellengerät in Betrieb nimmt, erhebt sich Max und schlendert zum Bogenfenster. Da die Küche offen in den Raum übergeht, zeigt er auf die Bilderecke und fragt vorsichtig: »Darf ich ...?«

»Natürlich, schauen Sie nur.«

Er hat richtig vermutet. Es ist die »Heimatgedenkecke« der Elisabeth Mittermeier. Der Mann in Uniform neben den verschiedenen Militärflugzeugen wird ihr Mann Jack sein. Unter der Fotokollektion taucht auch eine junge, attraktive Frau in BDM-Uniform auf – kein Zweifel, Elisabeth während der Nazi-Zeit. Einige Aufnahmen könnten aus dem Bildband stammen: Kirchreit, St. Peter, die Kirche von Soyen mit dem See davor, die Terrasse vom Forellenwirt, Motive vom Inn, Wasserburg und das Wahrzeichen von München, der »Dom zu Unserer Lieben Frau«. Eines der Fotos aber sticht ihm besonders ins Auge: Es ist die Bohlen-Piste unterhalb von Polln auf der ein *Thunderbolt*-Jagdbomber parkt, vor dem ein Pilot posiert ...

Max kann nicht anders und fotografiert unbemerkt mit dem Foto-Kugelschreiber jedes einzelne Bild. Sicher ist sicher, sagt er sich.

»Herr Fangeisen, nach dem Essen kann ich Ihnen einiges dazu erzählen«, ruft Elisabeth ihm zu.

»Ja bitte. Ich bin hin und weg. Wer vermutet schon, dass unsere Heimat hier derart würdig präsentiert wird.«

Elisabeth erwidert: »Remarque hat einmal gesagt: ›Vergessen können ist das Geheimnis ewiger Jugend. Wir werden alt durch Erinnerung.‹«

»Wie wahr.«

Als sie gegessen und den Tisch abgeräumt haben, nimmt Max wieder seinen Platz auf der Couch ein, während Elisabeth noch Espresso serviert.

Schließlich nimmt auch sie Platz, blickt Max lange in die Augen und sagt. »Wir werden alt durch unsere Erinnerungen. Ihr erster Fall, Herr Fangeisen. Erzählen Sie mir alles über Bill und seinen Tod.«

Max ist wiederum froh über die Chance, erst berichten zu können, statt gezielte Fragen beantworten zu müssen.

In ihrer liebenswürdigen Aufmerksamkeit lässt sie ihn aus den Jahren 1968 und 1970 berichten. Danach schildert er ihr ausführlich die Recherchearbeiten, die ihn schließlich bis nach Palmdale geführt haben. Max vermeidet es, die Namen der Verdächtigen zu nennen, und vermeidet auch die Begriffe wie Gewalt und Mord, bis Elisabeth nachfasst und fragt: »Mein Bill kam also durch einen Tauchunfall ums Leben?«

»Das dachten wir auch, bis wir seinen Schädel fanden.« Max beugt sich vor, verringert die Distanz und blickt ihr fest in die Augen. »Was ich Ihnen nun sagen muss, hat meinen Entschluss, die Reise nach Palmdale zu Ihnen anzutreten, im Wesentlichen bestimmt. Ich wollte es Ihnen persönlich und nicht am Telefon mitteilen. Es war ein gewaltsamer Tod, Frau Fraser, Ihr Sohn Bill wurde ermordet.«

Es ist, als würde ein Brenneisen Elisabeths Wangen zum Glühen bringen. Sie schließt die Augen und verbirgt ihr Gesicht hinter ihren Händen. Kurz darauf erhebt sie sich und eilt in die Gästetoilette. Max hört, wie sie sich die Nase schnäuzt. Als sie wieder zurückkommt, lassen die Worte auf sich warten. Eine lange Minute vergeht, bevor sie mit leiser und schleppender Stimme sagt: »Ich hatte oft dunkle Visionen in den ersten Jahren nach seinem Verschwinden. Eine davon handelt vom Soyensee.«

Max spürt, dass er nahe daran ist, etwas zu erfahren, das die Bruchstücke seiner Erkenntnisse zu einem Bild zusammenfügen könnte. »Was könnte Ihren Sohn veranlasst haben, nach Soyen zu reisen? Was hat er auf dem Grund des Sees gesucht?«

»Mein Mann Jack, Gott hab ihn selig, hätte es ihm nie verraten dürfen.«

»Bitte, klären Sie mich auf.«

Elisabeth zögert, atmet mehrmals tief durch und beginnt zu erzählen: »Es ist eine wüste Geschichte, die eher in den Wilden Westen passen würde. Mir kommt es vor, als wäre es erst gestern gewesen. Es war am 25. Juni 1945, einem Montag, ein herrlicher Frühsommertag. Mein verstorbener Mann war Kampfpilot und bekam den Befehl, gemeinsam mit seinem Wingman von Ainring bei Freilassing zum Feldflughafen Soyen zu fliegen. Dabei ging es nicht um einen Routineflug, sondern um einen ominösen Transport. Beide Jagdbomber trugen Zusatztanks unter ihren Rümpfen, die aber kein Benzin enthielten, was damals beide Piloten beim Start in Ainring nicht wussten. Jack hatte den Auftrag von einem korrupten CIC-Agenten in Salzburg bekommen. Wie üblich, sollten die Zusatztanks vor der Landung über dem See abgeworfen werden. Bei Jack klappte der Abwurf, bei seinem Kameraden versagte die Mechanik. Als dieser mit dem Zusatztank landen musste, kam es zu einer Bruchlandung, die in einem Desaster endete. Jacks Kamerad verbrannte grauenvoll in seiner Pilotenkanzel. Bei der Bruchlandung riss der Tank auf …« Elisabeth verstummt. »… vielleicht wäre jetzt ein Rechtsbeistand erforderlich.«

»Sie entscheiden, Frau Fraser. Es geht um die Aufklärung des Mordes an Ihrem Sohn.«

Dies ist der entscheidende Moment. Max hält ihrem Blick stand. Ihm fällt ein Stein vom Herzen, als sie fortfährt:

»Mein Mann und sein Kamerad transportierten unwissentlich Goldmünzen.« Wieder werden ihre Augen feucht. »Und diese verfluchten Goldmünzen haben meinen Sohn das Leben gekostet.«

Max trifft dieses freimütige Bekenntnis wie ein Stromschlag. »Wusste Ihr Sohn …?«

»Nur mein Mann und ich wussten etwas von der Geschichte. Bill kann das Wissen daher nur von meinem Mann haben. Ich hatte schon immer das ungute Gefühl, dass er ihm die Geschichte eines Tages erzählen würde, obwohl er mir versprochen hatte, unseren Kindern gegenüber Stillschweigen zu wahren. Aber Bill und mein Mann waren ein Herz und eine Seele. Sie machten vieles gemeinsam. Fliegen, Tauchen, schnelle Autos …«

»Was glauben Sie? Warum hat Ihr Sohn erst eine falsche Spur gelegt, als er nach Bayern flog?«

»Bevor mein Mann bei einem Testflug im Januar 1968 ums Leben kam, muss er Bill in seine Pläne eingeweiht haben, den Schatz eines Tages selbst zu bergen. Von seinem Entschluss, diesen Plan umzusetzen, sollte ich offensichtlich nichts mitbekommen. Er war ein guter Junge. Ich glaube, er wollte mich einfach nicht beunruhigen. Schließlich ging es dabei um eine absolut illegale Sache.«

»Welche Pläne waren das konkret?«

»Jack selbst wollte immer zurück an den Soyensee, um dort zu tauchen. Ich muss Ihnen nicht verraten, warum. Nachdem ich nun weiß, wie Bill ums Leben kam, halte ich es für wahrscheinlich, dass er zusammen mit unserem Sohn eines Tages dort tauchen wollte.«

»Frau Fraser, was passierte mit den Goldmünzen aus dem zerborstenen Tank des Wingmans?«

»So viel ich mitbekommen habe, wurden diese akribisch eingesammelt. 250 bis 300 Kilo davon, so erzählte mir mein Mann, lagen ja weit verstreut herum. Er hat die sichergestellten Münzen dann dem CIC-Agent aus Salzburg übergeben, der nach Soyen angereist war.«

Max überlegt schnell. Die gleiche Menge muss sich in dem Tank befunden haben, den Jack Fraser über dem See abgeworfen hat. Gigantisch, unfassbar!

»Wissen Sie, woher die Goldmünzen stammten?«

»Es war Nazigold, das US-Soldaten in der Nähe von Salzburg auf einem Bauernhof ausgegraben hatten. Näheres weiß ich nicht.«

Max kommt nun zu einer seiner wichtigsten Fragen im Fall »Toteissee«: »Frau Fraser, wer wusste noch vom Abwurf über dem See?«

Elisabeth zögert. »Da müsste ich spekulieren …«

»Versuchen Sie sich bitte zu erinnern. Jemand muss mehr über die Versenkung der Münzen im See gewusst haben als jeder GI, der damals in Soyen seinen Dienst versah.«

Elisabeths Reaktion auf seine Frage irritiert Max. »Ich weiß gar nicht, warum ich Ihnen das alles erzähle. Davon wird Bill auch nicht wieder lebendig. Man sollte die Toten ruhen lassen.«

Max versucht, die aufkeimende Blockade abzumildern. »Da stimme ich Ihnen voll und ganz zu. Ich respektiere Ihre Zurückhaltung, Frau Fraser. Auf der anderen Seite verjährt Mord nie, und der Täter sollte zur Rechenschaft gezogen werden. Wer könnte noch davon gewusst haben?«

Auf diese Frage reagiert Elisabeth mit unerwarteter Heftigkeit. »Meine Schwester! Ihr und nur ihr habe ich davon erzählt«, ruft sie mit schriller Stimme.

»Wem kann sie es weitererzählt haben?«

»Ach wissen Sie«, fährt sie fort, nun wieder beherrscht, »das ist nach so langer Zeit schwer zu sagen. Ich glaube aber nicht, dass sie viel getratscht hat. «

»Hatten Sie all die Jahre über Kontakt zur Familie Heinlein?«

Wieder nimmt sich Elisabeth Zeit. Sie scheint sich zu quälen.

»Ja, im Briefwechsel mit meiner Schwester.«

»Sie haben einen Neffen, Hubert Heinlein ...«

»Ja, stimmt, hab ich ...«

»Kann es sein, dass sie die Geschichte auch ihrem Sohn weitererzählt hat?«

Diese Frage verändert ihren Gesichtsausdruck, als ob Gefahr im Verzug wäre. Max spürt: Hier ist eine Grenze, die sie nicht überschreiten will.

Elisabeth scheint sich plötzlich unwohl zu fühlen. »Ich glaube, ich muss an die Luft.« Sie erhebt sich, geht zur Terrassentür, öffnet sie und tritt ins Freie. Max hat, ohne es zu wissen, einen äußerst empfindlichen Nerv getroffen. Als sie wieder zurückkommt, zeigt sie sich verschlossen und unterstreicht dies mit ihrer Körperhaltung. Schweigen breitet sich aus.

Nach einer Weile sagt Max verständnisvoll. »Frau Fraser, das ist Ihr Leben. Ist die Ungewissheit für Sie besser? Sie selber entscheiden, ob Sie zu Ihrem Neffen etwas sagen wollen oder nicht.«

Elisabeths selbstbewusstes Nervenkostüm scheint sich unvermittelt in einen spröden Stoff zu verwandeln. »Wenn ich sicher sein könnte, dass alles, was ich sage, bei Ihnen gut aufgehoben ist …«

»Ich war mein Leben lang Kriminalbeamter. Sie können mir absolut vertrauen.«

Im gleichen Moment kullern Tränen aus ihren Augen. Ihre Stimme klingt gepresst. »Hubert ist mein Sohn!«

Max traut seinen Ohren nicht. Mit dieser Wendung hat er nicht gerechnet. Völlig verunsichert fragt er nach. »Dann war Bill sein Bruder?«

Elisabeth schluchzt. »Halbbruder …«

Max erhebt sich, setzt sich neben sie und nimmt sie tröstend in den Arm.

»Erleichtert?«, fragt er nach einer Weile.

Elisabeth nickt, erhebt sich und sucht wieder die Gästetoilette auf, um sich die Spuren der Tränen aus dem Gesicht zu wischen. Als sie zurückkehrt, sind ihre Augen immer noch gerötet, und ihre Lippen beben. Sie bleibt stehen und überlegt einen Moment.

»Ich zeige Ihnen etwas, das außer meinem Mann niemand in der Familie zu Gesicht bekommen hat.«

Sie geht zum Schrank und öffnet einen Brandschutztresor für Akten. Diesem entnimmt sie ein Kistchen aus Eichenholz. Elisabeth nimmt wieder Platz und stellt das Kistchen vor sich auf den Tisch.

»Ich erzähle Ihnen jetzt die ganze Geschichte …«

Sie beginnt bei der Begegnung mit Obersturmbannführer Ortwin Ritter von Hohenstein, Huberts Geburt in Steinhöring als Lebensbornkind, über den Tod seines wahren Vaters 1945 an der Ostfront, begründet die Entscheidung, Hubert von ihrer Schwester und ihrem Schwager großziehen zu lassen, und berichtet über die finanzielle Unterstützung, die sie jahrzehntelang geleistet hat.

»Wusste Ihr Mann von dem Kind?«

»Nein. Ich wollte meine Ehe nicht gefährden. Da meine Schwester und mein Schwager keine Kinder bekommen konnten, haben sie Hubert als ihren eigenen Sohn ausgegeben. Mich hat es damals selbst gewundert, dass nie jemand daran gezweifelt hat.«

»Weiß Hubert heute, wer sein Vater ist?«

»Nein. Um das zu verstehen, möchte ich Ihnen den letzten Brief meiner Schwester zu lesen geben, den sie kurz vor ihrem Tod an mich geschrieben hat.«

Elisabeth öffnet das Kästchen und entnimmt ihm einen Stapel von Briefen und Papier. »Was Sie hier sehen, ist ein kleiner Teil dessen, was ich aufbewahrt habe. Aber dies sind für mich die wichtigsten Erinnerungen an meine Heimat.«

Erinnerungen, die am Ende in einen Schuhkarton passen, denkt Max. Er erkennt einen alten deutschen Ausweis, Urkunden, Briefe, weitere Fotos und eine kunstvoll geflochtene schwarzrote Schnur. Elisabeth findet den Brief, öffnet das Kuvert und reicht Max das Schreiben.

Rieden, 11. November 1979
Liebe Schwester,
wenn Du diese Zeilen liest, bin ich nicht mehr unter Euch. Das Schicksal hat uns einige schwere Prüfungen auferlegt,

die wir geduldig ertragen haben. Eine davon ist das Leben »unseres« Sohnes Hubert.
Versprich mir, dass Du das Geheimnis seiner Herkunft nie verraten wirst. Es würde sein Leben zerstören. Das fehlende Wissen um seinen wahren Vater würde ihm auch einen wesentlichen Teil seiner Zukunft rauben. Er ist lange nicht so stabil, wie es den Anschein hat. Die Wahrheit wäre für ihn eine katastrophale seelische Erschütterung, die wir um alles in der Welt vermeiden müssen. Er würde uns das Verschweigen nie verzeihen und mich und Gustl im Nachhinein verdammen.
Ich gehe ruhig in den Tod. Weine nicht um mich, denn ich bin jetzt an einem glücklicheren Ort. Ich halte einen Platz an meiner Seite für Dich frei.
Deine Dich liebende Schwester Jutta

Max ist berührt, ist sich aber der Bedeutung des Briefes bewusst. Er legt den Brief vor sich ab und nimmt seinen speziellen Kugelschreiber unauffällig in die Hand …

»Waren Sie seit 1946 nie mehr in der Heimat?«

»Einmal, zur Beerdigung meiner Schwester.«

Max blickt sie verwundert an.

Elisabeth erfasst seine Verblüffung. »Ich war schon Monate vor ihrem Tod über ihren schlechten Gesundheitszustand unterrichtet. Sie starb an Krebs. Vorher habe ich aber rechtzeitig mit dem Pfarrer Kontakt aufgenommen. Ich wollte nicht zu spät zu ihrer Beerdigung kommen. Es hat funktioniert.«

»Hat Sie niemand erkannt?«

»Nein. Bis auf den Pfarrer, als ich mich vor meinem Rückflug bei ihm verabschiedete und bedankte.«

»Sicher wohnte Ihr Sohn Hubert der Beerdigung bei.«

»Ja. Es war entsetzlich für mich. Ich stand für einen Moment vor ihm, und mir war, als blicke er durch mich hindurch. Erst dachte ich, Ortwin, sein Vater, stünde leibhaftig vor mir. Das Schlimmste aber war, ich empfand nichts, als ich ihn sah. Nichts, überhaupt nichts. Und das als seine leibliche Mutter …«

Max deutet auf eine Urkunde, die mit Hakenkreuzstempel versehen ist. »Darf ich sehen?«

»Das ist die Namensgebungs-Urkunde meines Sohnes Hubert vom 8. April 1945, die vom Lebensborn-Heim Steinhöring ausgestellt wurde.«

Max betrachtet das alte Dokument. »Er wurde auf den Namen seines Vaters getauft: Ortwin von Hohenstein.«

»Ja, sein Pate war der damalige Heimleiter, ein überzeugter Nazi bis zum bitteren Ende.« Daraufhin nimmt sie die geflochtene Schnur in die Hand und hebt sie hoch. »Das ist alles, was für mich vom Tausendjährigen Reich übrig geblieben ist: meine Führerinnenschnur, die ich als BDM-Mädel getragen habe …«

Max fällt noch etwas Wichtiges ein. »Frau Fraser, bevor ich es vergesse: Hat Ihr Mann eine Münze zurückbehalten? Ich frage deshalb, da ich ein Foto besitze und dieses mit einer Originalmünze abgleichen könnte.«

»Ja, ich habe eine davon aufbewahrt.«

Wieder geht sie zum Tresor, holt ein Schächtelchen heraus, klappt es auf und entnimmt ein goldenes Kettchen mit einer schweren Goldmünze daran. »Hier ist sie. Mein Mann trug die Münze als Glücksbringer um den Hals. Ich bin ja nicht abergläubisch, aber ausgerechnet an dem Tag, an dem er verunglückte, hatte er vergessen, die Kette anzulegen.«

Max sieht auf den ersten Blick, dass das Stück mit der italienischen 100-Lire-Goldmünze aus Hofreiters Vitrine identisch ist. »Darf ich sie für den Abgleich fotografieren?«

»Wenn es der Aufklärung des Mordes dient, können Sie alles, was Sie benötigen, ablichten.«

Max zieht sein Smartphone aus der Sakkotasche und beginnt mit den Aufnahmen. Danach gestattet ihm Frau Fraser, auch die Fotos und Bilder in der »Heimatgedenkecke« abzulichten.

Max kommt auf die Münze zurück. »Die goldene Liremünze ist ein wichtiges Beweisstück. Darf ich Ihre Aussage dazu protokollieren?«

»Ist das notwendig?«

»Damit wäre der Weg geebnet für eine offizielle Ermittlung und Suche nach dem Nazigold im See.«

»Na gut, wenn es denn sein muss …«

Max zieht seinen Schreibblock aus der Tasche und protokolliert die Aussage Elisabeths zu den Ereignissen im Juni 1945. Als sie den Text unterzeichnet, wird für Max eine unwirkliche Vorstellung zur Realität. »Danke, Frau Fraser. Das wird uns eine große Hilfe sein.«

Als er damit fertig ist, stellt ihm Elisabeth ihrerseits eine Frage: »Haben Sie nach all meinen Aussagen einen Hauptverdächtigen im Auge?«

»Ja, zwei Männer, wie ich schon erwähnt habe. Namen darf ich Ihnen leider noch nicht nennen. Da wir das Motiv jetzt eindeutig kennen, wird es nun darauf ankommen, den Weg der Goldmünzen zu verfolgen, die inzwischen aus dem See geraubt wurden. Die Spur wird den Täter endgültig überführen.«

»Sie halten mich auf dem Laufenden?«

»Selbstverständlich. Als Elternteil haben Sie ein Anrecht darauf, zuerst zu erfahren, wer Ihren Sohn auf dem Gewissen hat.«

Inzwischen ist es draußen schon dunkel geworden. Max ist äußerst zufrieden mit seiner Ausbeute und sehnt sich insgeheim in seine Hotelsuite, um in Ruhe alles nacharbeiten zu können.

Als sie sich verabschieden, sagt sie zu ihm: »Sagen Sie einfach Elisabeth zu mir.«

»Ich bin Max.« Darauf umarmen sie sich freundschaftlich. »Ich melde mich, wenn ich wieder in der Heimat bin.«

»Heimat? Max, wie oft habe ich daran gedacht. Bringen Sie den Mörder zur Strecke. Zu seiner Verurteilung werde ich kommen.«

Während Elisabeth diese Worte spricht, werden ihre Augen wieder feucht.

32

Max ist mitteilungsbedürftig. Zurück im Hotel, ruft er sofort Michaela an. Als er Ablauf und Details seines Gespräches mit Elisabeth schildert, ist sie sprachlos über die ungeahnten Wendungen im Mordfall »Toteissee«.

»Glückwunsch! Wer hätte das gedacht? Da hat sich die Reise wohl gelohnt.« Micha fallen dazu gleich ein paar verkaufsträchtige Schlagzeilen ein: »Kuckuckskind als Mordverdächtiger« »Sohn mordet Sohn« »Halbbruder wird zum Mörder«.

»Noch sind wir nicht so weit, aber ab heute steht Hubert Heinlein für mich eindeutig unter Mordverdacht. «

»Was wird seine Mutter am Ende dazu sagen?«

»Sie wird alles dafür tun, damit ihrem Bill Gerechtigkeit widerfährt. Sie hat keinerlei Bindung zu ihrem Lebensbornkind Hubert. Das macht die Sache einfacher für sie und uns.«

»Dann werden die Jungs begeistert sein, wenn du ihnen erzählst, was du im fernen Kalifornien alles herausgefunden hast.«

»Glaub ich auch. Wird uns enorm weiterbringen. Ich werde Tom vorab telefonisch informieren. Vielleicht reichen die Informationen aus, um ein erneutes Ermittlungsverfahren einzuleiten.«

»Zumindest was die Plünderung des Nazigoldes anbelangt. Überprüft die Sache«, erwidert sie. »Ach ja, bevor ich es vergesse: Die Werkstatt rief vorhin an. Sie haben etwas Kurioses unter deinem Wagen entdeckt.«

»Was?«

»Du wirst es nicht glauben: ein GPS-Ortungsgerät. Jemand will wissen, wo du herumkurvst.«

Max reagiert ungläubig. »Das gibt's doch gar nicht.«

»Ist aber so. Sie haben das Ding sichergestellt. Ich nehme das Gerät mit, wenn ich den Wagen später abhole. Wenn du zurück bist, kannst du das Teil begutachten. Der Werkstattleiter meinte, dass du den Fall ja gleich übernehmen könntest.« Michaela muss lachen. »Bist du mit Elisabeth Fraser durch?«

»Ja. Bin gerade dabei, alles aufzuarbeiten und zu notieren. Morgen werde ich mir LA ein wenig ansehen, bevor ich in den Flieger steige.«

»Viel Spaß und immer schön rechts gehen. Und lass dir von keinem Girlie ein Stück Schokolade schenken.«

»Ich hab' nur Augen für dich, mein Engel. Ich melde mich kurz vor dem Rückflug.«

»Ich warte darauf und freue mich, wenn du wieder bei mir bist.«

»Du fehlst mir auch …«

Kurz bevor Max ins Bett fällt, kontaktiert er noch schnell Thomas Reiter. Dem reicht die kurze Zusammenfassung. Seine Begeisterung für den Fall verstärkt sich. »Wenn du wieder hier bist, werden wir die Sache im Präsidium analysieren und diskutieren. Ich bin mir fast sicher, dass wir mit dem Verdacht des illegalen Tauchens nach Kriegsbeute ein Ermittlungsverfahren einleiten können. Ob damit gleichzeitig der Mord von damals geklärt werden kann, bleibt natürlich abzuwarten.«

»Das wird sich ergeben. Ich habe aber das Gefühl, dass die Zeit drängt. Vielleicht sollten wir doch versuchen, unsere Schatzräuber auf frischer Tat zu erwischen.«

»Lass mich mal machen. Ich spreche mit ein paar Leuten darüber.«

»Okay, melde mich bei dir, wenn ich zurück bin.«

»Guten Flug!»

33

Rimsting, Dienstag, 18. November 2014

Max berichtet en detail. Die Atmosphäre ist elektrisierend. Johann, Benedikt und Thomas scheinen durch Hochspannungsdrähte miteinander verbunden zu sein. Das Jagdfieber ist mit Händen zu greifen. Als Sensation werden der Brief von Jutta Heinlein und die damit einhergehende Enthüllung der wahren Familienbande gesehen.

Johann bringt es lapidar auf den Punkt. »Ziemlich verrückt, oder?«

Einigkeit herrscht in der Auffassung, dass das Täterprofil voll auf Hubert Heinlein passt. Er wäre damit der Mörder seines Halbbruders, vielleicht ohne es selbst zu wissen. Es sei denn, er kennt die Zusammenhänge aufgrund der gestohlenen Papiere aus dem Wohnmobil von »Bill Traser«. Hofreiter wird als Mitläufer gesehen, der sich mit Heinlein schon in frühen Jahren zusammengetan hat. Beide müssen dahintergekommen sein, dass der Inhalt des Zusatztanks aus Goldmünzen bestand. Einvernehmen herrscht auch darüber, dass dringend mehr über das versenkte Nazigold herausgefunden werden muss.

Thomas, der die Dokumente und Fotos noch am Sonntag geprüft hat, berichtet, dass wegen der neuen Erkenntnisse der Einsatz von Bergungstauchern mit modernem Ortungsgerät im See mit sehr großer Wahrscheinlichkeit genehmigt wird. Grundlagen dafür sind die protokollierte Aussage von Frau Fraser, die Expertise des Numismatikers aus Hall und die übereinstimmenden Fotodokumente der Münzen in der Vitrine von Hofreiter und in Palmdale.

Tom will nun noch eine Idee zur Spurenverfolgung und Spurensicherung einbringen – eine bewährte Methode, die Mitte der Neunzigerjahre als Patent angemeldet wurde. Im Kern geht es um die Markierung und Kenntlichmachung von Gegenständen unter Verwendung einer hochviskosen Lösung, die man jetzt auch auf der Erde versprühen kann. Die farb- und geruchslose Flüssigkeit ist versetzt mit einer gelösten fluoreszierenden Substanz – ein außerordentlich sicheres und universelles Kennzeichnungsmittel, das auf alles übertragen wird, was damit in Kontakt kommt. Johann soll es an der mutmaßlichen Einstiegsstelle des Sees auf der Erde versprühen. Tritt der Verdächtige hinein, wird die Substanz an Schuhen, Flossen, Tauchanzügen kleben. Später kontaminiert die überwachte Person damit alles, womit sie in Berührung kommt, vom Fußraum des Autos über die Garage bis hinein in die Wohnung. Ihre Spuren können anschließend bequem durch UV-Licht sichtbar gemacht werden.

Die Runde ist begeistert von der Idee. Johann wird sich morgen bei seinem Spaziergang entlang dem Westufer des Sees auf die Einstiegsstelle konzentrieren.

Benedikt ist erstaunt. »Woher hast du das Zeug?«

»Ich habe das auf dem kleinen Dienstweg besorgt«, erwidert Tom vieldeutig.

Rätsel gibt noch die GPS-Wanze unter Max' BMW auf. Für die Kollegen kommen nur die beiden Verdächtigen infrage, die einen Nutzen daraus ziehen könnten, nach dem Motto: Wenn wir tauchen gehen, wollen wir wissen, wo sich der »Superbulle« befindet. Max hat das Teil jetzt in seiner Garage deponiert, wo es seine Koordinaten senden kann, bis die Batterie leer ist.

Am Ende der Sitzung beschließen sie gemeinsam mit Michaela, einen weiteren Artikel im OVB zu lancieren. Headline: »Nazigold im Soyensee? Eine Suchaktion mit modernen Sonargeräten soll Klarheit bringen …«

»Treiben wir die beiden in den See!«, jubelt Tom. Die Worte klingen wie ein Schlachtruf.

34

Wasserburg-Burgau, Donnerstag, 20. November 2014

Hubert führt Regie über Franz' Albträume. Hofreiter versinkt in seinen Nachtmahren regelmäßig in einem schwarzen Loch, taucht wieder auf, reckt Hubert Hilfe suchend die Hände entgegen, die dieser mit den Füßen niedertrampelt. Am Morgen danach, wenn er sich an diese Angstträume erinnert, grübelt er über die Ursache. Es muss das ungelöste Problem mit Hubert sein, das sie verursacht, überlegt er. Egal, sagt er sich, ich will, dass das wieder in Ordnung kommt. Darauf greift er sich sein Smartphone.

»Franz hier. Ich wollte dich informieren, dass ich in einer Woche wieder tauchen kann, obwohl mir mein Arzt sagt, meine Lunge wäre ein ausgeleierter Blasebalg mit einem großen Loch darin. Wollte mit dir Tag und Zeit abstimmen.«

»Kein Bedarf.«

»Warum das denn?«

»Glaubst du, ich mache Faxen? Ich mach mein Ding, du deins.«

»Warst du etwa schon allein unten?«

»Schau nach. Ich glaube, es ist noch genug für dich übrig.« Hubert trennt das Gespräch.

Franz spürt einen enormen Druck, da er nun auf sich allein gestellt ist. Er hat seinem Kontaktmann dreißig Kilo

Münzen avisiert, die er schon längst hätte abliefern sollen. Der Goldpreis hat seine kleine Schwäche überwunden und scheint momentan auf hohem Niveau stabil zu bleiben. Sein Zwischenhändler fordert daher vehement die Lieferung der versprochenen Münzen. Franz kennt Stresssituationen, doch die Entwicklung in den letzten Wochen überfordert ihn definitiv.

35

Weidgarten, Soyensee, Samstag, 22. November 2014

23.00 Uhr. Hubert befindet sich in der angemieteten Wohnung oberhalb des Sees vor seinem Schreibtisch. Ein pulsierender Punkt auf dem Display seines Laptops bewegt sich von Holzkram in Richtung Soyen. Seine Hände haben sich erwartungsvoll an den Lehnen seines Bürostuhles festgekrallt, sein Blick ist starr auf den Bildschirm gerichtet.

Er wiegt seinen Kopf nach links und rechts und hört dabei das Knirschen seiner Halswirbel. »Na endlich, da kommt er.« Seine Stimme klingt erleichtert.

Er holt sich das zweite offene Fenster auf den Schirm. Der andere GPS-markierte Punkt pulsiert seit Tagen ruhig und stationär in Rimsting in einer Garage. Auch jetzt.

Hubert klickt zurück. Als sich der Punkt in die Auenstraße hineinbewegt, zieht er seinen Trockenanzug hoch und macht sich tauchfertig. Den eigenen Wagen hat er diesmal nahe beim Haus geparkt, sodass er von der Zufahrt nach Weidgarten aus nicht gesehen und Franz nicht irritiert werden kann. Hubert hat seine Tauchflaschen und die Harpune in der Dunkelheit im Schilf griffbereit deponiert.

Der GPS-Punkt bewegt sich zügig die Kreisstraße RO40 hinunter in Richtung Soyensee. Hubert ist froh, dass kein Nebel herrscht, da er das Nachtsichtgerät für die Beobachtung benötigt.

Damals, im Sommer vor 46 Jahren, musste er den Nebel nicht fürchten. Als er sich später zum Wohnmobil schlich, wäre er ihm wieder äußerst willkommen gewesen. Am Grund des Sees hatte Hubert die Schlüssel zu Bills Wohnmobil an sich genommen, die dieser in einer der Taschen seines Tauchgürtels verstaut hatte. Zwei Stunden später schlich Hubert sich ans Ostufer zum Stellplatz. In wenigen Minuten hatte er die Mappe mit den Ausweispapieren gefunden und an sich genommen. Den Schlüssel versenkte er auf dem Rückweg in der Mündung des Nasenbaches, die Ausweispapiere verbrannte er noch in der gleichen Nacht in seinem Kaminofen. Ein flüchtiger Blick über die Papiere bestätigte ihm, dass alles »Englisch« war.

Franz parkt seinen SUV wie immer im Gras neben dem Feldweg, nimmt seine Pressluftflaschen und komplettiert die Ausrüstung für den Tauchgang. Hubert beobachtet indessen durch das Nachtglas, wie er nach wenigen Minuten alles zur Einstiegsstelle schleppt.

Ein böiger Wind peitscht die Wipfel der Bäume. Es ist pechschwarze Nacht. Trotzdem erkennt er durch das Glas die düsteren, harten Konturen der Büsche und Sträucher. Selbst der Toteissee, so scheint es, stemmt sich gegen die schweren, dunklen Wolken – eine gespenstische Szene!

Franz gleitet in die finstere Trübnis des Sees. Er stellt sich seiner Furcht vor dem Verlust der Goldmünzen, dafür wird er dem Tod begegnen, denkt sich Hubert, als er seinem Kumpel mit der gespannten Harpune hinab in die Tiefe folgt. Noch sind die Nächte frostfrei, doch das Wasser ist so kalt, dass sich sein Herz anfühlt wie ein Eiswürfel. Huberts Puls beschleunigt sich. Kein Problem, sagt er sich, alles normal.

Aber die Münzen sind jetzt ein Problem, der Zeitdruck ist ein Problem, die vielen Nächte ohne Schlaf sind ein Problem, der Superbulle ist ein Problem. Und ein gieriger, fahrlässiger und wankelmütiger Mann wie Hofreiter ist die Summe aller Probleme. Ich muss ihn aus der Welt schaffen!

Franz taucht ebenso mit einer hochwertigen und effizienten LED-Stirnleuchte wie Hubert. Sie ermöglicht unter Wasser einen fokussierbaren und dimmbaren kreisrunden Lichtkegel im Nahbereich wie auch ein gebündeltes Fernlicht. Huberts Stirnlampe ist noch ausgeschaltet. Ihm reicht sein beleuchteter GPS-Kompass.

Die Führungsleinen und die meisten Gerätschaften bis auf die Saug- und Strahlpumpe hat er während der letzten drei Tauchgänge aus dem See entfernt. Die letzten verräterischen Spuren würde er heute Nacht noch beseitigen.

Franz hat nach seinen GPS-Koordinaten die Fundstelle erreicht. Hubert hat alle Markierungen entfernt. So ein Schwein!

Die Feststellung macht ihn wütend. Zwischen Atemzügen, die wie Klagelaute klingen, fühlt er instinktiv, dass etwas nicht stimmen kann. Ein furchtbarer Gedanke schießt ihm durch den Kopf: Hubert folgt mir.

Automatisch zieht er das Tauchmesser, das an der Innenseite seines Unterschenkels befestigt ist.

Er ist irgendwo hinter mir! Zwei Drehungen, und er hat die Richtung verloren. Seine Lunge schmerzt, als ob ein Sturm darin toben würde. Er atmet so tief ein wie möglich, doch die immer noch unausgeheilte Bronchitis verringert den Gasaustausch in den Lungenalveolen. Der Druck in seiner Lunge wäre zu schwach, um eine Kerze auszupusten. Die Kälte erreicht jetzt mit Verzögerung seinen Körper. Er bildet sich ein, es keine Sekunde länger unter Wasser aushalten zu können. Franz entschließt sich aufzutauchen, doch plötzlich glaubt er gegen eine Wand zu schwimmen. Sein Blut gefriert. Im Lichtkegel entdeckt er die Umrisse einer Gestalt, die ihn zur Seite stößt und etwas auf ihn richtet. Überstürzt fuchtelt er wild mit dem Tauchmesser um sich, spürt aber keinen Widerstand. Blitzartig wird Franz von einem Lichtkegel geblendet, während sich etwas wie ein glühender Speer zwischen Hals und Schulter bohrt. Das zirkulierende Adrenalin hält ihn fast schmerzfrei.

Hubert!

Der innere Schrei bleibt ungehört.

Schon umkreisen sie sich mit heftigen Flossenbewegungen. Hubert hält jetzt ebenfalls ein Messer in der Faust. Franz ist zu langsam. Das Herz jagt Verzweiflung in die Arterien. Der erste Messerstich trifft ihn unterhalb des Nabels und peinigt bestialisch. Der Schmerz macht ihn verrückt. Das Tauchmesser entgleitet seiner Hand, der Atemregler wird ihm aus dem Mund gerissen, der Schlauch gekappt. Wasser dringt in seine Lungen ein. Sie kollabieren. Franz schlägt im Todeskampf wild um sich. Es gibt kein Entrinnen. Sein Knie trifft auf den schlammigen Grund. Der zweite Stich bohrt sich frontal in den Hals. Blut und Schaum quellen aus seinem Mund. Sein Körper erschlafft.

In Hubert bricht ein Damm, der jahrzehntelang seine Aggressionen gegenüber seinem Kumpel zurückgehalten hat. Nur dieses eine Mal noch töten. Dann reicht es für immer!

Abneigung, Hass, Missgunst, Verbitterung und Demütigungen brechen sich Bahn, machen sich Luft in Form von rasenden, hemmungslosen Messerstichen. Hubert zieht den

Sterbenden an sich heran, öffnet seine Tarierweste, die zentrale Einheit, die alles trägt, was Franz bei sich hat. Sein Brustkorb ist nun ungeschützt. Die folgende Serie von Messerstichen gilt nur noch seiner Leiche.

Hubert schwitzt in 19 Metern Tiefe bei 4 °C Wassertemperatur. Ich werde ein Exempel an dir statuieren!

Hubert zieht in einem Kraftakt den Harpunenpfeil aus Franz' Schulter und lässt den Leichnam auf den Grund gleiten. Unweit davon findet er die verlorene Harpune. Er spannt den Pfeil wieder ein. Dann zielt er im Lichtkegel seiner Stirnlampe auf Franz' Stirn.

Der Pfeil durchbohrt Tauchmaske, Stirn- und Hinterhauptsbein. Ein perfekter Schuss – genau wie vor 46 Jahren!

Hubert nimmt die restlichen Geräte mit sich. Als er dem Soyensee entsteigt, ist in der kalten, angespannten Luft keine Leichtigkeit, kein Wohlbehagen zu spüren …

36

Holzkram, Soyen, Rosenheim, Rimsting,
Wasserburg-Burgau, Dienstag, 25. November 2014

Franz Hofreiter wird seit Montagfrüh von seinen Mitarbeitern vermisst. Noch nie hat er in der Vergangenheit seinen gewohnten Lebenskreis verlassen, es sei denn, er war bekanntermaßen in Urlaub oder anderswohin verreist. Sein derzeitiger Aufenthalt wird im Moment als »unbekannt« angegeben.

Noch am gleichen Tag wird die Meldung von der Polizeiinspektion Wasserburg am Inn aufgenommen und aufgrund eines Vermerkes sofort zu Thomas Reiter, Kripo Rosenheim, weitergeleitet. Dieser informiert umgehend seinen Chef und anschließend Fangeisen.

Am Tag darauf überschlagen sich die Ereignisse. Es beginnt mit dem Anruf von Alexander Dachsberger, dem Forellenwirt, bei der Wasserburger Polizeiinspektion. »Im See schwimmt eine Leiche.«

»Männlich oder weiblich?« Hans Nussner, langjähriger Beamter der PI Wasserburg und zugleich Soyener Bürger, schmunzelt und vermutet zunächst einen Scherz seines direkten Nachbarn.

»Ein Taucher, wie es aussieht. Taucherbrille, Anzug, Pressluftflaschen, zerschnittene Schläuche – hängt alles noch an ihm dran. Hat außerdem einen Pfeil im Kopf, als ob ein

Indianer ihn erschossen hätte, und wie es aussieht, ist der ganze Körper bedeckt mit Wunden. Könnt' sein, dass er vorher auf dem Seegrund am Marterpfahl gehangen hat.«

Der Beamte weiß auf die groteske Schilderung keine Antwort.

»Wo ist die Leiche jetzt?«

»An meinem Steg. Sie hängt an der Steuerbordseite meines Bootes. Hab sie mit einer Leine daran festgebunden.«

»Verändern Sie nichts. Wir kommen sofort.«

Die Wasserburger kommen mit einem Streifenwagen und zwei Beamten, die den Steg bei der Gastwirtschaft »Zur Forelle« absperren. Die Polizeiinspektion Wasserburg benachrichtigt Kripo, Staatsanwaltschaft, Rechtsmedizin, Erkennungsdienst und Mordkommission. So landet der Fall bei Thomas Reiter als Hauptsachbearbeiter. Dieser informiert sofort Fangeisen. Max macht sich mit Johann und Benedikt sofort auf den Weg nach Soyen. Diese Nachricht ist ein blutdrucksteigernder Moment.

Max fragt Johann vorsichtshalber: »Hast du deine UV-Lampe eingesteckt?«

»Alles am Mann.«

Während der Fahrt macht er einen Vorschlag. »Wollen wir Wetten abschließen? Wer wird es sein?«

Dreimal wird der Name Hofreiter genannt.

Nasse Kälte umfängt sie, es riecht nach Schnee. Eine Gasse öffnet sich durch einen Pulk von Neugierigen. Der Erkennungsdienst, die Staatsanwaltschaft und der Rechtsmediziner sind vor einer Stunde eingetroffen, Thomas Reiter war zuvor schon vor Ort.

Der Rechtsmediziner erkennt Fangeisen. Sie hatten schon früher einmal miteinander zu tun, und es war nicht immer harmonisch. Seine Stimme schraubt sich hoch, als Max sich dem Steg nähert. »Besitzt Herr Fangeisen irgendeine Ermittlungsbefugnis?«

Thomas, vorn auf dem Steg, kommt gerade vom Boot zurück und hört die an ihn gerichtete Frage. »Herr Fangeisen hat verdeckt ermittelt, kennt den Toten und das Motiv seiner Ermordung. Er gehört zum Ermittlungsteam.«

Der Mann verstummt.

»Wer von beiden ist es?«, fragt ihn Max.

»Hofreiter!«

»Und?«

»Exzessive Tötung. Zwanzig Messerstiche dürften nicht reichen. Dazu der Pfeil im Kopf. Ein glatter Overkill.«

»Ich will ihn sehen.«

Sie gehen vor zum Arbeitsboot. Max betrachtet den Leichnam, von dem der Erkennungsdienst gerade Serien von Fotos schießt.

»Der Beleg eines brutalen Vernichtungswillens, getragen durch die Entschlossenheit des Täters«, stellt Max fest.

Tom hat viele Bilder von Toten gesehen, doch die Brutalität dieses Verbrechens macht ihn betroffen. »Dass ein Konflikt derart enden muss!«

Max zeigt auf den Leichnam. »Heinleins Motiv ist die Entpersonifizierung von Franz Hofreiter, die Vernichtung seines Ichs. Was hast du inzwischen veranlasst?«

»Das Amtsgericht Wasserburg hat dem Antrag der Staatsanwaltschaft auf Haftbefehl wegen des dringenden Tatverdachts des Mordes stattgegeben.« Darauf lächelt er verschmitzt. »Deine Fallanalyse wirkt wie ein Brandbeschleuniger. Eine Hausdurchsuchung zur Auffindung von Beweismitteln ist angeordnet. Ich werde gleich mit dem

Staatsanwalt, einem Vertreter der Stadt und ein paar Leuten vor Heinleins Tür stehen. Natürlich haben wir auch einen Durchsuchungsbefehl für Hofreiters Haus.«

Max klopft ihm anerkennend auf die Schulter. »Das nenn ich Speed. Ich bin mir sicher, wir werden genügend Beweismittel finden, um beide Morde klären zu können.«

»Erst morgen wissen wir mehr«, dämpft Tom die Erwartungen.

»Ich komme mit.«

»Okay. Aber warte, bis die Spurensicherung ihre Arbeit aufgenommen hat.«

Der koordinierte Einsatz läuft, doch der Vogel scheint ausgeflogen zu sein. Tom beantragt sofort die gezielte Fahndung. Die Zustimmung der Staatsanwaltschaft und des Richters ist im Falle Heinleins reine Formsache.

Max' Gedanken drehen sich in einer Endlosschleife: Wo ist Hubert Heinlein?

Die Schleife wird rasch zu einer Geraden mit Endpunkt. Zwei Stunden nachdem sein Haus geöffnet worden ist, werden dem Tatverdächtigen, exakt um 17.05 Uhr »Boarding-Time«, von der Bundespolizei die Handschellen angelegt. Seine Ergreifung gelingt am Münchener Flughafen. Hubert hatte einen Flug auf die Kap Verden, Boa Vista, gebucht, offensichtlich um sich im erstklassigen Hotel »Riu Touareg« drei Wochen lang von seiner Mordtat zu erholen. Der Adult-Bereich dort war häufig ein Urlaubsziel mit seinen ständig wechselnden Liebhaberinnen – alles inklusive!

Die Durchsuchungen beider Häuser fördern umfangreiches Beweismaterial zutage. Besonders ergiebig ist Heinleins Haus. »Kronjuwelen« der Beweisführung gegenüber Heinlein sind nicht nur die sichergestellten Goldmünzen in der Vitrine Hofreiters, sondern vor allem die »wissenschaftliche Dokumentation« der Goldmünzenfunde und die Legende ihrer Herkunft.

»Das entspricht dem Stil des 1. Vorsitzenden des Römer-Vereins«, kommentiert Tom das sichergestellte Material, »Ich meine natürlich, des ehemaligen …«

Obendrein wird in Hofreiters Büro ein selbst verfasster Brief gefunden, der Heinlein schwer belastet. Dieser muss geahnt haben, dass Heinlein für ihn zur Gefahr werden kann. Der Brief verrät die enge Komplizenschaft bei der Bergung der Goldmünzen. Ein Safe wird hinter einer Bücherwand entdeckt, zu dem noch der Schlüssel und der Öffnungscode gesucht werden, außerdem eine ungewöhnlich großzügige und technisch anspruchsvolle Videoüberwachungs- und Aufzeichnungsanlage.

Heinleins Haus in der Burgau scheint dagegen »steril« zu sein. Die Spurensicherung findet zunächst nichts, was direkt auf seine Täterschaft hinweist.

Max zieht sich einen Overall über und kann damit das Haus betreten. Er beginnt im Obergeschoss mit der Galerie und arbeitet sich bis zum Keller durch. Während er in den Zimmern auf den ersten Blick nichts Besonderes entdecken kann, beansprucht der Keller seine ganze Aufmerksamkeit. Der Grundriss des Hauses und die Fundamentierung des Kellers ergeben, rein vom Gefühl her, zu wenig Quadratmeter Raumfläche. Er spürt geradezu, dass es hier unten einen getarnten Raum geben muss. Seine Beobachtung teilt er Tom mit, der für den nächsten Tag einen Spezialisten zur Untersuchung der Mauern und Fundamente anfordert.

Inzwischen dämmert es draußen. Johann und Benedikt überprüfen mit der UV-Lampe die vom Täter kontaminierte

Einstiegsstelle am Westufer des Sees unterhalb von Weidgarten. Wenig später nimmt Max Johanns Anruf entgegen.

»Wir haben fluoreszierende Spuren gefunden. Sie führen direkt hinauf zum Haus von Xaver Schneeberger. Die Spur leuchtet auch noch hinter dem Gartentürchen bis hinauf zur Eingangstür.«

Schneeberger junior und senior! Wie konnte ich das vergessen? Dabei hatte ich mir eine Notiz gemacht, nachdem ich mit dem Junior gesprochen hatte, fällt es Max siedendheiß ein.

»Mist!«, zischt er.

»Was ist Mist?«, fragt Johann erstaunt.

»Ach nichts. Mir war nur etwas entfallen.« Max denkt sofort an das Haus oben auf der Anhöhe, und ihm dämmert, dass ein Zusammenhang bestehen könnte, der bis weit in die Vergangenheit zurückreicht. Er reagiert sofort. »Bleibt vor Ort. Tom schickt noch jemanden von der Spurensicherung. Ich fahre jetzt nach Schlicht zum Pflegeheim.«

»Was willst du dort?«

»Sag ich dir dann nachher. Wir treffen uns spätestens in zwei Stunden im Dorfwirt zur Lagebesprechung.«

Alfons Schneeberger lebt im Pflegeheim St. Martin im Haus Pichl. Fangeisen bespricht mit der Leitung des Heimes sein Anliegen. Nach Rücksprache mit Thomas wird einem Gespräch mit Xaver Schneebergers Vater zugestimmt.

Der ältere Herr ist relativ rüstig, geistig frisch, unbekümmert und redselig. Beide erinnern sich an mehrere flüchtige Begegnungen in der Vergangenheit und duzen sich sofort. Das Gespräch findet im Aufenthaltsraum statt, in dem sie allein sind. Schneeberger senior kann sich die Vorgänge der

Jahre 1968 und 1970 ins Gedächtnis rufen, ohne lang nachdenken zu müssen. Auf die neueste Entwicklung reagiert er mit Bestürzung. »Ich hab' doch schon immer geahnt, dass der Hubert da mit drinsteckt.«

Mit einer solchen Äußerung hat Max nicht gerechnet. »Wie kommst du denn darauf?«

»Hab' den Hubert und den Franz doch beobachtet, als sie damals, das muss nach 1970 gewesen sein, mehrmals im See getaucht haben. Als ich den Hubert einmal darauf angesprochen hab', hat er von Training und einem Nachttauchschein gefaselt.«

»Warum hast du mir das seinerzeit nicht gesagt?«

»Hast mich ja nie gefragt. Keinen von euch hat das scheinbar interessiert. Und soll ich meine Nase ungefragt in die Angelegenheiten der Polizei stecken?«

Max kann die Fehler der Vergangenheit nicht mehr korrigieren, doch was Xaver beiläufig erwähnt, überholt rasant seine Vermutung, trifft ihn dafür aber persönlich.

»Ich hab' meinem Sohn schon immer gesagt, er soll dem Hubert endlich die Wohnung kündigen. Es ist das schönste Zimmer im Haus, und der ist ja kaum da. Wir wissen bis heute nicht genau, was der da eigentlich immer macht, wo er doch in der Burgau ein schönes Haus besitzen soll. Zu was braucht er überhaupt die Wohnung?«

»Wie lange wohnt der schon da drin?«

»Gut 46 Jahre ...«

Max fällt fast vom Stuhl. Bevor es passiert, erhebt er sich eilig, bedankt sich hastig und entschuldigt sich bei Alfons wegen seines pressanten Aufbruchs.

Noch im Gehen ruft er Tom an und informiert ihn über sein Gespräch mit Schneeberger senior. Am Ende sagt er:

»Und stell dir vor, der Heinlein hat in Xavers Haus seit 46 Jahren eine Wohnung gemietet. Außerdem hat sich Johann gemeldet. Fluoreszierende Spuren führen von der Einstiegsstelle im See direkt hinauf zum selben Haus. Wir brauchen für Heinleins Zweitwohnung noch einen Durchsuchungsbefehl.«

»Ist ja scharf! Beantrage ich sofort.«

»Ich treffe mich mit Johann und Benedikt gleich beim Dorfwirt.«

Tom seufzt. »Das werde ich heute kaum schaffen. Ich bereite mich auf die erste Vernehmung Heinleins vor. Komm bitte morgen ins Präsidium nach Rosenheim. Wir können von dir Rat und Hilfe sicher gut gebrauchen.«

Die Nachricht von der Bergung der Leiche Hofreiters aus dem See verbreitet sich unter der Bevölkerung wie ein Lauffeuer. Er ist doch immer so nett, freundlich und soooo hilfsbereit gewesen. Was hat er nur im See verloren? Und voll Angst und Schrecken kursiert die bohrende Frage: Wer hat ihn umgebracht? Wilde Spekulationen gehen von Mund zu Mund.

In den späten Abendstunden geht bei der Polizeiinspektion Wasserburg der Anruf eines Försters ein, der unweit von Hundsham in einem Waldstück Hofreiters Wagen entdeckt hat. Das Auto wird noch in der Nacht zur Spurensicherung abtransportiert.

Johann und Benedikt genießen gerade ihre Pasta, als Max eintrifft. Die Wendung im Fall »Toteissee« bewegt alle. Sie tauschen sich intensiv über die Ereignisse des Tages aus.

»Daran hat keiner von uns gedacht, dass die Lage derart eskalieren könnte«, murmelt Benedikt betroffen.

»Damit konnte auch niemand rechnen. Dafür ist die Beweislast gegen Heinlein erdrückend. Er wird gestehen – den Tathergang und das Motiv!«, erwidert Max.

»Seinen ersten Mord auch?«

»Das nehme ich doch an. Wenn nicht, wird es schwierig.«

»Am besten wird sein, du vernimmst ihn zur Sache.«

»Das Angebot wird mein Chef ablehnen müssen.«

Zurück in Rimsting, spricht er mit Michaela über den schrecklichen Mord und die überraschenden Wendungen. Michaela stellt fest: »Mein Artikel ist demnach überflüssig.«

»Ja. Stell dir vor, er wäre erschienen und der Mord gleich danach passiert.«

»Besser nicht …«

37

Rosenheim, Mittwoch, 26. November 2014

Noch vor Heinleins erster Vernehmung liegen jede Menge objektiver Beweise vor, unter anderem der genaue Todeszeitpunkt Hofreiters, sein Schreiben, in dem er den ehemaligen Kumpel schwer belastet, die fluoreszierenden Spuren bis hinein in Heinleins Wohnung, das leistungsfähige Nachtglas auf einem Stativ. Komplettiert wird die Sammlung mit Tauchzertifikaten samt Urlaubsbuchungen. Was fehlt, sind die Tatwaffen, die Taucherausrüstung und die Goldmünzen. Man hofft auf ein Versteck in seinem Haus. Über die wahre Familiengeschichte Heinleins weiß der vernehmende Beamte nichts, da diese mit dem Mord in keinem unmittelbaren Zusammenhang steht.

Hubert Heinlein wird in den Vernehmungsraum geführt. Bei seiner Festnahme im Flughafen München hat ihn ein Beamter über sein Recht auf einen Anwalt belehrt. Heinlein fühlt sich als Herr der Lage und verzichtet auf einen Rechtsbeistand.

Da die Vernehmung laut Gesetz ein Beamter durchführen muss, der mit Heinlein bisher noch nicht gesprochen hat, beobachten und belauschen Tom und Max das Geschehen hinter einem venezianischen Spiegel. Tom versichert seinem Freund, dass sein Kollege Ebeling sehr erfahren sei und sich auch in den *Cold Case* »Toteissee« eingelesen habe, obwohl das im Moment eine völlig andere Baustelle ist.

Ebeling will sich von seinem Gegenüber zunächst einen Eindruck verschaffen und stellt ihm unverfängliche Fragen über Familie, Freizeitgestaltung und Hobbies. Dabei studiert er Heinleins Verhaltensmuster bei wahrheitsgemäßen Antworten. Daraufhin schafft er klare Fronten und führt Heinlein deutlich vor Augen, dass er als Angehöriger der Mordkommission die Aufgabe hat, den Mord an Franz Hofreiter aufzuklären.

Obwohl Hubert kein glaubwürdiges Alibi für die Tatzeit besitzt, leugnet er hartnäckig den Mord. Ebeling beginnt damit, Heinlein seine Widersprüche aufzuzeigen und objektive Sachbeweise vorzulegen. Stunde um Stunde vergeht. In dem Moment, in dem Ebeling die markierten Spuren erwähnt, die direkt von der Einstiegsstelle im See zu seiner Wohnung in Weidgarten führen, beginnt Hubert allmählich die Sinnlosigkeit seines weiteren Leugnens zu erkennen. Als Ebeling dem Beschuldigten die Dokumentation Hofreiters über die Goldmünzenfunde im See und die Legende ihrer Herkunft vor Augen führt, beginnt dessen Fassade zu bröckeln. Auch Max und Tom erkennen es an Mimik und Körperhaltung Heinleins – ein unerwartetes Update seines eigenen Wahrnehmungsvermögens.

»Sagen Sie: Welche Strafe würde denn den, der das getan hat, erwarten?«

Die Männer hinter dem Spiegel spüren, dass sie kurz vor Heinleins Geständnis stehen.

Ebeling fühlt den richtigen Moment und liest ihm Hofreiters belastenden Brief vor. Es wird still. Dann fällt der entscheidende Satz in diese Stille, kurz nur, mit leiser Stimme ausgesprochen, und dennoch hallt er in den Köpfen der beiden Freunde Tom und Max nach wie das Echo vom Königssee: »Ja, ich hab's getan!«

Heinlein scheint sich erleichtert zu fühlen und schildert die Tat im Detail. Seinen ersten Mord erwähnt er mit keinem Wort.

Auf die Frage Ebelings nach dem Motiv, erwidert Heinlein verächtlich: »Ich konnte diesen Kerl nie ausstehen. Außerdem war er unehrlich, gierig und hinterfotzig.«

»Sie haben ihn gehasst«, stellt Ebeling fest. »Sie haben zigmal auf ihn eingestochen und ihm mit dem Harpunenpfeil den Kopf durchbohrt …«

Heinlein zuckt mit dem Schultern.

»Der tote Franz bedeutet ihm so viel wie Dreck«, bemerkt Tom gegenüber Max. Beide bekommen nun die Bestätigung dafür, dass alle Überlegungen gepasst haben, dass sie beharrlich der richtigen Theorie gefolgt sind.

Als Ebeling rät, ihm das Versteck der Tatwaffen, des Taucheranzuges und der Beute zu verraten, sträubt sich Heinlein überraschend.

»Wir werden das Versteck und vielleicht auch einen Safe finden. Schade um Ihr Haus, wenn wir uns darin mit Spitzhacke und Presslufthammer von oben nach unten durcharbeiten müssen, nur weil Sie glauben, Sie müssten sich jetzt stur stellen.«

Nach einer weiteren Stunde gesteht Heinlein auch in diesem Punkt. Was folgt, ist für einen Beamten der Mordkommission Routine. Ebeling protokolliert das Geständnis und die Angaben zur Auffindung der Gegenstände in allen Einzelheiten. Eine Begehung von Heinleins Haus in der Burgau wird für den morgigen Tag angesetzt.

38

Burgau, Freitag, 28. November 2014

Heinlein führt die Ermittlungsbeamten und die Spurensicherung in den Keller seines Hauses. Hinter einem eingebauten Wandregal aus Holz, bestückt mit allem möglichen Krimskrams, öffnet Heinlein ein Segment, das sich als getarnte Tür erweist. In dem Raum finden sie, wonach sie suchen: Drei komplette Tauchanzüge, Pressluftflaschen, umfangreiches Zubehör einschließlich Tauchmesser und die Harpune mit zwei Ersatzpfeilen. Tom erkennt sofort, dass sie alt sind. Auch ein kleiner GPS-Sender zur Ortung von Fahrzeugen liegt in einer Ecke. Das Gerät ist identisch mit dem, das unter dem Heck von Fangeisens Wagen gefunden wurde.

Im gleichen Raum befindet sich auch ein feuerfester Wandsafe. Heinlein öffnet ihn, nachdem er den Schlüssel aus einem Schrankfach oben im Arbeitszimmer geholt hat. Im Safe werden Policen, Bargeld, eine Rolex und verschiedene andere Dokumente sichergestellt. Unter dem Stapel liegt auch ein Münzalbum.

»Meine Sammlung«, betont Hubert.

Tom klopft auf den Deckel. »Alte italienische Münzen?«

»Drei, vier vielleicht.«

»Wie viele Münzen haben Sie aus dem See herausgeholt?«, fragt Ebeling nebenbei.

Hubert zögert keinen Moment. »Genau wusste das nur Franz Hofreiter. Er hat alles verwaltet und verkauft.«

»Wohin?«

Die Antwort kommt wie geschmiert über seine Lippen. »Ich glaube, in die Schweiz. Dort hatte er einen Kontaktmann, einen zertifizierten Zwischenhändler, wie er mir sagte. Zum Schutz des Mannes und seines Vertriebsweges verriet er mir weder Namen noch Adresse.«

Ebeling und Tom wissen, dass das eine Lüge ist.

Der Erkennungsdienst prüft noch einmal akribisch jeden Raum, filzt jedes Schriftstück und packt Verdächtiges in Transportbehälter. Weitere Goldmünzen werden nicht gefunden.

Um die Mittagszeit liegt der Bericht der Kriminaltechniker vor, die Hofreiters Tauchausrüstung untersucht haben. Tom erfährt daraus, dass die Leiche nur deshalb an die Oberfläche gestiegen ist, weil eine kleine Gaspatrone, gekoppelt mit einem Timer, die Auftriebskammer seiner Tarierweste automatisch aufgepumpt hat – eine feinmechanische Arbeit, die erheblichen Sachverstand voraussetzt. Ohne diese letzte Auftriebshilfe wäre seine Leiche zuverlässig abgesunken und hätte sich am Grund zur Lipidleiche verwandelt.

39

Rosenheim, Dienstag, 2. Dezember 2014

Am Montag wird Heinlein im Präsidium intensiv weiter verhört. Im Zentrum steht die Frage nach der Menge an Goldmünzen, die in den letzten Jahrzehnten durch den ermordeten Hofreiter und Heinlein vom Grund des Sees mutmaßlich geborgen wurden. Allerdings ohne durchschlagenden Erfolg.

Ebeling setzt ihn erneut unter Druck. »Sie verschweigen uns eine ganze Menge, Herr Heinlein. Aber Sie werden den Rest Ihres Lebens nie, und ich betone nie, mit Ihrem Hauptgewinn in den Sonnenuntergang reiten können, wie Sie es sich einmal erträumt haben. Sie fragen sich, wie wir das anstellen, an Ihre Beute zu gelangen? Ganz einfach: Während wir hier plaudern, brüten Beamte über Ihren Kontoauszügen und Bankdaten. Falls Sie Auslandskonten besitzen, werden wir Zugriff darauf erhalten. Wir interessieren uns für Ein- und Ausgänge der letzten 40 Jahre. Auch wenn Sie Cash bezahlt haben, wird Ihnen das nichts nützen. Wir werden jeden größeren Betrag auf die Herkunft hin überprüfen. Vielleicht befindet sich Ihr geheimes Bankkonto schon auf einer CD eines Whistleblowers. Wir prüfen das. Ich bin da sehr zuversichtlich.«

Tom bringt es auf den Punkt. »Granit kann man nicht weich klopfen, stecken wir ihn in eine Gesteinsmühle!«

Als äußerst hilfreich stellt sich allerdings die Expertise des Numismatikers aus Hall heraus, der die Münzen dem ehemaligen italienischen Staatsschatz zuordnet. Außerdem sind Experten kontaktiert worden, die sich mit dem Verbleib der Goldmünzen aus der Nazi-Zeit beschäftigt haben. Ergänzend dazu wird der Einsatz von Polizeitauchern und Sonargeräten angeordnet, um den Seegrund nun endlich sorgfältig nach weiteren Münzen abzusuchen.

In der neuen Woche bildet die Überprüfung aller Konten, Handys und Computerdaten der beiden »Schatztaucher« einen der Schwerpunkte der Ermittlungen. Fangeisen hat aber noch den gewichtigsten Punkt auf seiner Agenda, den er nach 46 Jahren endlich streichen möchte: die Frage nach dem Mörder von Bill Fraser.

Am Dienstagmorgen setzt sich Thomas Reiter bei seinem Chef massiv dafür ein, zur Klärung dieser Frage Max hinzuzuziehen.

»Sie wissen, dass wir damit unsere dienstrechtlichen Befugnisse überschreiten«, antwortet dieser zur Frage, ob Fangeisen mit Heinlein über den Fall »Toteissee« sprechen dürfe.

»Das, was er vorhat, ist keinesfalls ein Verhör! Fangeisen wird Heinlein nur einen Teil seines Lebens erzählen, den der noch nicht kennt.«

Reiters Vorgesetzter ist über Fangeisens umfangreiche Recherche und über die Ergebnisse nach seinem Besuch in Palmdale im Bilde.

»Die Chancen auf ein weiteres Geständnis stehen gut, nachdem er nun weich geklopft ist. Ansonsten wird bei ihm rasch der Mechanismus der Verdrängung wieder greifen«, argumentiert Tom.

Nach einigem Hin und Her willigt sein Vorgesetzter schließlich ein. Als Fangeisen hinzukommt, fragt ihn der Polizeihauptkommissar: »Wie viel Zeit benötigen Sie?«

»Etwa eine Stunde. Vielleicht auch weniger.«

Heinlein wiegt währenddessen gelangweilt den Kopf nach vorn und hinten, nimmt die Arme hoch und dehnt langsam seine Schulterblätter. Diese Gymnastik endet abrupt, als Max den Raum betritt. Tom, sein Vorgesetzter und einige Ermittlungsbeamte haben hinter dem venezianischen Spiegel Platz genommen.

Kurz darauf sitzen sich Hubert Heinlein und Max Fangeisen am Tisch gegenüber, während zwei weitere Beamte seitlich an der Wand die Aufsicht übernehmen.

Schlagartig ändert sich die Gesprächsatmosphäre. Heinlein wittert und peilt die Lage, als ob ihm ein Straßenkampf bevorstünde, Fangeisen dagegen ist bereit, das Spiel mit den dunkelsten Impulsen seines Erfolgswillens zu beginnen.

Heinlein eröffnet den Zweikampf mit einer Provokation: »Was wollen Sie denn hier? Denken Sie, ich lasse mich einschüchtern? Ohne meinen Anwalt sage ich nichts!«

Max würdigt ihn keines Blickes. Er nimmt Huberts Akte zur Hand und schlägt sie auf. Die nächsten zehn Minuten vertieft er sich in die Papiere, markiert Textstellen und macht Notizen, während sich Huberts gespielte Selbstsicherheit langsam auflöst.

Endlich blickt Max auf. »Herr Heinlein, ich werde mich heute nicht mit Ihren Ausflüchten langweilen. Wir machen es so: Ich sage Ihnen, welche neuen Aspekte ich über Sie und Ihr Leben herausgefunden habe, Aspekte, die Ihnen völlig unbekannt sein werden, und dann stelle ich Ihnen eine Frage. Eine einzige. Dann entscheiden Sie!«

Hubert glaubt, ein Ass im Ärmel zu haben. »Verarschen Sie sich doch selbst!«

»Mit Verlaub, Sie sollten jeden Arsch respektieren, zumal ich ihn für den ästhetischen Höhepunkt der menschlichen Evolution halte.«

Heinlein sucht hoffnungslos nach einem Konter.

»Zurück zu meinem Vorschlag.« Max' Stimme klingt einfühlsam. »Ihr Leben begann mit einer fatalen Lüge in einer fatalen Zeit. Dafür tragen Sie keine Verantwortung, da jeder Säugling unschuldig geboren wird. Ihre wahre Geschichte hat man Ihnen aber von Anfang an verheimlicht – bis jetzt, hier in diesem Verhörzimmer. Wer hat sie Ihnen verheimlicht? Alle! Ihre Mutter, Ihre Tante und deren Mann. Zwei davon weilen nicht mehr unter uns. Und Ihr Vater? Er ist schon kurz nach ihrer Geburt gestorben. Gefallen an der Ostfront.«

Hubert wirkt schlagartig verstört. Er schluckt nervös und verkrampft die Hände.

»Was ist passiert?«, fährt Max fort. »Warum hat man Ihnen alles verheimlicht? Warum mussten Sie mit einer Lüge aufwachsen und erwachsen werden, dazu mit einer, die jeden Menschen auch im hohen Alter noch vernichten kann? Aber der Reihe nach. Ihr Geburtsdatum stimmt, nicht aber der Geburtsort und Ihr Name. Sie erblickten im Lebensbornheim in Steinhöring das Licht der Welt und wurden auf den Namen Ihres leiblichen Vaters, Ortwin von Hohenstein, getauft. Die Geburtsurkunde habe ich von Ihrer Mutter erhalten. Deren erste große Liebe war Obersturmbannführer bei der SS und ist in den letzten Kriegswochen an der Ostfront gefallen. Sie waren nicht verheiratet.«

Max reicht Heinlein die Kopie der Urkunde seiner Namensgebung, die in Steinhöring ausgestellt wurde, und der nimmt sie versteinert entgegen.

»Bevor die Amerikaner in Steinhöring einrückten, floh Ihre leibliche Mutter zu ihrer Schwester und ihrem Schwager nach Rieden, wo beide ihre Kindheit verbrachten. Ein zweiter Schicksalsschlag, den Sie leider heute hinnehmen müssen, ist die Tatsache, dass Ihre leibliche Mutter sich später in einen amerikanischen Kampfpiloten verliebte, mit dem sie 1946 in die USA ging. Sie wurden von ihr in Rieden bei ihrer Schwester Jutta und deren Mann Gustl zurückgelassen. Diese Entscheidung fiel einvernehmlich mit Ihrer Ziehmutter und Ihrem Ziehvater – auch weil beide keine eigenen Kinder bekommen konnten.«

Heinlein explodiert, springt auf und droht Fangeisen: »So eine verdammte Lüge! Unverschämtheit! Muss ich mir das bieten lassen?«

Die beiden Männer der Aufsicht eilen herbei. Der eine nimmt vorsorglich die Handschellen von seinem Gürtel.

Max versucht, die aufgeladene Situation zu beruhigen. Er zeigt auf die Handschellen. »Nicht nötig! Jeder Mensch, dem so etwas widerfährt, würde ähnlich reagieren. Herr Heinlein, setzen Sie sich bitte. Die von Ihnen vermutete Lüge kann ich glaubhaft aus der Welt räumen.«

Heinlein nimmt wieder auf seinem Stuhl Platz, fassungslos und schwer getroffen.

»Ich kann nur wiederholen, ich bedaure sehr, dass ich Ihnen heute möglicherweise die traurigsten Mitteilungen Ihres Lebens machen muss. Aber auch Sie, mögen Sie noch so viel Schuld auf sich geladen haben, haben ein Recht zu erfahren, wer Ihre leiblichen Eltern sind.«

Max macht eine lange Pause. Dann zieht er langsam die Kopie jenes Briefs aus seinen Unterlagen, den Jutta an Elisabeth Fraser geschrieben hat.

»Sie sollten jetzt gefasst sein – das wird kein einfacher Moment für Sie.«

Max sieht zufrieden, wie Huberts Hände vor Anspannung unmerklich zittern.

»Ich habe hier einen erschütternden Brief, den Ihre Ziehmutter und Tante, Jutta Heinlein, Ihrer leiblichen Mutter Elisabeth im November 1979 kurz vor ihrem Tode schrieb.«

Huberts Gesicht wird weiß wie Kreide, als er die Zeilen seiner Stiefmutter liest. Tränen kullern aus seinen Augen.

Seine Aggressionen scheinen verflogen, seine Stimme ist kaum hörbar. »Lebt meine leibliche Mutter noch?«

»In Palmdale, Kalifornien. Ich war vor Kurzem bei ihr. Sie war auch auf der Beerdigung ihrer Schwester Jutta. Sie sind sich bei der Gelegenheit begegnet. Sie hat sich jedoch Ihnen gegenüber nicht zu erkennen gegeben.«

Heinlein vergräbt das Gesicht in den Händen. »Warum nur … warum nur?«

»Ich glaube, Ihre Mutter wollte ihre Zukunft in Kalifornien unbelastet starten. Ihr Mann Jack und sie waren glücklich verheiratet, bekamen zwei Söhne. Er kam 1968 bei einem Testflug ums Leben.«

Max macht wieder eine lange Pause, bevor er fortfährt. »Herr Heinlein, Jack Fraser, der Mann Ihrer Mutter, hat auch den Zusatztank mit den italienischen Goldmünzen im See versenkt. Ihre Mutter kennt das Geheimnis im Soyensee. Gestatten Sie mir ein Zitat von Arthur Schopenhauer, bevor ich Ihnen noch etwas Erschütterndes mitteilen muss.«

Max zitiert langsam den Aphorismus Schopenhauers: »›Wir gleichen den Lämmern, die auf der Wiese spielen, während der Metzger schon eines und das andere von ihnen mit den Augen auswählt; denn wir wissen nicht in unseren guten Tagen, welches Unheil eben jetzt das Schicksal uns bereitet.‹ Worum geht es mir?«

Max zieht drei große DIN-A4-Fotos aus seiner Mappe. Sie zeigen den Wachstorso von Bill Fraser und seinen vom Harpunenpfeil durchbohrten Schädel. »Sie erinnern sich an den Juni 1968? Und an die Leiche im See, die 1970 am Grund gefunden wurde?«

»Damit habe ich nicht das Geringste zu tun.« Heinleins Stimme klingt gebrochen.

Max schiebt die beiden Fotos über den Tisch. »Schauen Sie sich ruhig die Fotos an – eine einmalige Gelegenheit für Sie. Der Pfeil entspricht dem, den Sie vor einigen Tagen Franz Hofreiter in den Kopf geschossen haben. Und das sind die sterblichen Überreste des Opfers von damals. Sein Name war Bill Fraser aus Palmdale, USA. Sein Vater Jack hat ihm verraten, was er über dem See versenkt hat. Ihre Mutter wollte das Geheimnis bewahren. Wie Sie sich sicher erinnern, wurde Bill hier im See ermordet, als er nach den Plänen seines Vaters nach den Münzen suchte. Sie und ich kennen den Mörder.«

Dann schiebt er das dritte Foto über den Tisch. Es zeigt die Verifizierung von Bills Kopf mittels der Video-Bildschirmtechnik. »Sie können sein jugendliches Gesicht im Schädel erkennen.«

Der junge Mann auf dem Foto sieht aus wie er, Heinlein, selbst in jungen Jahren – die gleichen türkisfarbenen Augen wie er und seine Mutter. Unverwechselbar!

Heinlein wirft nur kurz einen Blick darauf. Dann lässt er seinen Kopf erschöpft auf die Tischplatte sinken und bricht in Tränen aus.

»Herr Heinlein: Wer ist der Mörder?« Max' Stimme klingt sanft, aber beschwörend. »Herr Heinlein, erleichtern Sie endlich Ihr Gewissen. Gänzlich! Auch Ihrer Mutter und Bill zuliebe. Er war schließlich Ihr Halbbruder.«

Es vergehen lange, lange Sekunden. Dann vernimmt Max die erlösende Worte: »Ja, ich war's.«

Epilog

Heinlein wurde des Doppelmordes schuldig gesprochen und mit der Feststellung »einer besonderen Schwere der Schuld« zu einer lebenslangen Freiheitsstrafe verurteilt. Das war auch den Opfern geschuldet, die er mit erbarmungsloser Brutalität und höchst grausam und qualvoll zu Tode gebracht hatte.

Seine Mutter Elisabeth war zur Urteilsverkündung ihres Sohnes aus Palmdale, Kalifornien, angereist. Sie wirkte erleichtert über das gerechte Urteil. Ein persönliches Gespräch mit ihrem Sohn Hubert lehnte sie strikt ab – eine Haltung, die zwar konsequent war, aber von manchen Prozessbeobachtern nicht verstanden wurde.

Die technisch anspruchsvolle Suchaktion im Soyensee erbrachte nicht die erhoffte Ausbeute. Man fand auf dem Grund, im Schlick breit verstreut, nur noch 124 Goldmünzen. Bei der Aktion wurden sechs verrottete Zusatztanks geborgen, vier weitere wurden tief im Schlick zwar geortet, konnten aber nicht gehoben werden. Der Aufwand war dem Staat und der Bergungsmannschaft zu hoch, obwohl die Detektoren hie und da auf Edelmetall ansprachen.

Wie bekannt wurde, barg inzwischen die Wasserschutzpolizei Prien drei US-Zusatztanks für Jagdbomber P-47 *Thunderbolt* aus dem Chiemsee. Die Tanks wurden für die Dokumentationsausstellung des Fortbildungsinstitutes der bayerischen Polizei in Ainring zur Verfügung gestellt.

In einem gesonderten Verfahren wurde über Heinlein wegen Fundunterschlagung der Goldmünzen nach § 246 Abs. 1 StGB strafbarer rechtswidriger Zueignung fremder beweglicher Sachen eine Geldstrafe in Höhe von einhundert Tagessätzen à € 40,--, insgesamt € 4000,--, verhängt. Angesichts der nur in Bayern gültigen zivilrechtlichen Schatzfundregelung war kurioserweise vorherzusehen, dass dem rechtskräftig verurteilten Raubgräber Heinlein dessen unbeschadet zivilrechtlich ein Miteigentümeranteil von 50 Prozent am unstreitig von ihm »entdeckten« Schatzfund zusteht. Die Recherchen über den Verbleib des Hauptteils der Beute im See, nach Konten des Toten und seines Mörders blieben bis heute erfolglos, laufen aber weiter.

Fangeisen besuchte Hubert Heinlein ein Jahr später im Gefängnis, um offene Fragen lediglich aus Eigeninteresse zu klären. Es ging ihm darum zu begreifen, was Heinlein bewegt und warum er so und nicht anders gehandelt hat. Weitere Gespräche sind geplant, obwohl seine Frau Michaela darüber nicht ganz glücklich ist.

In einem Interview zum Fall »Toteissee« sagte er: »Einmal mehr zeigt sich, wie notwendig es ist, die Vergangenheit zu kennen, um Lehren für die Zukunft zu ziehen.«

Sein Mordfall konnte nach 46 Jahren endlich im Aktenschrank »Gelöst« verschwinden.

Die Bevölkerung atmete nach der Festnahme des Mörders auf. Soyen verwandelte sich nach den turbulenten Wochen wieder in einen idyllischen Ort mit einem malerischen See, in dem schwere Gewaltdelikte die absolute Ausnahme sind, und der Bürgermeister verkündete erleichtert, die 1200-Jahr-Feier könne nun unbeschwert beginnen.

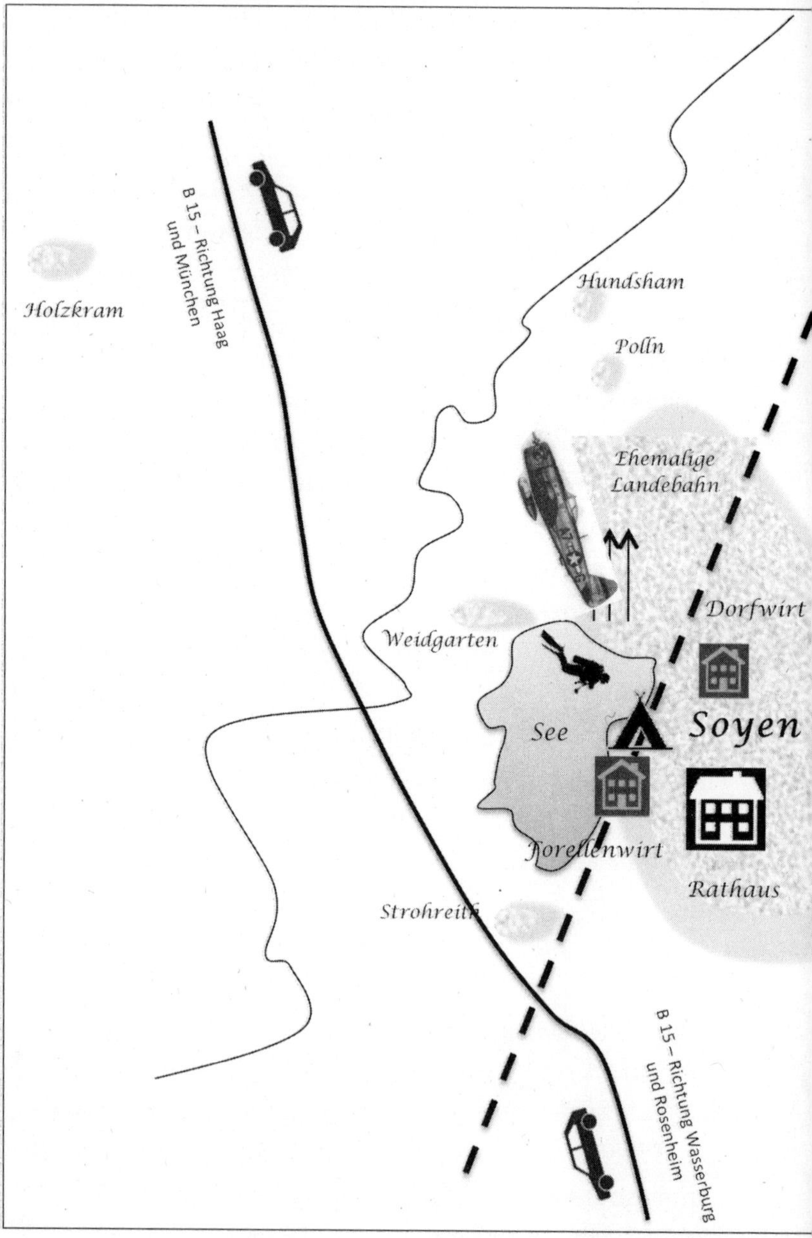
B 15 – Richtung Haag und München
Holzkram
Hundsham
Polln
Ehemalige Landebahn
Dorfwirt
Weidgarten
See
Soyen
Forellenwirt
Rathaus
Strohreith
B 15 – Richtung Wasserburg und Rosenheim

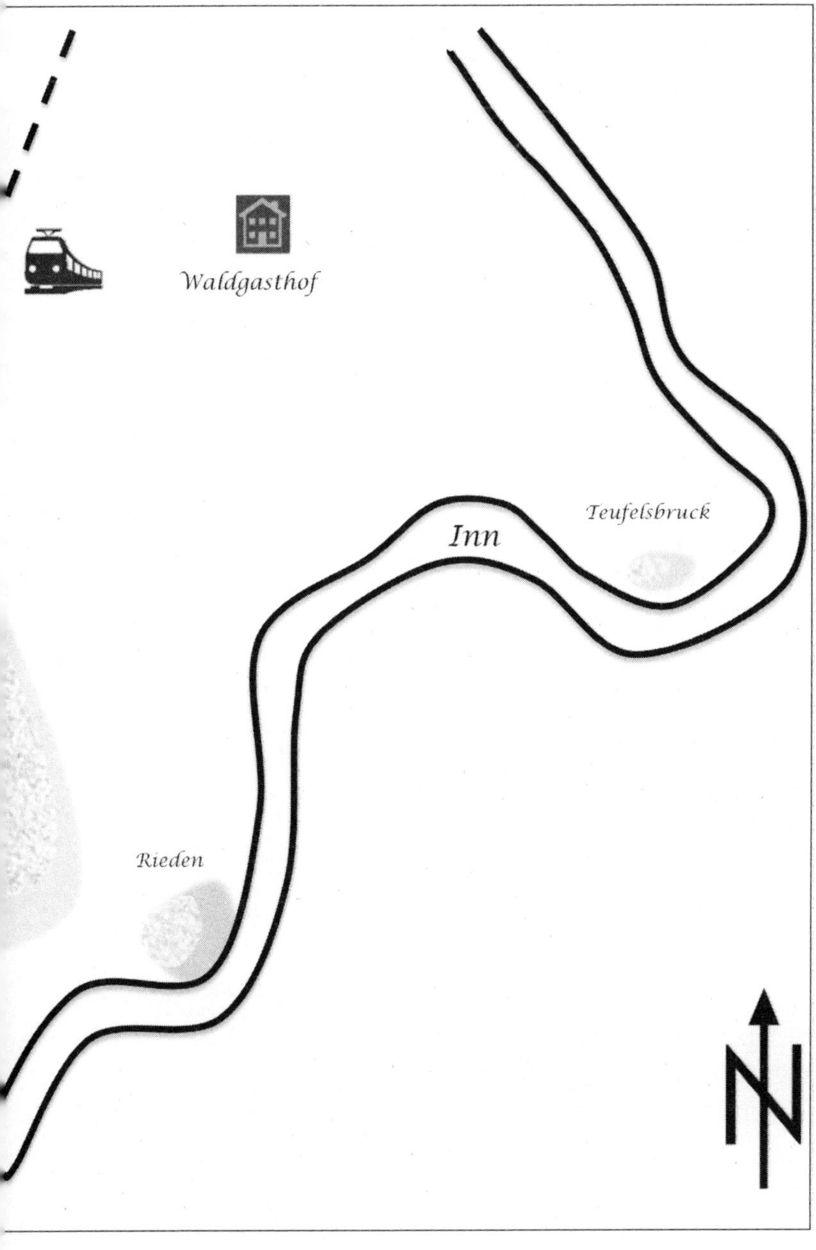
Waldgasthof
Inn
Teufelsbruck
Rieden
N

Dank der Gemeinde Soyen

Kein Autor dieser Welt vermag die zahlreichen Lebensgeschichten und Gedanken der Menschen aufzuschreiben, die in den vergangenen 1200 Jahren in Soyen lebten und noch leben. Johannes K. Soyener ist es jedoch gelungen, die geografischen und historischen Eigenheiten unseres Ortes in Verbindung mit den charakterlichen Stärken und Schwächen der Menschheit in einen spannenden und unterhaltsamen Roman zu packen. 816 wurde Soyen erstmalig urkundlich erwähnt, 2016 fand hier die erste Romanveröffentlichung statt. Beides nicht vergleichbar, aber beides auf seine Art einmalig.

Mein Dank gilt dem Autor und allen, die hieran mitgearbeitet haben.

Karl Fischberger, Bürgermeister der Gemeinde Soyen

Dank des Autors

Es ist schon einige Zeit her, dass ich Soyen in Richtung Bremen verlassen habe, aber einige »Nabelschnüre« haben bis heute gehalten, die mich immer wieder an den schönen Ort reisen lassen. So freute ich mich sehr über den Anruf des 1. Bürgermeisters Karl Fischberger, der mir seine Idee eines Regional-Krimis zur 1200-Jahr-Feier der Gemeinde Soyen verriet und mir das damit verbundene Buchprojekt *Toteissee* anvertraute. Die Arbeit am Buch hat mir sehr viel Spaß und Freude bereitet, auch wenn wir vorübergehend den lieblichen Soyensee zum Schauplatz eines grausigen Verbrechens gemacht haben. Danke für dein Vertrauen.

Damit der »Plot« zum Thema *Toteissee* auch umgesetzt werden konnte, waren einige Recherchen erforderlich. Sie waren spannend, sowohl oberhalb als auch unterhalb des Seewasserspiegels. Sie werden bei Ihren eigenen Recherchen feststellen können, dass viele Ereignisse und Zeitabläufe, die ich in der Rahmenhandlung erwähne, auch stattgefunden haben. Das alles konnte ich aber nicht allein bewältigen. An dieser Stelle möchte ich daher meine Erkenntlichkeit fortsetzen und beginne mit einem ganz herzlichen Dankeschön für die breite und enorme Unterstützung von Frau Christa Knörr, die nicht nur historisches und neuzeitliches Material organisiert und für mich bereitgestellt hat, sondern sich die Mühe machte, den gesamten Roman während seiner Entstehung vorab parallel zu lesen und zu lektorieren. Darüber hinaus war mir ihr »weiblicher Blick« auf manche Episode und Formulierung sehr wertvoll. Lieben, lieben Dank! Alle Fehler, die jetzt noch enthalten sind, gehen allein auf meine Autorenkappe und werden, wie mein Autorenkollege Sebastian Fitzek so schön formulierte, mit der Standardausrede kreativer Menschen abgebügelt: »Na und? Das ist künstlerische Freiheit!«

Mit den nachfolgenden Personen würde ich immer wieder ein Buch aus der Taufe heben, denn ohne deren Vertrauen in das Projekt läge *Toteissee* nicht in Ihrer Hand: Dank an Klaus G. Förg, Verleger des Rosenheimer Verlagshauses, erfolgreicher Fotograf und freier Publizist, Christina Klasna, Lektorat & Herstellung, Dr. Helmut Neuberger, der für den Verlag den Roman professionell lektorierte, und der Korrektorin Susanne Langer.

Ich danke Herrn Rainer Esterer, Fortbildungsinstitut der Bayerischen Polizei (BPFI) in Ainring, für die effiziente

Unterstützung bei meiner Recherche über US-Feldplatzflughäfen in Deutschland nach dem Krieg, ebenso für das umfangreiche Material, das er mir zur Verfügung gestellt hat. Die im Chiemsee gefundenen und geborgenen Zusatztanks von US-Jagdbombern aus der Zeit des Zweiten Weltkriegs sind dort im Museum ausgestellt. Ebenfalls danke ich für die kompetente Führung durch die Ausstellung und das ehemalige Areal »Ainring-Flugplatz« – samt Herrn Esterers Ausführungen zur NS-Geschichte der Gebäude.

Mein besonderer Dank geht an Univ. Prof. Dr. med. Walter Rabl, Institut für Gerichtliche Medizin, Medizinische Universität Innsbruck, für die Beantwortung all meiner Fragen zur Ausbildung von Fettwachs-/Gipsleichen und der Möglichkeit einer DNA-Bestimmung.

Darüber hinaus haben mich folgende Freunde von Anfang an unterstützt: Elisabeth und Peter Grundler, Polln. Peter zieht heute noch Eichenbohlen der ehemaligen US-Feldflugpiste aus seinem Acker, mein Freund und Profi-Taucher Guido Floren, der fast alle Taucher-Hot-Spots der Weltmeere besucht hat und mit mir auch die Trans-Atlantik-Regatta *ARC* gesegelt ist, Stefan Nousch, Ulli Ehlers und Lüder Barre, die mit großem Interesse die Geburt *Toteissee* verfolgt haben.

An dieser Stelle möchte ich mich auch bei Ihnen dafür bedanken, dass Sie aus der Flut der angebotenen Krimis ausgerechnet mein Werk herausgefischt haben.